农村题材短篇小说集

好人田木瓜

束 为 著

山西出版集团
山西人民出版社

图书在版编目(CIP)数据

好人田木瓜 / 束 为著.—太原:山西人民出版社,2009.2
ISBN 978-7-203-05984-4

Ⅰ.好… Ⅱ.束… Ⅲ.短篇小说—作品集—中国—当代 Ⅳ.I247.7

中国版本图书馆 CIP 数据核字(2009)第 010851 号

好人田木瓜

| 著　　者：束　为 |
| 责任编辑：梁小红 |
| 装帧设计：谢　成 |

出 版 者：山西出版集团·山西人民出版社
地　　址：太原市建设南路 21 号
邮　　编：030012
发行营销：0351-4922220　4955996　4956039
　　　　　0351-4922127（传真）　4956038（邮购）
E - mail：sxskcb@163.com　发行部
　　　　　sxskcb@126.com　总编室
网　　址：www.sxskcb.com

经　销　者：山西出版集团·山西人民出版社
承　印　者：太原市力成印刷有限公司

开　　本：850mm×1168mm　1/32
印　　张：8.625
字　　数：240 千字
印　　数：1—7500 册
版　　次：2009 年 2 月　第 2 版
印　　次：2009 年 2 月　第 1 次印刷
书　　号：ISBN 978-7-203-05984-4
定　　价：20.00 元

如有印装质量问题请与本社联系调换

作者简历

　　李束为,原名束学礼,笔名束为。一九一八年十一月出生于山东省东平县朱家管村一个农民家庭。一九三七年八月参加八路军,一九三九年九月加入中国共产党。一九四二年毕业于延安鲁迅艺术文学院。历任山西抗日少年先锋队战士,抗日学生游击队班长,政卫队、决死二纵队班长,决死二纵队剧团书记,一二〇师战斗剧社副股长,晋西北文联干事,《晋绥日报》编辑,中共晋西北地委宣传部副部长。新中国成立后,曾任中共山西省委宣传部文艺处处长,山西省文联主席、党组书记兼太原市文联主席,中共太原市委文教部副部长,山西省文联名誉主席。是山西省监委委员,省第一届政协常委,省六届人大常务委员。一九八六年十一月,经省委同意,享受副省级待遇。一九九二年五月,省委、省政府授予"人民作家"称号。一九九二年获得国务院颁发的政府特殊津贴。一九九二年二月离休。一九九四年三月四日,因病在太原逝世。主要作品有小说集《老长工》,报告文学散文集《南柳春光》及《束为作品选》。散文《吕梁小夜曲》获山西省首届文学艺术创作金牌奖、赵树理文学奖散文一等奖。

目 录

初升的太阳	（ 1 ）
苦海求生记	（ 10 ）
租佃之间	（ 50 ）
谈判	（ 63 ）
放羊娃李三孩	（ 68 ）
老婆嘴退租	（ 75 ）
红契	（ 80 ）
土地和它的主人	（ 89 ）
第一次收获	（ 98 ）
十年前后	（105）
卖鸡	（113）
春秋图	（119）
缺粮户	（130）
过时的爱情	（137）
难忘的印象	（152）
好人田木瓜	（161）
老长工	（172）
唉，这伙年轻人	（184）
临时任务	（192）

权力下放 …………………………………………（199）
拐先生李步高 ……………………………………（209）
多年的愿望 ………………………………………（220）
于得水的饭碗 ……………………………………（237）
大事业 ……………………………………………（249）
清风习习 …………………………………………（260）

初升的太阳

一

　　毛毛细雨下起来了。张进才老汉放下饭碗走到大门口,看看那灰蒙蒙的天空,自言自语道:"好天老爷,下吧!连着下两天就好啦!"他的话还没落音,忽然听见有人闷声闷气地说道:"混账天老爷!故意和我作对!"

　　张进才抬头看时,一个又瘦又高的老汉已经来到面前。这人头上戴了一顶草帽,身上披了一个毛口袋,手里拿了一张大锄。张进才急忙打招呼:"夫太老汉,下雨天还上地呵?"

　　夫太老汉停了停脚步,说道:"不上地怎么办?连阴上几天,一场风就把谷子拍倒了。哼!互助组,互助组你们抢先把谷子薅完了,我的谷子还没有薅呢!"

　　张进才老汉立即打开笑脸,说道:"夫太老汉,天晴了,我们给你还工,帮你薅谷子。"

　　李夫太老汉也不回答,也不瞧进才老汉一眼,急忙迈开步子向前走去。接着,他儿子明顺也扛着大锄走过去了。

　　李夫太常常当面给人难看。这几天,村里又嚷嚷办农业社,他又作了难了。前天,他儿子明顺问他参加不参加,他狠狠地瞪了他两眼,没有说出一言半语,气得明顺直想哭。今天下雨,又逼着明顺上地,明顺没法子,只好慢腾腾地走在他爹的背后,心里挺不高兴。走到民校门口,听见里边有许多人说话,他就向民校走去。李夫太喝道:"干啥去?"明顺说:"下着雨,我不上地。"李夫太老汉说:"你敢不上地!"明顺说:"我去开会。"说着,一跳跳上台阶,走进民校大门。他在大门里站了一会儿,取下草帽,伸出头来一瞧,他爹已经走出村去了。

他父子俩原来是挺合卯窍的。明顺是个二十一岁的年轻人,耕种锄耪都能行,在民校学习了几年,写写算算凑合,村里人都夸奖。李夫太老汉也挺喜欢。媳妇是张庄劳动模范张拴成的闺女张金凤,手勤脚快,炕上炕下都不错,一家三口,日子过得挺和睦。去年冬天,村里要办农业社,虽然因为入社的人太少,没有办成,却引得他家不和睦了。事情也很简单,儿子和媳妇坚决要入社,夫太老汉说,亲兄弟是一个娘养的,还有不和睦的,全村人搅在一起,怎么能作务庄稼,等上一两年看个水深水浅再说吧!嘴上是这么说,心里是舍不得那七亩好地入社。那块地有多好啊!平展展的像块案板,土头又好,不上粪每亩也能打三石谷。自那以后,父子俩就不大说话了。有什么紧要事情,还要金凤传话,真是别扭极了。今年春天,有一天,父子俩去种高粱。高粱,在这里也叫茭子。夫太老汉牵着老黄牛走在前面,路过民校门口,那里有许多人在吃饭,党支部书记国华也在那里。国华问夫太老汉:"夫太伯,种什么啊?"夫太老汉说:"种茭子。"走在老黄牛屁股后边的明顺马上大声说道:"种高粱。"众人听了哈哈大笑。夫太老汉扭回头来,狠狠地瞪了明顺两眼,说道:"你呀,你呀,你专和你老子闹别扭。"明顺说:"你说种茭子,我说种高粱,咱是两条路线。你是落后路线,我是进步路线。"众人越发笑得响了。夫太老汉动了肝火,举起鞭杆喊道:"我把你个鬼崽子!我把你个狼不吃的!"喊着喊着就要打。明顺把身子撤到大路旁分辩道:"你不要打人,打人就是没道理。你要打我,我到司法科告你。"一听说要到司法科告他,夫太老汉越发火了,拿着鞭杆,撵着明顺,喊道:"告吧!告吧!我不怕,我认识司法科的张科长,他是个好人。我先敲你一顿鞭杆,再看你的。"支部书记国华马上拉住夫太老汉,众人又劝说了一阵,父子俩才平了平气,别别扭扭去种高粱。一想起这事情,夫太老汉就发狠,他不再指望儿子帮助他,一个人上地去了。

雨越下越大,越下越紧,夫太老汉看看不能下锄,只好返回村里来。浑身都湿透了,身子也发冷,他想找个地方躲躲雨,走到民校门口,推开大门,走进去了。

二

互助组的会开得正好呢!开始的时候,党支部书记国华把农业社的好处说了一遍,举的尽是张庄农业社的例子。又说到社会主义社会,说到国家工业化。他讲得正有劲,有个年轻人站起来说,他都明白了,现在报名吧!还有个老汉站起来说:"从春天到现在,吵吵了快一年了,甚都明白了。明白人都来了,头上抹糨糊的人还没有来,留下话对那些人说吧。"一老一少这么一挑,众人就嚷嚷起来,国华的话就说不下去了。明顺掏出他的水笔,摊开他的笔记本,说道:"报名吧!"

国华他爹走到桌子前面,抢先报了名。接着就报开了。一会儿工夫,就报得差不多了。剩下几个老汉,也走到桌前,国华问他们想通了没有?一个花白胡子老汉说:"想通了。迟不如早,早不如了,迟早也要入社,入就入了吧!"

一个黑胡子老汉说:"人家都在桥上过,咱还能往桥底钻,写上吧!"

一个圈脸胡的老汉说:"我拿不定主意,要和我老伴商量商量。明天见话吧。"

众人轰的一声笑了。笑得那个老汉直脸红,悄悄地退到墙角抽旱烟去了。

进才老汉走到桌前,问明顺:"你不用报名吧?"

明顺说:"我早就写上了。第一个就是我。"

众人听了吃了一惊,七嘴八舌问道:你一人入社,还是全家入社?你爹想通了没有?土地改革时,分的那七亩眼睛珠子地入不入?怕不怕你爹的鞭杆?种荍子还是种高粱?吵得明顺头闷眼花。他向众人摆了摆手,说道:"我不管他。我管我自己。咱是各人管各人。"

众人嚷道:"勾了你的名字吧!你做不了主,叫你爹来报名。"

"勾了!抹了!"

"打通你爹的思想再来报名也不迟。"

"你爹是个老顽固!"

还有人低声吵吵:"不成个东西!"

房里的人嚷成一片,快要把房顶冲塌了。国华提高嗓子喊了两声,才静下来,要大家想个办法。如果没有好办法打通夫太老汉的思想,那就等上一年两年再说。

进才老汉说道:"两难啊!夫太老汉留在社外,社里作难。你们都看见的,他那七亩地正好夹在社员的土地中间,社里怎么能使唤马拉农具。装上水车,水渠要走那块地,他的地该浇不该浇,这是一难,要想打通他的思想那是难上加难。土地改革的时候,因为他家是赤贫,农会把咱村最好最近的地——眼睛珠子地分给他家七亩。那时候,老汉真是乐得心上开了花啦!依我看哪,自从他老伴死了,那块地就成了他老伴啦!一天到晚长在那块地里。地头上垒了石头瓦块,两边地界上埋界石不放心,怕我耕了他的地,栽上了活地界——马兰草,真把人气炸了。我和他伤了和气就是为了那些没用的马兰草。那鬼东西没命地长,长得那么旺,一垄马兰草,要占三大垄地,那不是个浪费?我试着刨了几垄,他就和我翻了脸,说我要占他的土地,几乎抢了镐头,上了司法科。我想,七亩好地,把他的心给迷住了,拉了后腿啦!"

明顺听到这里,加了一句,"他快要在那七亩地上垒城墙了。"

进才老汉说得起了劲,继续说下去:"人常说,人勤不如地近。可是地近也有不好处,鸡娃子猪儿免不了去地里祸害庄稼。这是前年的事了。那时候,还没有定公约,鸡娃子猪儿满村跑。我的花公鸡跑到他地里,大春天地里光蛋蛋的,什么庄稼也没有,公鸡只是吃了几个虫虫,叫他逮住,拿绳子拴住倒挂在枣树上,吊死了。为了这事也闹了一回饥荒。啊!脑筋真落后啊!"

人们又嚷开了,一个年轻人说:"在互助组里他不休息,也不叫我们休息。"又一个人说:"地里有一根草,他也要提意见。"

国华看众人还要嚷下去,马上接过来说道:"大家不要说了,咱们不能只说一面之理。夫太伯多半辈子给地主当长工,也应该说说。他是老老实实受苦人,也应该说说。"他朝着他爹说道:"你老人家也思谋思谋,一个受苦人,劳动了多半辈子,地无一垄,房无一间。忽然分到七亩顶好顶好的土地,他怎么不爱它。他是从心眼里爱那七亩土坷垃呵!垒地堰,栽马兰,打死花公鸡,不愿意入社,都是因为他太爱他那七亩土地了。他只怕这七亩土地再丢掉呢!你老人家也想一想,咱的地界上不是也栽着一块很大的地界石吗?南边的地界上不是也栽着黄花菜吗?在种庄稼的地里栽上黄花菜是为了什么?是为了当一块活界石用,谁也挪不动呵!咱们都要替夫太伯想一想呢!"他又转向明顺:"你说说,你爹不愿意入社,不愿意把那七亩好土地拿到社里来是为啥?他是不是想过好光景?"

明顺说:"他日日夜夜想过好日子,恨不得从那七亩地刨出些元宝,发个猛财哩!"

国华说道:"对呵!他也是为了全家过好光景吧!他是寻不见好办法!你的性子太急了,咱们要等等他。不要只说他过去怎长怎短,要给他宣传宣传社会主义。要帮他向前看看。"

墙角里的那个圈脸胡的老汉说道:"这话说到点子上了,这话才像个话。"

那黑胡子老汉也说道:"这话是将心比心,是翻身的人说的话。明白人不用多说,一句话就说透了。咱也是想过更好的光景,只是瞎使劲,没有向前看看,这话我信服了。"

那个花白胡子老汉高声说道:"咱明说了吧!咱就听不惯说我们是老顽固,国华今天这话,我听了起心眼儿里舒服。我这思想,听他这么一拨就亮了。"

人们都不说话了,静了一会儿,民校大门上的响铃"当啷"一声,国华扭回头来从窗玻璃上向外看时,夫太老汉披着湿漉漉的毛口袋,手里提着一张大锄跑出去了。他是什么时候来到大门底下躲雨的,谁也没有注意。

雨,仍然下着,仍然很大很紧。

三

雨,一直下到半夜才停下来。李夫太躺在炕上,还没有合眼,炕头上的烟灰磕了一大片了。身子很乏累,可是睡不着。昨天对进才老汉说了难听的话,明顺不听使唤,在民校大门口躲雨,听见的那些刺人的言语,还想到今年春天办社的事情,种荄子的事情,从头到尾想,想了一遍又一遍,怎么也想不通。各人守住自己那块土地能算是落后吗?自古以来就是这样呵!众人为啥说他的坏话呢?连自己的儿子明顺也和他不一心了。昨天黑夜还说他是老顽固,唉!真叫人伤心呵!只有国华能揣摩住他的心思!他是太爱那块土地了,爱得太狠了,死死地抓住那七亩土地不放,错处也许就在这里了,可是,这又有什么错处呢?不通,怎么也想不通。他的心里好像塞了一把麦糠似的,麻烦得不行,翻过来掉过去,浑身上下没有一处觉得得劲。于是,坐起来,又点着一锅旱烟。

天麻麻亮,他就起来了,他拿了那张锄头悄悄地走出门来。他出了村,朝着他的地走去,他头也不抬,一气走到地头。雨也下透了,庄稼长得很好,谷子和荄子开始莠穗,玉荄也开了天花,正是要雨的时候,叶子上的雨珠,一颗颗像透明的珍珠。看看这黑黝黝的庄稼,夫太老汉一夜的愁闷一扫而光。再往前走走,就到了麦地了。刚才垄过的麦地,平展展躺在那里休息。他在亲手垒起来的堰上站了一会儿,看见有人在他的地里踏出了一条小路,他又生气了。他在大路旁捡起几枝圪针,埋在地头的小路上,一双手抓住他的山羊胡子,气愤愤地说:"放着阳关道不走,偏走小路。真是别扭种。"

他扛起锄头又往前走。再往前走就没有他的土地了。可是,他还是往前走。

往前走五六里路,就是张庄。两村土地紧相连。那里住着他的亲家张拴成,他是张庄农业社的社长,夫太老汉要找他说几句知心话,散散心里的忧闷。这条路已经有一两个月没有来过了。大路两旁的荗子有两人多高,金皇后快要赶上荗子高了。越往前走,庄稼越好。前几天,听说县农场的双铧犁给张庄农业社耕地,他想来看看,也没有空。今天要问问张拴成,这家具到底怎样。走了一阵,走过大路两旁的庄稼,眼前现出一片光蛋蛋的平地,这块地总有好几百亩,连一根草也没有,想必这就是双铧犁耕过的麦地了。这可叫夫太老汉吃了一惊。地界看不见啦,马兰草和黄花菜刨了。他记得清清楚楚,就在这个地头上有过几棵当界石用的榆树,现在也不见了。这些地界是什么时候搬掉的呢?夫太老汉从来没有注意过。眼望着这大块的、新垄过的麦地,他发呆了。过了一会儿,他清醒过来,在地头上走过来,走过去,心里不住地想:"我怎么没留心这回事,拴成老汉怎么不来给我说说,啊!怎么糊里糊涂地过了一年?这个老东西把我闪在后面了。"他像个小孩抓住麻雀似的高兴起来,突然,从他的嘴里冲出了一句话:

"这块地真好啊!"

他不打算到张庄去了。他立即往回走,他是快六十的人了,走起来还是挺利索。当他走到自己的地头的时候,这才发现了那地堰啦,马兰草啦,界石啦,不知道是些什么东西紧紧包围着他那七亩土地。多年来,看得挺顺眼的东西,如今看见就像眼中钉一样,真真是不顺眼啦！在他的地头上，没有停脚步，一直向村里走来。他看见大路两旁地棱、地堰、界石等等，没有一样入眼的东西。就连那人人称赞的金皇后也不如张庄农业社的长得好。他三步并着两步走。在村口碰上了国华、进才老汉、明顺和金凤，他们每人都拿着家具。明顺满脸惊慌，他那落魄的样子把夫太老汉吓了一跳。明顺把手里的䦆头往地上一扔，气得连话也说不出来。

国华走到夫太老汉面前，说："夫太伯，你不要为了入社作难，等上几年也是可以的。咱不是逼着人入社。"

夫太老汉说道："不等了！不等了！我做下啥事情了，我越老越糊涂了。"说着他撂下锄头，就拿䦆。

明顺半天才说了一句话："你真把我们吓死了。"

进才老汉也走过来，向夫太老汉解释："夫太，咱是老一辈的人，要想开些，入社是自愿，可不能寻短见呵！"

夫太老汉不明白他们是啥意思，愣了一会儿，进才老汉才说明白："天刚麻麻亮，明顺跑来叫国华，说你天不明就悄悄地走了。我一想，你这个人心地狭窄，该不是寻了短见吧！我们马上去找，井台台都走遍了，没有个影子，我们就出来了。"

夫太老汉听了，一阵心酸，不知道说啥才好，停了好一会儿，他才说道："我现在活得越有意思了。刚才我到张庄农业社的麦地头上看了看。这一看，把我想不通的事情，一下子就想通了。我一个人挡住众人不能往前走，咱还算个啥翻身户。"他对明顺说："孩子，走，去刨地堰。今年种麦子不是要集体种吗？啊！先刨咱的地堰，马兰草也刨了。孩子，你不要生我的气，我是迷了窍了，我是一时的糊涂。"

他们向着夫太老汉的麦地走去。夫太老汉走在最前面。走到地里，他举起䦆头，朝着那膝盖高的地堰就是一䦆头。他挺起腰来，对国华说："国华，要发动入社的人都把地堰搬倒才行呵！"

国华站在地堰上，说道："是的，是的，一定要发动大家搬倒。

才好使唤机器。"他指着四周的土地说下去:"夫太伯,你看,都入了社,搬了地界,你就不只是这么一小块土地了,几百亩地,几千亩地都是咱们的啦!"

夫太老汉瞅着广阔的平原,那些方格小块地好像已经连成一片,在他眼里,界石、马兰、黄花菜都不存在了。

太阳就要出山了。一转眼的工夫太阳就从太行山的背后爬上来了,这雨后初升的太阳呵,慢慢地升上来,升上来……

苦海求生记[*]

一 勾子军强占峪口

> 阎锡山、老汉奸,伪军是他一手编,
> 打内战、抢地盘,害得百姓活命难。

峪口村坐落在晋绥边区东边边缘上。往西走十里爬山是丁家圳。往东七八里是水泉镇,镇上住的勾子军常出来勾人勾东西。峪口村就成立起民兵,另外,还有一排八路军住在这里,专门对付勾子军。

峪口是丁家圳的一个自然村,只有六七十户人家。这村有个地主叫杜献珍,外号叫毒蝎子,日本人在时,他叫他狗腿狗不理当村副,他撑后台。几年工夫,家产一天多一天,村西头两处院子,都是三四年前修起的,石灰院墙,三进三出。靠前街的那处院子门前,挂了块匾,上写"质直气义"四个大金字,是日本人在时逼上众人送的。年时八月间,八路军解放了这村子,众人闹反讹诈斗争,他讹来的二百多垧地都归了原主,大金字牌匾也叫众人捣烂,当柴烧了。自那以后,毒蝎子的毒气消了些,除了偷偷地造点谣言,也不常出头露面了。

这村不在大路口上,却常有难民经过这村小路上山。难民多半是受不住阎钵子的压迫逃出来的。一天早晨,从东边又来了一

---

[*] 本文为作者与邵挺军合著。

群难民,男女老少,有的披了些破毡烂片,有的手里提个小锅子,个个面黄肌瘦,有几个十来岁的女娃娃,身上只裹了些破布条子。有一个难民婆姨坐在地上,怀里抱着小娃娃,就哭就说:"这下可逃出那鬼地方啦!"峪口的老百姓见了这种凄惶情景,有的流眼泪,有的围住难民问长问短,难民正叙说阎钵子实行"兵农合一"作害老百姓的情形,忽然听见有人问道:"这是干甚的?捉住偷谷贼啦?"问话的这人是王金锁,本村农会的一个小组长。他一边问着,一边走进人群中一看,急忙自语道:"唉!这是难民嘛!"他又掉转头向众人说:"难民有甚好看的?各人快回家拿些吃的来,你们不看这难民老乡都饿得只剩皮包骨头了!"众人听了,都抢着跑回家去,有的拿了几个窝窝,有的端了两碗稀饭,金锁拿来一些热腾腾的米黄,还有一罐子菜。难民见众人热情招待,都说还是八路军地方好,又说生在八路军地方有福气。金锁说道:"老乡可不要说福气不福气。前几年,我们还不是和你们一样,年时八路军来把日本鬼子的枪缴了,我们才活出来,这一年工夫,我们才算喘了口气。你们早来上一年,这米黄,不要说吃了,就是想看两眼也没个看处!"难民们一面吃着,一面听金锁讲解放的情形,难民婆姨听着听着,就忘了吃。金锁忙说:"不要忘了吃么,放心吃吧,吃着听着两不误。"跟着他又说起翻身的情形,正说得起劲哩,毒蝎子挤进人群里来,他一看是帮难民,就说道:"一群讨吃鬼,有甚看头,还值得大惊小怪!"毒蝎子说罢,鼻子一歪"哼"了三声,又挤出去了。金锁见毒蝎子那个势,就站起来喊住他:"杜先生,这些人不是讨吃的,是难民,阎锡山逼得活不出去,才逃来这里的,众人们刚才帮助了些吃的,你也帮助些吧!"毒蝎子已经好久不和村里人打交道,听说叫他出东西,真比割他一刀还难受,就对金锁说:"你们翻身户,有东西往出拿,我这倒塌户,要甚没甚,叫我拿甚?"金锁说:"自愿吧,帮助难民老乡也是件好事!"毒蝎子说:"好事歹事与我不相干,我没那么多东西给这些讨吃鬼!"金锁说:"这都是难民,不是讨吃的,人家原先在家时,都是些好人家!"毒蝎子说:"难民和讨吃鬼不差甚!你说是好人家,好人家为甚不在家受苦?跑出来作甚?"众人听了毒蝎子胡说八道,都七嘴八舌挤上去跟他说理,有个难民婆姨也忍不住了,就说道:"有吃有穿,不受压迫,谁还愿意离开自己的家。出来逃难,咱庄户人家可不容易啊。在家千日好,出门一时难,阎钵子害得我们实在活不下去,才逃出来的么!"毒蝎子听了直摇头,说道:"我就不信,你们自讨苦吃,自讨苦吃!"说着说着就走了。

毒蝎子一走,众人都指着脊背骂起来,有的说他是死顽固,有的说他是个"看财奴",拔一根汗毛也要疼得大叫三声,金锁却对难民说:"老乡们可不要见怪,这家伙是我们峪口村的死顽固,日本人在时,给日本人办过事,至今脑筋不开。"他看见有几个难民的衣裳烂得遮不住羞,就把自己身上那件半新的小布衫脱下来,对众人说:"嗨,大家看,这几个难民老乡的衣裳烂得跌腿露胳膊,连个羞耻也遮不住了,我把这件小布衫送给他们,大家谁自愿,也给这几个女子婆姨捐几件件。"站在旁边的张老虎说:"能行能行,咱庄户人没好有赖,我捐上一条裤。"众人见金锁、张老虎都捐了衣服,各人也回家拿了些衣服,有裤子,有褂子,不一会儿,几个赤身露肉的难民女子婆姨,就都穿上囫囵裤了。难民们高兴得直说八路军地方好,一个老婆感激得趴下就给众人磕头,被金锁一把拉住。众人又问了些阎锡山那边"兵农合一"的情形,就把难民们安顿在村里,各回各家去了。

难民走后,人们没事的时候,常在民兵房里,谈些"兵农合一"的事情,一谈起来就骂阎锡山,三十几年的老账都翻了出来,没一个不恨的。有一天,正是过端午,民兵们闹了些酒,预备晚上喝,天擦黑时,队伍上来了通知,叫民兵们今天黑夜放哨小心点,怕勾子兵出来包围村子。民兵们说:"怕甚哩,黑夜没月亮,勾子兵不敢出来!"到了晚上,大家就在民兵房里摆开菜碟,喝起酒来,酒喝完了,大家还坐在炕上瞎扯淡,哨已换过三班。突然,村外"咚"的一声炮响,全村人都惊醒了。民兵房的人急忙往出跑,等民兵集合起来,八路军那排人早拉到村外,跟勾子军干起来,王银锁是民兵分队长,领了民兵也冲上去打。这次勾子军来了一营人马,迫击炮、机关枪直叫,八路军同志打得真猛,一排人顶住勾子军一个营,两个反冲锋,光用刺刀就挑死二十几个勾子兵。勾子军火力太强,八路军一排人有七八个已经挂花,全叫民兵担架队运下火线了。这样打了一个时辰,天快明时,勾子军又增援来了几百人,八路军只得退上山去。

金锁是负责掩护老百姓转移的,他看见咱们的人退了,赶紧领上村里众人往西退,才走到村口,就遇上了勾子军。勾子兵端着枪喊道:"滚回去,谁跑打死谁!""乒乓"两枪,人群里倒了几个,其余的人都乱跑,躲的躲、藏的藏,关门闭户,再也不敢出来。

勾子军解救团的马连长进村的时候,天已经明了,他们要找好房子住,就找到毒蝎子家。毒蝎子高兴得嘴也闭不住,开开大门,又是作揖又是打恭,迎住马连长说:"我叫杜献珍,是这村财主,咱们都是一家人,八路军在时,可把我压迫坏了,村里的穷鬼们开大会斗争我,和我算账,可叫他们把我欺侮苦了!如今你们来啦,谢天谢地!阿弥陀佛!"双手一合,"嘣"的一声跪下磕了个响头,爬起来就把马连长引回家里。

和马连长一同进家的,还有牛主委一干人马,协助员啦,秘书啦,十几号人。勾子军这次发大兵来,是准备长住的,要在这村安个治村村公所,牛主委就是治村组政军经统一工作委员会的主任委员,挎着武装带,领章是两条金杠,三个花花,毒蝎子认得他是个上校阶级;又一看马连长的领章,是一个条金杠,三个花花,是个上尉,上尉没上校大,就特别奉承牛主委,就点烟就倒茶,还把他的女子小飞机叫出来,给他俩上洋劲。小飞机是毒蝎子的亲生女儿,日本人在时,嫁给一个翻译官,因她人小腿快,人们都叫她小飞机。

年时八月,八路军反攻,翻译官就把她扔下滚了蛋,她在家高门不成,低门不就,毒蝎子把她直留到现在,才有了大用。牛主委一看小飞机怪不赖,就叫毒蝎子引上马连长去抓"叛军",他跟上小飞机到里房里自在去了。

听说去抓"叛军",毒蝎子蛮高兴,马连长却有些吃醋,因此不痛快。毒蝎子只顾自己高兴,没看出马连长的事,说道:"这村谁家有叛军,我都知道,我领你去!"马连长顶了他一句:"快给我另找房子吧,老子不住这里!"毒蝎子一听,就把他引到后边那座好院子里,说:"这处院子和前边院子是连着的,只把那个小角门弄开,就行了。"马连长还满意,就派几个勾子军,跟毒蝎子去抓叛军,他自己却开起烟灯来。

这村有二十几个民兵,六七家八路军家属,毒蝎子领上勾子军挨门去捉,民兵们都跟上分队长王银锁跑了,毒蝎子说:"跑了和尚,跑不了寺。"除抢了各家的贵重东西以外,一下捉了二十几个家属,也有男也有女,一齐关进民兵房里。为了镇压老百姓,勾子军把捉住的两个民兵和一个八路军战士头割下来,挂在门口,苍蝇就在人头上乱飞,房子里的人有的骂,有的哭,毒蝎子理也不理,只管回家吃饭去了。

二　刺刀下面开大会

　　勾子来到,变了世道,
　　坏人进庙,好人上吊。

下午,牛主委要正式成立治村村公所,毒蝎子这回要报仇,就亲自当村长,他的狗腿狗不理,还有两个二流子当村警,料子鬼三混子当村书记,村公所就设在老爷庙上,门口挂了一块用白纸糊起的木牌牌,上写:"峪口治村村公所"。毒蝎子搬了把椅子坐在办公室里,故意抖威风,把狗不理叫过来问道:"你看这天下到底是谁的?"狗不理说:"是你老人家的。我早就看出八路军不抵事!"毒蝎子说:"快吃你的闷粥去吧!你倒成了诸葛亮啦!年时冬天,众人斗我的时候,你也不帮老爷爷一把,真把老爷爷斗坏了!"狗不理瘪着嘴说:"你老人家都没办法,我一个小卒能顶屁的用!"毒蝎子说:"少放屁吧!如今晋绥军来了,以后好好地给咱跑腿!"狗不理连声答应,毒蝎子又说:"你快找三混子把这里收拾一下,召集全村人来开会。"毒蝎子说罢就回了家里。

  狗不理找来三混子,还有几个勾子军,一同把庙院布置好,又抓了几个老百姓打扫了一遍,就分头去吼人。勾子兵去请马连长、牛主委,三混子去请毒蝎子。狗不理提了一面锣,沿街去敲。这家伙有个好喉咙,尖着嗓子喊起来,五里远的地方都能听见。敲一声喊一声,"当当当","老百姓快到大庙上开会去咧,谁家不去罚白洋十元,去迟了的罚白洋五元,快去唠!"前街喊到后街,狗腿跑得真快。狗不理知道王金锁和毒蝎子有点仇恨,走到王家门口,特别使劲敲了几声锣,特别高声喊了一阵才走。

  说起金锁和毒蝎子的仇恨,黄河水也洗不清。日本人在时,毒蝎子出下灰主意,叫日本人把金锁婆姨给霸占了;金锁出不起保管粮,毒蝎子指使狗不理用杠子压、辣椒水灌,把他的左眼给打瞎,后来毒蝎子讹了他的五亩地,才算了事。年时八月,闹清算斗争,金锁气得眼都红了,头一个上去就给了毒蝎子一顿饱拳,后来大家说理斗争,金锁收回了他那五亩地,因为政府讲宽大,没杀了毒蝎子。如今他兄弟银锁一跑,家里只剩老父亲和银锁媳妇三个人。金锁今天一大早就被毒蝎子拉走关起,老汉王国柱心焦得坐卧不安,忽听狗不理喊开会,不去又要受罚,就把大门锁上,领着银锁媳妇上庙里去了。

  走到庙门口,看见门前挂了一块蓝布条子,识字的人念道:"庆祝解救团反叛八路军胜利大会。"王老汉摇摇头,走进庙里,见人们东一堆,西一堆,都低着头不敢说话,会场四周站着勾子军,枪上上着明晃晃的刺刀,一个个面黄肌瘦,破衣烂裳。等了一会,毒蝎子说话了,他今天换了一身新衣服,上身穿的白绸褂,下身穿的黑绸裤,脚上穿的一对胶皮鞋,秃脑壳子不戴帽。他说:"今天咱们开反叛八路军胜利大会,现在请牛主委和解救团马连长二位讲话。"毒蝎子说罢,众人向庙圪台上一看,那上边放着三张椅子,中间坐着牛主委,穿一身黑哗叽军服,靠在椅子上脑袋像颗老南瓜,眼上戴一副黑二饼子。右手椅子上坐的马连长,身穿草绿色的伪军制服,军帽挂在后脑上,驴长脸。左手坐的那个不知道是个什么家伙,满嘴金牙,纸烟不离嘴。毒蝎子走到牛主委面前说道:"请三位长官讲话!"牛主委正要往起站,马连长早已站起来,叉着腰对众人说开了:"我是解救团的上尉连长,我姓马,老子一辈子没打过败仗,跟日本人的时候,我就吃得开,司令长官和日本人和平了,我还是吃得开,我有兵有枪,这回打败叛八是我的功劳,你们每家先出石五军粮,慰劳我的部下,五天交齐。为了保卫你们老百姓,明天就修'一杀百'碉堡,这两件事做到做不到?"台下众人都不答话,马连长又说:"谁做不到这两件事就是伪装分子,谁就得'自裁',我的训话完了。"马连长先来了这一阵训话,真把牛主委给气坏了,在众人面前,也不好斗气,他眼睛一转,慢腾腾地站起来,那个子活像个电线杆。他说:"我是司令长官的特派上校主委,这个治村军政大事都由我负责,我是这村之主。我的上级是司令长官,我的下级就是你们,不要马马虎虎!哼!"少停了一下,他又说:"现在我们把八路军消灭干净了,以后要安定秩序,完粮纳税,实行兵农合一,兵农合一是聚宝盆,我们是给你们送聚宝盆来了。我牛主委是司令长官的直接代表,你们服从我就等于服从司令长官。为了治理村政,司令长官规定了一条规约,今后,叫你说甚就说甚,不叫你说甚就不说甚,叫你做甚就做甚,不叫你做甚就不做甚,叫谁进村谁就进村,不叫谁进村谁就不能进村,叫谁出村谁就出村,不叫谁出村谁就不能出村,记下没有?"他把手放到脖颈上吃劲一砍,说道:"不服从就是这!我的训话完结。"他转身对那个满嘴金牙的家伙说:"现在请顾问训话!"这个家伙一站起来,众人都抢着看,他结结巴巴说了老半天,只听清了一句:"阎司令长官大大的好!"原来这家伙是个日本鬼子。

散会以后,众人在街上边走边议论,毒蝎子后边跟过来,有些胆子大的人,就上前问毒蝎子:"杜先生,第三个说话的是个日本鬼吧!"毒蝎子说:"你怎敢叫日本鬼?以后不准这样叫,要叫他顾问!"又有人问:"顾问是个甚!"毒蝎子说:"顾问,就是,你们脑筋不开,就是日本人帮助消灭八路军,司令长官优待他们,这就叫顾问!"有人在背后说:"这么说,那阎锡山不是成了汉奸了?"毒蝎子骂道:"混蛋!你们长的几颗脑袋,敢骂司令长官?牛主委才说过,叫你说甚就说甚,不叫你说甚你就不能说甚!你们那耳朵塞上驴毛啦!谁再说这话,就当伪装分子办,你们不看已经圈起一房了?"众人也不敢再说甚,都各自回了家。

王老汉和银锁媳妇走到家门口,看见大门已经被人捣开,锁子也砸烂了,王老汉知道不好,急忙进家,见家里叫拾翻得乱七八糟,箱箱柜柜统被打开,里边的东西没有了,盆盆罐罐也捣成稀巴烂,墙上叫刺刀扎了许多窟子,银锁媳妇见衣服被人抢走,气得直哭,王老汉也唉声叹气,没一点办法。想了想,说:"这一定是那些勾子兵干的,趁开会的时候,抢了咱们!"银锁媳妇说:"这可怎活呀?甚也叫人家抢了,连我的针线包包也抢走啦!"两人正哭哩,张老虎婆姨也揉着眼进来,她说她回家的时候,五六个勾子兵正开窑哩,把粮食也抢走了,她在路上听见各家都在哭叫,全村没一家不受害的。她说着说着又哭了起来,王老汉说:"眼前有甚办法?人家把咱们的人圈起来,还不知死活,想办法把人闹出来再说吧!"王老汉左劝右劝,张老虎婆姨才不哭了。

晚上,牛主委对毒蝎子说:"要使咱们政权稳固,头一步就要肃清伪装分子,你对村子里熟悉,你先跟圈起的人个别谈话,叫他们交关系!"毒蝎子奉了命令,就把圈在民兵房里的人,带到村公所里个别谈话,逼住叫交关系。金锁在民兵房里早就和大家商量好了,问甚也不说,打也不说,骂也不说。毒蝎子问了几个,打了几个,一句话也没问出来,他想先把硬的弄倒就好办了,于是就逼金锁,毒蝎子说:"独眼龙,你说谁是共产党?把你和奸军的关系交出来!"金锁说:"我不知道!"毒蝎子拿起根棒子说:"你兄弟王银锁是不是共产党?你是不是和他有关系?"金锁答道:"我不知道!""嘣嘣"两棒子,又问:"你是不是共产党?"金锁答道:"不知道!""嘣嘣"又是两棒子。毒蝎子眼睛瞪得核桃大,吼叫道:"你独眼龙不把关系交出来,我叫你那右眼也瞎了!"金锁一听,心里想:"说也是死,不说也是死,给他胡说一顿吧!"就说:"我和司令长官有关系。"毒蝎子问:"有什么关系?"金锁说:"他是中国人,我也是中国人,这样不是一个关系?"毒蝎子生气了,一棒就把金锁打倒在地。毒蝎子花了半夜工夫,没有问出一点关系,就又把人都关起来。第二天狗不理传出个话,说五十块白洋赎一条命,三天不赎,一律活埋。王老汉听了,就找村里人商量,不管变房卖产,赎人要紧,第二天,就把人全赎出来。

　　金锁挨了打,越发恨毒蝎子。张老虎、四楞来找他商量对付毒蝎子的办法,他说:"咱们不要怕他,有机会,放倒他就对了!"四楞是爆性子人,天不怕,地不怕,说干甚就干甚,他说:"我给咱收拾毒蝎子,反正顶上烟囱不冒烟,大门不走就是啦,决不投降!"张老虎也是农会的会员,做事稳当,会想办法,他说:"看样子人家常住呀,光咱们几个硬干还不行,该想法派人去找咱村的民兵才是!"金锁道:"不用找,他们一定要回来,他们跟八路军上山去了,八路军不会把咱们忘了,过几天,自然就来解救咱们!勾子军祸害,总不能把全村人杀光!"大家又说起明天修碉堡的事,金锁说:"给他磨洋工,把锹把子弄活,镢头楔子也弄个小的,刨一下,修一下,看狗日的有甚办法!"大家同意这办法,张老虎说:"狗日的,日本人在时,明里叫狗不理当村副,他暗里出主意,面子上还装好人,如今自己出马了,毒蝎子尾巴又露出来啦,以后要好好想法对付哩!"众人又说到交关系,金锁就说:"毒蝎子夜天问我要关系,我说了个和阎钵子有关系,他就不问了,真是难民们说得对:有关系交关系,没关系捏关系,捏了关系交关系,交了关系没关系。"众人听了,想笑又不能笑,又谈了一阵,就各自悄悄地回家去了。

三 "一杀百"碉堡

抓民夫、运砖土,拆屋毁庙修碉堡,
他把百姓害了个苦,给他掘坟墓。

  毒蝎子把二十多个人的赎身钱,合计一算,不到一千块白洋,其中一多半还是些衣裳家具顶的,白洋实在只有四百多元。毒蝎子就把这些钱分成十份,村公所村警、书记等人,一共分一份,牛主委给两份,马连长两份,其余都归了自己。牛主委、马连长拿到白洋,都称赞了他几句,毒蝎子自然高兴,这一关过去了。还有一关不好过,牛主委叫他要军粮,马连长叫他修碉堡,毒蝎子想了一下,修碉堡不如要军粮有利,所以就先去要粮。可是军粮不好要,全村人都不好好地交,你一升子,他半升子,村公所也没办法。金锁、张老虎、四楞好几个人领头,说是可以一伙坐黑房子,要粮食没有。后来一村人挤到庙门口,又是哭又是叫,毒蝎子生了气,请来几个勾子兵,一家一个又关起来。这事叫马连长知道了,就把毒蝎子叫去,指着鼻头骂道:"老子当了一辈子兵,没见过你这松包村长,前天吩咐你修碉堡,到现在还没动工,误了大事你负责任!"毒蝎子说:"我可负不起呵!"马连长说:"负不起就催人动工,军粮不用你要,我们派兵要就对了。"毒蝎子只好再去找牛主委,牛主委说:"碉堡也要修,粮食还要收。"毒蝎子说:"牛主委我一个人可顾不过来呀!"牛主委说:"好好好,现在是军事时期,那就先修碉堡,修好碉堡还要进攻奸区哩!"毒蝎子领了命令,把狗不理叫来,吩咐道:"把那些狗日的们放出来吧!叫他们去修碉堡,四十七以下的,十七以上的,不分男女,一律上工。"狗不理说:"才关起,为甚又放出来?"毒蝎子气得一拍桌子就骂:"两天闷粥吃的你不知道东西南北了,日你妈,你是个跑腿的,倒过问起村政大事来啦,快去告给众人,今天去准备工具,明天上工。"狗不理吃了头子,一肚子气,走到黑房子把门打开喊叫:"出来吧!"众人以为出去一定没好事,一齐说:"我们不出去。"狗不理说:"快出来!村长的命令,今天各家把工具准备好,明天动工修碉堡,四十七以下的,十七以上的,男女都上工!"众人听了这话,才敢出来。狗不理咕嘟着嘴摔摔打打,有些多嘴的人就问他:"这两天吃饱了吧!"狗不理说:"快悄悄地往回爬吧!"接着自言自语道:"你当村长怎么样?你在上边挨了训,找我出气,老子不受!"又有人问:"杜村长挨训了?"狗不理嫌众人多嘴,骂道:"放出你们来,快滚就对了,看老子再把你们关起来!"众人知道他是灰家伙,也就分头走开了。

　　当天黑夜,金锁拿了个烂箩头,假装去张老虎家修理,两人就悄悄议论起来。张老虎说:"听狗不理的口气,不知道毒蝎子为甚挨训了!"金锁说:"我看许是为修碉堡的事,受了马连长的训。头天开会,那家伙就说修碉堡,如今没动工,大概生气骂了他。明天再把磨洋工办法告给大家,看狗日的吃头子吧!"他俩正说得起劲,毒蝎子提了个马灯,引着两个勾子军查户口来了,毒蝎子看见金锁,就叫道:"三更半夜你来这里做甚?"金锁把箩头往地下一扔说:"你们不是说明天叫修碉堡吗?我是修箩头来了,你看,那不是?"毒蝎子盯住瞅了他几眼,骂了两声"妈的皮",就走了。

　　第二天一早,又是狗不理敲锣叫众人上工。这家伙叫得满起劲,前街后街喊了一阵,家家户户吃罢早饭就去上工。碉堡修在村西头,离毒蝎子的院子有几十步远,一律用石头。这村离山十几里地,只好拆老爷庙的院墙。解救团派了一班人监工,狗不理和毒蝎子自然更忙,看见谁动弹迟慢,上去就是一马棒。可是打了这个,那个又歇下了,六十几号人,怎也顾不过来。金锁弄了根烂麻绳,捆一回石头断三四次,没法接了,就请假回家去找绳子,一天工夫也不顶一早起的工,监工的勾子军也没办法。到第三天头上,金锁累得实在支架不住了,他就避开勾子兵,跑到大庙后边,搬起块石头把才结起的绳子捣断,就请假回家寻绳子。金锁回到家里,把大门关上,"噗通"往炕上一倒就睡着了。呼呼地睡了一阵,听见有人捣门,他想一定是勾子兵来了,就急忙拿了绳子跑到茅房里。毒蝎子在门外直捣门,大声喊叫:"独眼龙开门来!"金锁子在茅房里答道:"来了,来了。"一面从茅房走出来,一面说:"吃上些糠菜直跑肚!"金锁把门开开,毒蝎子伸手就打他两耳光,骂道:"逃服役,受罚吧!"金锁说:"我跑肚嘛!"毒蝎子说:"不要诡辩,走!"就拉上金锁上了大庙,毒蝎子要拉他去见牛主委。金锁说:"村长村长,可不敢,我下次再不了。"毒蝎子一定要拉他去见牛主委,后来金锁答应每天早起给他家挑两担水,并且答应了三天以内交三块白洋的罚款才算了事。五月天气,一到上午,太阳就晒得人只想睡觉,每天早晨那一阵,监工的勾子兵和毒蝎子一伙们还起劲,到了午上,就你东我西休息去了。众人们熬得受不住,也就三三两两偷偷地溜到大庙后边去休息。这样又过了两天,这"一杀百"的碉堡才修半人高。这天,牛主委、马连长、小飞机来参观,金锁从别人手里夺过一张锹来,一锹一锹的掘土地,每一锹土都扬得高高的,别人也看出风水,就一伙扬起来。一时黄尘飞扬,弄得参观的人不敢走近,小飞机站在远处,掏出一块红绸手绢,掩住鼻子直叫:"啊呀! 土飞的,脏死了! 脏死了!"金锁悄悄对众人说:"烂脏货比甚也脏,还装洋蒜哩!"只听得小飞机不住地喊:"回吧! 回吧!"牛主委拿手绢在脸面前抹了几下,鼻子里哼了几声,掉转屁股就走。

马连长没走,他仔细一看,四五天工夫,才修起半人高,就对着众人骂道:"中国人奴隶性,不打不行!"他从一个勾子军手里夺过一支枪来,也不管大人小孩,男的女的,一伙子乱打一顿,打得众人哇哇直叫,扔下工具乱跑。有十来个人叫他给打坏了,一个放羊老汉当场叫他打死,王国柱老汉的头上挨了一枪托子,鲜红的血直往下流,一下就晕倒在地上。后来,马连长随便抓住几个人送进黑房子里去,说这是杀一儆百的办法。第二天上工就少了二十几个人,除打坏和关起的以外,连夜还逃跑了几个。这碉堡眼看着马上修不起了,马连长、牛主委就从水泉镇调人,隔了一天,水泉镇一排勾子兵押着六七十个老百姓来修碉堡,连夜赶工,三天把"一杀百"碉堡修起。

这碉堡修的时候,众人就奇怪,一个三丈多高的圆筒筒,除了几个枪眼眼以外,无窗无门。金锁说:"这一杀百的碉堡,我看倒是个自杀碉堡,像个大墓圪堆,无窗无门,把人从眼里填进去,八路军打来,插翅难飞,阎钵子可想了个好办法!"张老虎说:"可说不定人家还有办法哩!"金锁说:"有个甚办法哩?咱们操心着些,看狗日的们从哪里进哪里出!"全村人看了这个碉堡,个个纳闷,不知道这个玩意儿怎样使用?都把这"一杀百"的碉堡叫做自杀碉堡。

碉堡修起后第二天,轮上金锁给毒蝎子挑水,这是村公所的规定,家家户户都要轮着给村长家和勾子兵营房支差,抗属加倍。金锁走进后院的时候,看见院里有一堆才从地下挖出来的黄土,他想去看一看,被一个勾子兵吼喊着撵出来了。自这以后,规定挑水送柴的老百姓不准进后院勾子营房。可是,"一杀百"碉堡的秘密也自这儿就传开了,一传十,十传百,谁都知道碉堡有一个暗道,通毒蝎子的后院里,勾子军还以为众人不知道哩!有一次,金锁问一个勾子兵:"老总,你们这碉堡没窗没门,从哪里进去呀?"勾子兵说:"我们天天黑夜登梯子往上爬呢。"金锁又问:"吃了紧怎办呀?"勾子兵生气了,骂道:"我们吃紧不吃紧与你屁相干? 司令长官想的办法就不吃紧!"金锁怕挨打,就跑开了。因此人们就给"一杀百碉堡"又起了个名字,叫"吃紧碉堡"。

四　逼军粮

阎钵子害人千万,杀人放火都干,
摊了派了不算,还要排门门刁遍。

一杀百碉堡修起以后,村公所贴出告示,限全村在三天以内,不分贫富,每家交石五军粮。这是写在公示上的,那没写在公示上的,这七八天来,已经不知道要了多少了。告示出来,勾子兵就三三两两,拿着棒子,提了火柱,挨门去要,没有就亲自下手。刺刀往墙上咚咚地乱扎,把人家房子里的墙皮都给扎遍了。拿火柱的在房里院里、地下炕上,这里探一下,那里探一下。粮食藏到野地里的,一颗没丢,藏在家里的,差不多全叫勾走了。金锁家有五斗多谷子藏在野地里,勾子军没勾走,可是眼前没吃的,又不敢去开窖,就把地里的瓜菜弄来吃。

这天早晨,金锁刚要下地摘瓜,狗不理把他叫到村公所去了,毒蝎子正趴在桌子上看账,见金锁进来,就问:"独眼龙,你小子的石五军粮甚时交?"金锁说:"我现在就交!"毒蝎子裂开嘴说:"好,你倒是痛快人,狗不理跟他去背!"金锁说:"要脑袋了现在交,不要脑袋了,没有粮食!"毒蝎子把桌子一拍,站起来就骂:"怎么?你当是不敢割你的脑袋?睁开你那瞎眼看看,这是甚地方甚时候?八路军在吗,减租呀赎地呀,一下就翻了天,八路军说声交公粮,你比谁交得还快,如今晋绥军来了,你要交脑袋哩!吃了两天饱饭就不认人了,这回我就叫你好吃难消化!来人,把他关起来!"狗不理站在一旁直翻眼,不动手,毒蝎子接着大骂:"如今的杜献珍不比头前了,我说东谁也不能说西,我说打狗谁也不敢打鸡,谁敢说个不字,先把狗日的门牙敲了!"狗不理听他越说越厉害,马上慌了手脚,忙对金锁说:"你往开里想么,几颗粮食不要紧,卖了脑袋可就安不上了！"金锁咬了咬牙，不说话。毒蝎子给狗不理使了个眼色，狗不理点了点头，就把金锁拉出去了，走到庙外，狗不理说："没石五，少交点，欠下的以后再交，我在村长面前说上两句好话就行了！"狗不理说时挤了挤眼睛，意思是想要点外快，金锁看见就讨厌，说："爬到一边子去吧！"狗不理看见得不到便宜，就跑回村公所说灰话去了。隔了一袋烟工夫，狗不理引着毒蝎子和几个勾子兵，围到金锁家里，逼着要粮。金锁要交人命，毒蝎子就指挥狗不理和勾子兵动手抢东西，除留下个铜瓢，连炕上的一张烂席子也给抢走了。临走的时候，勾子兵还摸了一下银锁媳妇的脸蛋。早饭以后，狗不理又引了几个勾子兵来抢金锁家，同时赶来了一群羊，狗不理指着三眼窑洞说："拖欠军粮不交，这处院子充公，你们快滚蛋！"

　　金锁坚决不走，让两个勾子兵狠狠地揍了一顿棍子，拉到门外去了，狗不理就把那群羊赶进窑里，说："这三眼窑当成村公所的羊圈。"说罢就走了。

　　金锁一家三口人只得搬到张老虎家去住，张老虎老婆、银锁媳妇和五岁的小子狗儿住里窑，他们三个住外窑，张老虎老婆正哭得不行，王老汉问："你哭甚哩？"那老婆说："我家喂了十来只羊，全叫瘟神们赶走啦！这日子可怎过呀？"金锁接过去说："不要说你家的羊了，我家的窑洞也归了人家，成了羊圈啦！要不怎会到你家来住，日他妈的，这真是鬼世界！"王老汉说："唉！咱们甚时才能脱离了这个苦海呢？"张老虎听成了是甚时才能逃走，就说："人家碉堡也修起了，里三层外三层，尽是勾子哨，人逃不出去，先就把命送了。我看这日子总不会这样下去，八路军，还有咱村的民兵，他们还能不来救咱们？一定会来的，咱们咬住牙再忍上些时吧！我们慢慢地想法和山上联络。全村人都受害着呢，又不是光咱两家。"王老汉说："这都是逼咱们往死路上走呀！今天做工，明天交差，前晌出捐，后晌出粮，庄稼都荒了，天大的老财能吃得住？

夜儿李保根半夜逃走,叫人家捉住,拉去当了兵。能逃就逃,不能逃,只好拿命扛!眼前没吃的,地里的那些粮食,想法闹回点来,再拣上些菜和糠,能将就的饿不死就对了!"下午,金锁和张老虎装着下地锄草,到天黑才弄了一斗谷子,塞到一捆柴里背回家来。

村里几个甚也没有的穷汉,都叫抓上送到四泉镇当兵去了。有几家交不了军粮,把乱七八糟的东西摆到门口出卖,摆了两天,除了勾子军拣好的抢走一点,甚也卖不出去,后来还是向毒蝎子求了个情,把那些东西送到村公所顶了军粮。勾子军长官们每天杀猪宰羊可吃美了,勾子兵们自然还是一天两顿稀米汤,饿得不行,就到各家抢老百姓的吃的。牛主委吃饱喝足以后,每天下午和小飞机手拉手到街上去串。老百姓成天出差服役,哪有工夫打扫街道,连自家的茅坑也没工夫去掏,弄得街上屎尿横流,臭气熏天。这天牛主委到街上去串,一脚踏在一堆狗粪上,气得他直骂老百姓"亡国奴",马上下命令,叫村公所派人打扫街道,自然又是众人受害。

三天过去,军粮还是没有收起,可是要把搜刮来的一些农具、衣裳算上,也就不差甚了。毒蝎子想探一探牛主委的口气,就到了牛主委那里说老百姓死的死,逃的逃,粮食怎也弄不够。牛主委正接到上级命令,叫把粮食送到四泉镇囤起来,他就对毒蝎子说:"你先把收起的粮集中起来。"毒蝎子说:"集中倒是可以,有一半是些农具,怕一时变不成粮食。"牛主委瞪着眼睛骂道:"什么?你这个草包!"把纸烟往地上一扔,怒冲冲地进了窑里,毒蝎子见牛主委生了气,心里扑通扑通直跳,正想开口诉几句苦,只见牛主委又转身来问他:"粮食没要起,组织发展了几个人?"这一句话可把毒蝎子问住了,怔了一阵,才结结巴巴说:"我已经瞅好了几个对象,没说过哩!"牛主委仰起头问:"加入同志会是为甚?你知道不知道?"毒蝎子说:"是为了执行阁会长的命令,监督老百姓!"牛主委又问:"还有甚?"毒蝎子说:"还有发展会员!"牛主委紧接住往下问:"你发展下几个了?"毒蝎子说:"工作忙,没顾上,我已经找好了对象,今黑夜就宣誓入会。"牛主委又转回来问他:"粮食为甚收不起来?"毒蝎子皱着眉头说:"老百姓抗粮不交嘛。"牛主委说:"放屁!老百姓又不是铁打的,那个敢抗粮不交?收不起粮,是因为没发展会员,没有会员起作用。如果有了会员,就会有人报告粮窖在哪里,老百姓不痛痛快快地交,我们自己也有办法!"毒蝎子听了一顿训话,觉得怪丧气,低着头走出去。

毒蝎子参加同志会,是在勾子军来的第二天晚上,和他同时参加的,还有村公所那一窝子,小飞机也参加了。牛主委还委她当了妇女干事,专门收拾村里妇女。毒蝎子参加的同志会,还不是普通的同志会,是那牛主委翻来覆去说了四五遍的阎会长最后同志的"最后同志会"。牛主委给他的第一个任务,是叫他赶快发展会员,这两天这家伙只顾给自己闹东西,把"任务"倒忘记了,经过牛主委这么一训,他才想起这回事来。回到村公所,正是吃午饭的时候,他一个人坐在办公室里,低倒头直顾想发展的对象,他想:"金锁、张老虎那一伙子,根本不行,有些老汉汉也不顶事。"正想中间,狗不理进来,毒蝎子就问他参加同志会谁合适?狗不理说:"王正冠你看怎说?"毒蝎子一听不错,就说:"对对,好对象,好对象!"一面说,一面走出村公所去找王正冠。王正冠是这村比较有钱的人家,日本人在时,跟上毒蝎子偷偷摸摸,也喝过一些油水,不过他没敢下手大搞,年时闹减租清算时,他也被捎了一下。这回村公所派粮,他嫌多,不大满意,毒蝎子如今来找他,他开口就提这问题,毒蝎子答应给他下一些,以后就叫他入会。在先,王正冠不大愿意,毒蝎子说:"入会能逮便宜,带害的事我还能找你。"王正冠听他这么一说,想了一阵,才应承下来,不过有一个条件,他说他只能悄悄地参加,可不能叫村里人知道,毒蝎子也满口应承。

二更天以后,毒蝎子引上王正冠到牛主委那里填写入会志愿书,毒蝎子就是介绍人,入会有一套仪式,后墙上挂着阎锡山的像,入会人要跟上牛主委站在像前念誓词,誓词上写道:

　　余誓愿追随阎会长官为物劳组织奋斗到底,倘在中途违反组织决议,及不服从组织命令,甘愿自裁,谨誓。

王正冠举着胳膊念到"甘愿自裁",心里通地一跳,浑身汗毛都炸了一下。最后牛主委训话,他说:"参加民族革命同志会以后,就是自己人了,现在第一个任务是要囤积粮食,自己多出粮,不允许别人不多出粮。还有,会员要监视村里伪装分子,随时报告,自己负责,不容人不负责,记下没有?"王正冠战战兢兢地说:"记下了!"

第二天,牛主委给最后同志会的"同志"下了紧急命令:突击发展会员,三天之内发展十个"同志"。这一下,"最后同志"们慌了,但是立刻就有了办法,两天工夫就发展了十二个,有几个老汉汉,还有几个村公所工作人员的老婆,牛主委一看,很满意,就叫会员们调查老百姓的粮食窖。这可把会员们难住了,不调查吧,这是命令;调查吧,又怕刨了窖子得罪下人,糊里糊涂过了两天,粮食还没闹起来。上级的第二道命令已经下来,牛主委就亲自下手搜粮食,挨门逐户地过,众人的粮食本来不多,又经过他们三番五次地抢夺,早已没有多少了,所以搜了半天,还是没有闹够。搜到王正冠家的时候,牛主委亲自在院子里发现了一个粮窖,把四五石粮食,一颗不剩地装走了,王正冠再三再四说好话,牛主委说他不忠实组织,反而大骂一顿。王正冠本想参加同志会能得些好处,谁知反而带来了害处,后悔不该参加同志会。

第二天,村公所集合众人,往水泉镇送粮,长胡须的老汉汉也得背一口袋,同志会的人也少不了背粮,只有最后同志会的"同志"才舒舒服服,在村里蹿来蹿去。

五　份地牌牌插上了

兵农合一烂尿盆，土地充公变草林，
老百姓有话不敢说，只怨阎钵子害人精！

那天，金锁父子俩和张老虎背粮回到家里，累得浑身疼痛，王老汉一下子滚到炕上，喘着气说："光这成天价支差，也把峪口村糟蹋完了，地里的草比谷子还高，明天该去锄一遍了！"这个锄地计划到第二天早起又行不通，天刚明，村公所就敲锣召集人上庙，狗不理喊的是："上庙上听升旗训话去咧！"金锁在门里骂道："日你妈，吃劲叫吧！年时开大会你总没忘了。早知道你是这么个东西，一根汗毛也不宽大你！"金锁虽然骂，还是和王老汉、弟媳妇一同去了。张老虎两口子迟去了两步，坐在椅子上的牛主委就问："谁来迟了？"张老虎不敢应声。牛主委把牛眼一瞪，喝道："跪下，来迟的统统罚跪三炷香。"张老虎不知嘴里骂了些什么，看见勾子军刺刀明晃晃，两口子只好跪在众人背后。牛主委看见人已不少，就开始训话，先骂八路军，后骂老百姓，接着说到正题"兵农合一"上。他说："现在就要实行兵农合一，编组分地，这办法是司令长官花了几十年工夫想出来的，好处多得很：第一，这办法实行了，生产的人多，你们老百姓有饭吃、有衣穿。第二，打仗的人多，好去收复奸区，保护社会安宁。这些好处，你们明白不明白？"连问几声，老百姓没一个答应的，他从椅子上跳起来，拉过毒蝎子问道："你是一村之长，我问你，兵农合一，好不好？"毒蝎子正想说话哩，就裂开嘴脸说道："司令长官说过的，兵农合一是聚宝盆，编组分地是摇钱树，咱村能得到聚宝盆、摇钱树，可真是福寿无疆，感恩不尽了！好好好好，好的没法说。"牛主委哈哈大笑，拍着毒蝎子肩膀说："好村长，好村长，这事交给你办理，全村的地大致计算计算，登记一下，把各组的牌子插上，过三两天就领份地。"接着他又讲当国民的义务,他说当一个国民,有三大任务:当兵、纳税、受教育。一直快到吃早饭,才放众人回去,众人一散开,一路就三五成群地谈论起来,金锁说:"阎锡山这个老王八也不死,整天思谋得害咱们。"四楞骂道:"日他妈,老子就不实行兵农合一,看他阎钵子能咬掉我的一根毫毛!"张老虎也骂道:"兵农合一聚宝盆,我看倒是个烂尿盆,前些时从老阎地区逃来的难民,一个个都饿成黄荜啦!"有一个老汉唱道:"兵农合一办好啦,老百姓也都跑啦!兵农合一办成啦,天大的老财也穷啦!"

众人正骂得起劲,看见毒蝎子走过来,就都不做声了。毒蝎子挤到人跟前,卖好似地说:"这一下咱村可就有办法啦!"跟着就又吹起他那"摇钱树聚宝盆"来,众人早就听得恶心啦,可是他还叨叨不完。不知道是谁低声说了一句:"好!好!可就是兔子的尾巴长不了!"毒蝎子一听这话,就站住了,大发脾气,吼叫道:"谁说这话来,你站住!日你们妈的,共产党说声减租赎地,把你们高兴得翻了天,几顿饱饭吃得不知酸甜苦辣,那是共产党先甜后辣的手段,你们就迷了窍了。如今司令长官给你们聚宝盆还不要,真是奴隶性!天生的穷骨头!"众人们只当没听见他的话,理也不理他,心里骂道:"狗日的,看你能威风几时?"走到十字路口,就各回各家了。

登记土地是件容易事。日本人在时,狗不理当村副的土地账,还在毒蝎子手里,全村人的花名册也有,人死了的、跑了的,从总花名册上勾掉就算了。逃亡户的土地自然归村公所,所以这事根本用不着下地。牛主委说过去的土地不实,这回要闹实,毒蝎子心里想:"你坐在那里吃点喝点算了,我说实就实,我说虚就是虚,还不是由我一手捏。"毒蝎子再三请示,牛主委一定叫去,那就只好再去一趟。早饭以后,毒蝎子换了一身黑制服,这制服是前几天,用村公所的办公费,从牛主委的马弁手里买来的,毒蝎子是个胖家伙,这身制服却是又短又窄,他想:当村长是应该穿制服的,如今买不到好的,只好将就穿上这一身,抖抖村长的架子。狗不理费了九牛二虎之力,帮他穿上,紧得毒蝎子胳膊腿也伸不展了。因此扣子只好不扣,军帽太小,也只好不戴。天热怕晒,就戴了顶庄户人的草帽子,虽然不合身份,倒也凉快,手里还提了根棍子。他在前,狗不理拿一根丈地的长竹竿子紧跟,最近村公所才添了的那四五个村警抱着木牌牌,书记三混子夹着地亩账在后,两个勾子军压尾。毒蝎子在头前说:"全村两千八百多亩地,都烂在我肚子里了,全村除过妇女和四十七以上的老汉、十八以下的娃娃,再除去逃亡户,还有三十三个劳动力,兵农合一小组分十一个组,耕作小组就分成三十三组,每组份地是三十亩,除下的地由村公所处理,这不完了。大热天,牛主委硬给人找麻烦!"到了地里,他们先从东头看起,不管谁家的地,估计这一片够三十亩了,就插一个牌牌,牌上写着"第 X 组份地。"每份地有的是在一块,有的一份地却是东一块西一块不在一处,地亩数也只是毒蝎子一估计就算了,只少不多,因此三混子带来的地亩账就没用项。他们走到金锁地头上,狗不理弯腰插了个牌牌,毒蝎子说道:"慢着!"狗不理说:"这是金锁家的地。"毒蝎子说:"我知道,这地在我手里多年了,他狗日的一个钱不掏,就把地赎回去,就算他的啦? 不行! 这地归我。"说罢,他就提着棍子在地头附近左看右看:这可是一块好地,麦子长得很好,也快割的了,同时这地紧挨毒蝎子的那块地,看了一阵说道:"把这块地和我那块地划成一份吧,将来一个国民兵领一份地,我领这一块就行。来,狗不理,就在这两块地的中间插上牌牌。"狗不理马上过来插了个牌牌就走开了。

　　这次出来登记土地,实在说只是插份地牌牌,东一块,西一块,沟里山上乱跑一阵。这没意思的工作,也叫村长陪伴上跑腿真不合适! 如今正是五月热天,太阳像个火盆似的烘烤得人直流汗,毒蝎子又穿了一身又短又窄的黑制服,热得他气喘汗流,浑身是水。大声喊叫:"好热好热!"忽然看见近处有一颗小柳树,急忙跑过去坐下了。众人也都想休息，走到柳树底下，毒蝎子说："天热成这样子，太阳像火盆似的，我先在这树底下休息休息。狗不理你先领上弟兄们插牌牌去。"那两个勾子兵说："老子早就不待跑了，叫老子好好歇一阵。"他两个把枪取下来，挂到树枝上，两腿一蹬，呼呼大睡了。狗不理问："一组地三十亩，怎样分均匀？"毒蝎子说："大概估一下就对了，叫三混子去陪你！"狗不理、三混子也实在熬得受不住，可是人家又不叫休息，少不得发了几句牢骚。他们把三十三组地插完以后，自动回村去了。毒蝎子和两个勾子兵一直睡到后响才醒来回去，一路上直骂狗不理不来叫他。

毒蝎子回去就报告牛主委，说份地已经划好了，牛主委又给他布置了领地抽丁的工作，毒蝎子连连点头。牛主委说："马上给村里下命令，不管男女老少，三天以内，一律不准出村，准备开编组领地大会。"毒蝎子回到村公所，狗不理上前说道："村长村长，上午插的份地牌牌，全叫人给拔了！"毒蝎子问他谁拔的，他说不知道。毒蝎子说："你为甚不知道？你是干甚吃的？快去调查！调查不出来，你再重插一遍。"狗不理调查不出来，当天黑夜，就弄来几个柜柜箱箱劈开，三混子写了字，第二天清早下地又插上了。同时村公所出了个告示说："谁再拔份地牌牌，捉住当"奸军"处理。狗不理又沿街吼喊了几遍，毒蝎子这才放了心。

六　一组一个常备兵

　　一怕挨打受气，二怕坐了禁闭，
　　三怕抽在"常备"，四怕拉走枪毙。

地插上份地牌牌以后，众人恨毒蝎子恨得咬牙切齿，毒蝎子这里是照样耀武扬威，满不在乎。这天早晨升旗训话，牛头马面没来，毒蝎子就"拍打"了一阵。这家伙三句话不离本行，出口"聚宝盆"，闭口"摇钱树"，因此众人又送了他一个新绰号，叫他"聚宝盆"。下午逼住众人打扫街道的时候,聚宝盆对众人说:"插上牌牌的地都归村公所了,不准随便到地里去,谁家地里的牌牌没了,就找谁家,一个牌牌交十个白洋。夜儿不知那个汉子都给拔了,今天出了布告,捉住要枪毙。"金锁故意说道:"那牌牌恐怕是叫八路军拔去了吧!"聚宝盆大声问道:"八路军拔牌牌你见了?"金锁不敢再说了,就闹了把扫帚在地上呼啦呼啦使劲扫,扬得满街黄尘,聚宝盆掏出手绢,掩住鼻子赶快走了。剩下众人就乱吵起来,有的说:"这日子没法过啦!"有的说:"每天饿得不行,还要支差,今年秋天收黄蒿吧!"金锁就给众人火上加油。打扫了一下午,就骂了一下午,各人回家的时候,金锁对四楞说:"黑夜到我家来。"

　　黑夜,四楞悄悄地到了金锁家,张老虎婆姨一开门,就坐在门外放哨,房里没点灯,黑洞洞的。金锁说:"不要看狗日的们如今抖威风,不要怕他们,在不久的将来,外边有八路军攻打,咱们这些人就在村里跟他们斗,一定能打走勾子军。聚宝盆是咱村的个大害,甚事都是他下手,想法把他弄死才好!"四楞说:"他一天到晚坐在村公所,出门屁股后又跟着狗不理和勾子军,怕是没法下手,要闹就闹利洒,可不敢露出马脚!"张老虎说:"以后,看机会吧,眼下人家要分地抽兵,这可要想个对付法子。"大家想了一阵,想出一个法子:编组分地给他个明分暗不分,抽兵给他个半路打死勾子军,开小差到八路军去。粮食已经不多了,麦子还没下来,坐黑房子也不怕,他总不能把全村人圈起来。商量好以后,四楞就悄悄走回家去。

　　第二天早饭以后,村公所召集全村男人在大庙上开会,勾子军把着门,牛主委说:"今天开编组分地大会。"他指着墙上的白纸标语说道:"你们老百姓不识字,我给你们念:'兵农合一聚宝盆,编组分地摇钱树'。那一条是:'当国民有三大任务,当兵纳粮受教育',记着没有?"众人一听心里就怕,有的人悄悄地议论起来。牛主委见众人议论,从台阶上走下来,把王老汉拉到台阶上说:"你们老百姓看他这松样子,一股子亡国奴相,提也提不起来,满脸稀脏也不洗,真给中国人丢脸,幸亏顾问不常出门,要是叫顾问看见,真要骂你们亡国奴了!"又问王老汉:"你叫什么?"王老汉说:"我叫王国柱。"牛主委又问:"你多大了?"王老汉说:"四十七了!"牛主委说:"放屁",胡须这么长,我看你八十也够了,大概你听说四十七的能领份地,你就说四十七,以后不准你说四十七,记着没有?"王老汉真是哭笑不得说了声:"记住啦!"就走下台阶去了。

　　马上就编兵农合一小组,四十七岁以下的,十七岁以上的,三人一组,一组出一个常备兵,剩下的两人为国民兵,每人领一份地,三十亩,负担以后再说。王老汉超过年龄,领不上,只能当助耕,和国民兵编成耕作小组。国民兵每人每年出二石粮,十斤棉花,优待常备兵家属。这一阵解释以后,牛主委就叫各组马上出一个常备兵,他指着站在一旁的十几个勾子兵说:"把门子关好。"又命令聚宝盆:"一组一组抓纸蛋蛋。"

　　聚宝盆就按着花名册念,念完一组的人就拉在一起,共编十一个兵农小组,应该出十一个人去当兵。可是谁也不愿去。大家四下一看,勾子兵拿着枪,枪上上着刺刀,谁要随便动一下,枪托就捣在屁股上了。人们都拿眼睛找金锁,金锁站在那里也不知道该怎办。聚宝盆催了一遍,没有人去桌上抓蛋蛋,他就喊道:"金锁那组先抓!"金锁这一组,有一个哑子,还有一个赵五十八,是四十多岁的庄户人,光棍汉,性子愣裹愣悻。哑子知道不是好事,直哇哇叫,不去抓纸蛋蛋,五十八圪蹴在台阶底下不动,只有金锁一个人走到桌子跟前,聚宝盆把已经写好的纸条拿在手里,他和金锁有仇,就想叫金锁去当兵。他悄悄地把三张纸都写上"常备兵",揉成三个纸蛋蛋,叫金锁抓,他想道:你随便抓了哪一个也跑不脱!金锁正要抓哩,五十八站起来说:"不用抓了,我去当兵。"聚宝盆说:"不行不行,抓纸蛋蛋才公道呢!"五十八说:"那我先抓。"伸手抓起一个,展开一看,上边写着"常备兵"三字,聚宝盆"心里自然不大痛快,却也无法,马上把五十八推到一边。再叫第二组来抓,十一个组一阵工夫就抓完了,十一个常备兵马上被勾子军监视起来,有的哭,有的叫,牛主委骂他们是亡国奴,立时关进黑房里去。聚宝盆又发给各国民兵耕作小组一张"份地证",然后把众人撵出了门。

到下午,大庙上挤满了一群婆姨娃娃,要见一见自己的人。聚宝盆出来说漂亮话:"你们的男人当了兵,是为了打奸军,你们在家由众人养活,国民兵每年给你们出二石粮,十斤花,男人在不在没关系。"婆姨们不听他胡说,又哭又叫,一定要见见自己的人,挤在村公所门口不走。成科的老婆,一头顶在聚宝盆肚子上大哭,聚宝盆生了气,一脚把她踢下台阶去了,吼叫道:"这是村公所办公重地,谁不走,给我捆住几个关起来!"狗不理在旁边拿了根柳棍,一面骂,一面打,那些婆姨们就和他厮打起来。成科婆姨说:"我不活了,你们把我男人拉去,我跟你们拼了!"聚宝盆见众人死活不走,马上叫狗不理去请勾子军,同时他对众人说:"男人多得很,咱们晋绥军可多呢,为甚一定要你们那男人?再说见一面也可以,牛主委说明天还要开欢送大会哩,你们明天早些来吧,一定叫你们见面!"众人听聚宝盆说明天能见面,这才回家去了。

七 恶毒的计划

> 征一购二附加五,马料四斗随后补,
> 粮食打下都交公,一年四季白辛苦。

第二早晨,那些婆姨去看自己的男人时,那十一个壮丁早已不在了。聚宝盆对她们说:"怕你们婆姨娃娃家哭鼻子伤心,所以半夜里就送走了,过些时,打败奸军再团圆吧!"那些婆姨们叫骂起来,喊着要打聚宝盆,聚宝盆诈唬了她们一阵,说是去叫勾子军,一溜烟跑了。

这一天,全村男女老少,被勾子军逼上修操场,把靠村东边上的两坰谷子全拔了,勾子军背着枪监工,谁磨洋工,就罚跪。一天就把操场修起来了。修完操场回村的时候,张老虎对金锁说:"如今修起操场,说不定又要来勾子军哩!"金锁说:"他来多少咱也是一样,反正能待一天就斗一天,实在不行,咱全村开小差。现在说现在的话吧。地是分了,全村人都反对,我看咱们明天去锄地的时候开个会吧,麦子也快割了,各人劳动了一春天,吃在嘴边的粮食,谁也不愿意叫他们刮去,地种三年亲如母哩,狗日的聚宝盆以前闹明减暗不减,咱们也闹个明分暗不分吧!"张老虎说:"好,这办法一定能行。我看咱们也该给山上联络一下哩,过几天,我想法去山上跑一趟。听说八路军就在这附近活动,他们一定会来解救咱们的!"当下,他俩分头找了些老实可靠的人,准备第二天到麦地里开会。

　　他们好多日不到麦地里来了,每天被逼上支差开会,没法下地。如今麦子割得了,谷子地里的黄蒿比庄稼长得还凶。他们一个一个扛上锄头,悄悄地爬进张老虎的麦地里开会,到会的有金锁、张老虎、王老汉、四楞、成科婆姨等共七八个人,派哑子在地头上放哨,他的眼睛灵动,不会出事。其余的趴在麦地当中,小声地说话,金锁说:"如今麦子也割的了,人家村公所把地分得乱糟糟的,看这麦子怎割呀?"这一句把大家问住了,左思右想,谁也想不出好办法。还是金锁说:"咱们来个明分暗不分吧!明里分了,暗里各收各的。"这办法大家都说很好,张老虎也说:"家家户户都反对分地,这办法大家一定同意的,咱们告给各家的时候,要叫大家守住秘密。"他们又议论起昨夜晚勾子军搜家的事,成科婆姨说:"我睡下啦,几个瘟神打门进来,吆五喝六,刺刀乱晃,东搜西查,说是要搜杀人凶手。搜了一阵才滚出去了。后边问隔壁三婶子家,才知道后沟里一个勾子叫谁用石头砸死了。"张老虎接着说:"狗日的到我家也搜来咧!今早起听一个勾子兵说:昨夜晚没搜见凶手,怕是八路派来的侦探干的。"一旁四楞突然扑哧一笑,说道:"见鬼,那我成了八路军的侦探了?那是我干的。夜日我从西山上锄草回来,见沟底有个勾子拉屎,我看了看四周没人,就拿起一圪垯石头,照准那勾子捣下去,哈,正好把那狗头捣了个稀巴烂。哼,老子就是这个干法,别看聚宝盆、狗不理这会儿抖威风,迟早也逃不出我的手……"正说的起劲,嘻哨的哑子忽然跑进来,指手画脚比手势,众人以为勾子军过来了,就要跑,哑巴却抓住金锁直往出拉,刚走几步,五十八爬进来了。这真是叫人又惊又喜。众人就问他怎么回来的,五十八说:"狗日的勾子军当天黑夜就往出送我们,我们十一个人,只有四个勾子军押着,走出五六里地,前没村后没店,我们就想逃跑,勾子军只顾说话,也不大注意我们,我和成科两个背对背的走,他用手把我手上的绳子解开,我也把他的绳子解开,我大叫一声吃家伙!那四个勾子兵就着忙了,我们一伙上去,有三个也是被逼上当勾子兵的,乖乖地交了枪,那个顽固兵叫我们拿枪把子捣死了。"王老汉高兴地问:"后来你们去了哪里?"五十八说:"都在丁家峁哩。听说八路军又调人马,要打咱村的勾子军哩!"王老汉又问:"银锁在那里不?"五十八说:"在哩,自从跑到那里就害了病,如今才好了。丁家峁民兵中队长把咱村的民兵编了一个排,银锁当排长哩!"四楞高兴地叫起来说:"那我也去吧!"金锁马上说:"不行,过些时他们来打勾子军,咱们的用处大哩,都跑出去怎办?"众人问甚时来打?五十八说:"我把咱村的情形都报告给住在丁家峁的八路军了,说是过几天一切准备好以后,就来打。"众人听了,都高兴地说:"快来吧,迟一天我们多受一天的罪!"说完这些话,五十八就要走,众人叫他等送饭来,吃了饭再走,他说:"我回去吃吧,今天来就为的告你们一声,不要挂念我们!"说着就走了。

　　下午,狗不理又传命令,说是牛主委嫌操场不平,明天再修一天,众人心中虽然愤恨,也只好再去修一天。这一天聚宝盆亲自监工,从东头到西头,从南头到北头,全场好像就他一个人,又喊又骂,众人真想拿铁锹打死他。操场弄平以后,又叫挑水,拿碌碡压,真把人害苦了。四楞早就气得不行,就把铁锹往地上一摔,坐下休息,聚宝盆走到他面前问道:"你是干什么来啦?"四楞说:"支差来啦!"聚宝盆说:"你狗日的为甚坐下休息?"四楞说:"受了一整天,饿得顶不住!"聚宝盆说:"我监工多半天了,还不觉饿,你就饿啦?你捣蛋,小心点!"四楞说:"我早就小心上了!一个烂脏操场修这么好做甚?又不是修场面打粮食。"聚宝盆生气了骂道:"放你妈的屁,你怎么知道不是打粮食?好,没给你点苦头吃,你不知道爷爷的厉害,你等着!"四楞还想顶几句,金锁赶紧过来打个圆场,把他拉开了。

　　一直到天黑才收工,聚宝盆把人召集起来讲话,说是明天割麦子,按耕作小组,由村公所领头,一组一组的去割,全村的麦子都在这个场上轮流打。谁要单个人去割,抓回来当偷盗军用品办罪!他说司令长官下来命令,麦子算军用品,不准任何人掐一根麦穗。这一下可真把人吓坏了,众人这才明白:原来修操场是为了集体打麦子,半年的辛苦又给老阎受了。金锁张老虎他们的明分暗不分计划也落空了。金锁去找聚宝盆和他讲理,反对在一个场上打麦子,聚宝盆把那老脸一翻,说道:"谁反对?你敢反对阎司令长官吗?好你独眼龙,你的脑袋想搬家了!"金锁再也没敢说话,聚宝盆又说:"把你们的麦子全交公家,还不够完银子呢!我给你们说一说:今年每亩地的田赋是八钱三厘三银子,每两银子要征一石,购二石,附加五石,要麦子,不要小米。另外每两银子要出四升马料,村公所办公费二斗,捐购粮二斗,救济粮二斗,这些交小米也可以。还有哩,不要吵,听着:每一份地负担十套军服,军帽军鞋绑带在内。这些负担统统由耕作小组的'份地'上出,村公所不挨门逐户的去要,如今这办法就是满打满算,各耕作小组的庄稼全到这儿来打,打下当场就交,这样交起来方便,我们收起来也不麻烦。至于军服还得由各家出。"聚宝盆说罢,也不听众人骂了些甚,带上勾子兵和狗不理回了村公所。

全场的人都喊着没活命了,张老虎他们怎也想不出个好办法,四楞干脆说:"今黑夜到麦地里放一把火!咱吃不上,叫他们也吃不成!"金锁说:"咱们再慢慢商量吧!"众人各自回家去了。

四楞来找金锁和张老虎,一定要放火烧麦子,金锁说:"不行,你一把火把麦子都烧了,咱吃不上不说,等八路军打来了,也没吃的,可该怎办呀?我们要想法保护粮食才对哩,不到要紧三关不能放火烧!"张老虎接着说:"我看这麦子从收割到打下,总得花几天的工夫;咱再磨点洋工,马上给山上送信,叫他们快点来打勾子军。等八路军一来,麦子保住了,那些狗日的勾子军的脑袋也就搬家了!"四楞说:"那咱把聚宝盆捣烂,马上去丁家崞送信!"金锁说:"要去今黑夜就去,到那里就说,人家要收全村的麦子哩!他们来的人少也不怕,我们一定要里应外合。把咱村的勾子军的情形也报告给他们:这里的一连人实在只有四十几个,有一半是抓来的,都没心劲儿打仗,二十几根枪,有一个掷弹筒。一个日本人用的机关枪,还有乱七八糟的一堆破鞋太太,村公所十几个二流子,打起仗来只会累事。把碉堡的情形也告诉他们,碉堡不好攻,要寻到它的后门里,打的时候,我们领路,记着没有?"四楞说:"记住了。"说完,提了一张铁锹就朝小路出村去了。

八　集体打场

　　早上忙,晚上忙,好容易,到麦黄,
　　可恨勾子毒如狼,打下场来刮个光。

这一夜,全村的人就在哭叫声中过去。第二天天明,锣声一响,狗不理又催众人打场了。金锁正在吃饭,心中想道:"你狗日的喊吧,再过上几天,想喊也喊不成了。"他紧喝了几口稀饭,正要出去,一个勾子兵气汹汹地走进来骂道:"他妈的快吧!非要老子拿上棒子挨门请不行!真贱骨头。"张老虎话也没说一句,拿了条绳子就走出去。

  耕作小组的人还没到齐。等了一阵,那个勾子兵撵着几个人来了,勾子兵一面打着众人,一面骂道:"老子吃粮当兵一辈子,没碰上这差事,今儿老子要伴着你们在太阳底下割麦子,还要老子拿棒子去请。"那家伙自己骂了一顿也就算了。人还是没到齐,二十几个组只到了十五六个人,还有几个是助耕老汉,一共三十来个人,每人一条绳子,王老汉却拿了个棍子。聚宝盆看见说:"你这死老汉又不是去打狼,拿个棍子做甚?"王老汉说:"我们老汉背不动,我和志唐老汉两人抬一捆还不行?"聚宝盆骂了一声"吃货",就走到众人面前说道:"咱村二十二个耕作小组,合共六十几个人,人还不齐,几个死老汉也顶不了大事,所以今天去挽麦子又不能一组组的挽了,咱们就分成两组吧,不管谁家的地,一混子挽!"聚宝盆又对那十来个勾子兵说:"老总们也分成两组跟着一齐下地吧!来,狗不理,你领一组,我领一组,排好队走。"狗不理把人拉过来,拉过去,两队在刺刀下逼着下了麦地。

  金锁和哑子在一个队里,这一队由聚宝盆领头,五个勾子兵监工。今天天气特别热,太阳红红的,晒的人真要流油了!聚宝盆有了那天下地的经验,今天特别带了一把洋伞,撑起来遮在头上,确实比那天的草帽好得多了。他们这一队从村东的麦地挽起,这块地本是张老虎家的。来到地头上,聚宝盆说道:"挽吧!"众人看看勾子军枪上明晃晃的刺刀只好挽。哑巴却拉了一把金锁,比划了一阵手势,又哇哇地叫起来了。金锁叫他挽,他不动手,还是叫喊。聚宝盆过来就说:"你喊叫甚,怕我们把你当哑子卖了哩!这地",聚宝盆指了指地,又指指自己的胸膛说:"属了我们村公所了,快给老子受吧,好活的日子过去了!"哑子吃了个耳光,再也不喊叫,就去挽麦子。

众人一齐挽麦子,金锁领头,他故意挽得很慢;遇到一堆难拔的麦子,就指东骂西地说:"你狗日的根子再深,老子也要拔掉你!"聚宝盆听见了,就喊道:"不准说话!"金锁捆麦子的时候,又指鸡骂狗地说:"老子把你捆得紧紧的。看你狗日的还威风!"聚宝盆听见大声问道:"独眼龙,你说甚哩?"金锁说:"我说把麦子捆得紧紧的。"聚宝盆说:"不准你说话!谁也不准说话!"大家不说话了。聚宝盆打着洋伞,抽着纸烟,在众人屁股后边走过来走过去,一会儿说:"从这边挽!"一会又说:"从那边挽。"等上一阵子又说:"快点!快点!天好热呀!"说罢,他自己跑到一棵柳树下休息去了。

这一队十来个人,一整天才挽了四垧麦子,狗不理领的那一队,比这队还少,只挽了三垧。麦捆子全放在村口的大场上,虽然是集体挽的,各组还是另放着,准备集体打。第二天,牛头马面叫聚宝盆早些把麦子打下来好吃,聚宝盆就分配这两队人一队去挽麦子,一队在场上打麦子。四十七岁以下、十五岁以上的妇女,都参加打麦子,不管谁家的妇女,谁不来,就要戴高帽子游街。张老虎老婆、成科老婆、王银锁媳妇,都被逼到场上打麦子来了,孩子们跟在妈妈的后边齐哭乱叫。那些有气无力的,半天打一下,半天响一声。自己的麦子,收下来全叫人抢去,谁还有心劲打呀?可是聚宝盆催得可上劲呢!他打着洋伞,站在场上当中,直喊叫:"加油呀!你们这些老百姓,为甚不加油呀!"张老虎婆姨说:"我们喝上两碗稀饭没力气打!你成天吃上饺子圪蛋,你为甚不来受!"聚宝盆指着她说:"好,你一个婆姨家还敢跟我村长顶嘴,老子明天送你到水泉镇上慰劳军队,吃众人的尿去!"聚宝盆乱嚼一顿,又到那边骂去了。

这些婆姨们从吃罢早饭一直受到后响,还不叫回家吃饭去,孩子们饿得直哭,张老虎家娃娃拉着妈妈的衣襟道:"妈妈!妈妈!回家做饭去吧!"妈妈说:"人家不叫回去嘛,好乖孩子再等一阵!"

孩子不听,反而大哭起来。聚宝盆走过来骂道:"小狗日的来扰乱公事哩,要不是因为你小,马上关你黑房子!"说罢,一个巴掌把娃娃打了个嘴啃泥。娃娃越发大哭起来了。聚宝盆生气地又骂了一顿。后来他自己也累得不行了,想回家去过过瘾。刚走几步,牛主委、小飞机和马连长走过来了,身后有三个马弁搬了三张躺椅。还有二个勤务兵,搬个炕桌子。另一个勤务兵左手提了一把茶壶,右手拿了几个茶盅子。这伙人来到打麦场边上的一棵大槐树底下停住,三个人躺在躺椅上了。小飞机坐在正中,勤务兵忙着点烟倒茶。聚宝盆急忙上前说道:"牛主委、马连长出来乘凉来啦!"牛主委说:"我来参观你们打场来了。"马连长说:"我来看媳妇来了。"小飞机马上说:"马连长看上那一个,我给你拉关系。"马连长指了一指说:"那一个穿白褂子的不赖,那天升旗训话的时候我捏了她的脸蛋一下,那女娃娃还不高兴呢!"小飞机说:"那就是民兵王银锁的媳妇嘛,可是个好货!马连长的眼真不错,一眼就看上好宝物了。"牛主委对小飞机说:"你给马连长拉拉关系吧!她男人逃走了,剩下她一个也怪孤单的。"马连长一笑说道:"跟咱睡上几天还可以,当老婆咱可不要。咱这人行伍出身,走到哪里哪里有老婆,咱就爱那露水夫妻,娶上个老婆还嫌麻烦哩。"听着听着,聚宝盆的烟瘾实在支不住了,连打了几个哈欠,伸了几个懒腰,拼命吃了一支哈德门,还是不行,可是在牛主委面前,又不敢自己先回去,于是就对牛主委说:"牛主委,太阳也快落山了,婆姨娃娃们受了一天,也该收工啦!"牛主委看了看天色,说道:"早哩早哩!不行!"马连长说:"你这村长当的真自私,你村这妇女,老子出来才看了几眼!就要收工,你这是甚意思?"聚宝盆马上笑嘻嘻地说:"我是请示一下,不收工咱就不收工嘛!我还能自私咧,马连长你看上哪个了我帮忙!"牛主委在一边说:"马连长早就看上银锁媳妇了,几次都没弄到手,你说帮助正好,你就把那女人叫过来吧。"聚宝盆答应一声,转身就向场里走去。

那些妇女受的实在支架不住了,她们回头看见小飞机坐在牛头马面中间,又喝茶又抽烟,真是恨得骨头还疼哩!成科婆姨骂道:"看那破鞋!真不要脸,撇开那腿!躺在椅上,要卖哩!"张老虎婆姨也说:"老子是个坏种,女子也是个贱货!真是一对对。"她们正议论中间,聚宝盆过来对银锁媳妇说:"银锁家媳妇,该是你的福气到啦,马连长要和你说句话,你给咱去一下吧!"银锁媳妇咬着牙说:"你说甚哩?"聚宝盆说:"马连长说你可以当军服督导员,他想跟你谈谈话。"成科婆姨骂道:"亏你老杂种,你一个女子不够卖,去拉你老婆嘛,你跑到这来做甚?羞你先人的!"霎时间,三四个女人一齐举起棍子要打,吓得聚宝盆跑到马连长面前说道:"那狗日的女人,脑筋不开,还是另找一个吧,等个好机会再收拾她!"小飞机说:"对对!捏捏扭扭!也没意思,我先给你另找一个吧,过几天我去给她开脑筋,脑筋开了再闹也不迟。"马连长骂了几声,看看天色已晚,他们一伙子就走回村去。

这一天,只打下一点麦子,而且还没扬出来。聚宝盆急着回家过瘾,也就收了工。

九 "聚宝盆"下毒手

儿子长大是阎钵子的,女儿长大是村长的,
娶下媳妇是老总的,打下粮食是当官的。

一连打了两天麦子,有些妇女累得爬不起来了,银锁媳妇病倒了,第三天没去,毒蝎子说她逃避服役,罚做军服十身。小飞机一个上午就催了两趟,说是不交军服,就送村公所,银锁媳妇愁得唉声叹气。正要吃午饭的时候,小飞机又来了,上身穿的绿绸衫子,下身穿的水红裤,头上梳得明溜溜的,脸皮上宫粉有铜钱厚,口唇上抹着胭脂,真像个活妖精。一进门,不说别的,就逼着银锁媳妇要军服。银锁媳妇没布没法做,小飞机就说:"我有个主意,你从了我,不做也没关系。"于是就把马连长看上她的那事,说了一遍。银锁媳妇听了,气得真想寻死上吊,小飞机逼着要她说话,她不说,王老汉在一旁跪下磕头,直求小飞机饶命。小飞机也生气了,就跑回去报告毒蝎子,毒蝎子马上派狗不理叫银锁媳妇。狗不理说:"快上庙吧,牛主委要训话哩!"银锁媳妇死活不去,狗不理说:"今天短了你,话就训不成。不去?抬也要把你抬去!"银锁媳妇没奈何,只得去了,王老汉也跟在身后走去。走到门口,只准女人进,王老汉被隔在外面。银锁媳妇一进庙门,劈头过来了马连长,一把拉住她说:"我的乖乖!"伸手在她脸蛋上捏了一把,她实在忍不住,哇的一声哭了。马连长叫道:"来,把她捆起来!"狗不理正要上前捆,马连长说:"慢着!"于是又走上前对银锁媳妇说:"我看你是妇道人家不懂事,饶了你这一次。"他看见妇女们都已来齐,便假装正经上了台阶,坐到躺椅上。旁边那张躺椅上,坐的是牛主委,两眼直盯住女人们。他把烟头往地下一扔,站起来说:"今天叫你们来,是选一个军服督导员,催做军衣。另外再选一个纺花英雄,要选漂亮的,年青的。你们提吧,看谁好!"女人们圪挤在一起,眼也不敢往起抬,马连长指着银锁媳妇说:"我看她就挺漂亮,你们提她吧!"银锁媳妇见指到自己头上,又呜呜地哭起来,马连长走到她跟前,两手搭在她肩上说:"乖乖,别哭,你聪明,你伶俐,当个督导员,呱呱叫……"没等他说完,银锁媳妇闪开他,往门口冲去,哭着道:"我跳井去呀,我死也不当督导员。"急得牛主委从台阶上冲下来,把她拉住了。

这时候,小飞机口含纸烟,正从大门口进来,牛主委对她说道:"你快给我选一个军服督导员!"她一听又要选一个,不由得吃起醋来,脸子一扭说道:"你爱哪一个就挑哪一个。与我何相干!"牛主委听她话不对劲,悄悄地说道:"不是给我选,是给马连长选呢,你别吃醋嘛。"小飞机平了气,转头问那帮女人道:"喂,你们选谁当军服督导员?"妇女们一看她那破鞋相,又气又恨,便异口同声说:"我们选你吧,你擦的粉戴的花,你漂亮,你年轻。"把个小飞机说得眉飞色舞,娇声娇气地说:"哎哟哟,这样一个好差事,咱可当不上!"牛主委也说:"对了,你已经当了妇女干事了,好差事也该人家干几天吧!"那帮妇女都是一口咬定要选小飞机,牛主委推不过,就叫小飞机当了军服督导员。接着又选纺花英雄,众人又一口咬定选小飞机,小飞机高兴地在场子里扭来扭去,结果又选了她当"纺花英雄"。牛主委就奖给她一件大红旗袍,脊背上还绣了"纺花英雄"四个大白字,当下小飞机把旗袍穿起来,叫众人看好不好。那些妇女羞得看也不愿看,直说:"好好好!"选完以后,马连长很不高兴,小飞机趴到他耳朵上说:"你看下的,今黑夜我包你搞到手。"马连长说:"好,我可等得不行,弄不来,我可叫你顶哩!"

散会以后,已经快天黑了。银锁媳妇被拉到小飞机家里,小飞机说:"你这么好的人才,嫁了个穷小子,把一朵鲜花插在狗屎上咧!如今,你时来运转了,马连长看中你啦,你嫁给他,比在银锁家里胜过万倍!"银锁媳妇说:"我死也不跟勾子军!"小飞机说:"跟上马连长穿绸挂缎,吃肉吃面,真是一生荣华富贵,还不比你一日吃两顿稀汤汤强?"银锁媳妇说:"我看见你这烂脏货,就恶心得想吐呢!"这一下,小飞机恼羞成怒了,捉住银锁媳妇的手,狠狠地打了十几个手板,打得银锁媳妇直哭。小飞机就把她锁在羊圈里,正要去找马连长,听见大门口的卫兵和人吵架,小飞机爱管闲事,出去一看是王老汉,就问:"你来干什么?"王老汉说:"我找我家媳妇!"小飞机说:"你家媳妇甚时跑到这里来的?快滚蛋吧!"银锁媳妇在房里听见王老汉说话,连声喊叫救命。王老汉一听,发疯似的往小飞机家冲去,小飞机大叫:"把他捆起来!"卫兵就上去捆住了王老汉。

这时马连长和聚宝盆也来了,马连长指着王老汉问聚宝盆:"他今年多少岁数?"聚宝盆回答道:"四十七岁。"马连长说:"那正好是常备兵!"王老汉听话头,怕让他当兵,忙说道:"我今年八十咧!"聚宝盆抢着说:"放屁,户口本上明明写的是四十七!"王老汉说:"上次领份地的时候,牛主委不叫我说四十七,你看我这么长的胡须,还能是四十七的人?"聚宝盆骂道:"我看你是有意留的,想逃避兵役,今天非把你这几根胡子拔掉不可!"说着一把捏住王老汉的胡须,使劲一拔,拔下了好多,痛得老汉大叫。马连长说:"把它刮了!"狗不理在一旁听说,急忙取了把剃刀,"噌噌"地把老汉的胡须刮了个光,嘴上刮破十几道口子,满嘴是血。马连长冷笑道:"胡须刮光了,看上去不过是三十几的人,顶个常备兵,满可以。"又朝着聚宝盆说:"就用这个办法,今天抓一些顶那天跑了的。"聚宝盆说:"好,今晚上下手。"转脸对王老汉说:"听见了吧,明天送你去当常备兵。不过,只要你肯劝你家媳妇嫁给马连长,事情还可以通融通融,你拿主意吧!"王老汉骂道:"你丧尽了良心,总有一天叫你不得好死!"说着用头对准聚宝盆肚上碰去,聚宝盆啊呀一声,坐倒在地。马连长吼叫道:"把狗日的吊起来!"狗不理应了一声就把老汉拉进院里,吊到树上。聚宝盆气呼呼地过去,拿起个皮鞭子,把王老汉抽打了一顿,王老汉在先还骂,后来打得不吭声了。他们急忙把他放下,用冷水喷过来,聚宝盆说道:"捆你一晚上,再送走你,叫你知道杜爷爷的厉害!"狗不理应声又把老汉捆到树上,嘴里塞上棉花,跟上聚宝盆抓人去了。

　　小飞机从羊圈里把银锁媳妇拉出来,骂道:"下贱货,管不了,拉去叫晋军打排子枪!"银锁媳妇在地上打滚,就是不走,她的叫声,把全村人惊醒坐卧不安。再加上聚宝盆领着勾子兵挨家捉人,整个村子马上就乱哭乱叫起来。

十　捣烂聚宝盆

勾子军滚了蛋，兵农合一解了散，
聚宝盆捣了个烂，世事又翻了个转。

他们这个抓人的计划，是从常备兵逃跑以后就决定了的。那次常备兵逃跑以后，马连长坚持马上再抓一批去顶，牛主委不同意，他说本村年轻一些的人没有多少了，上级又急着要粮，村里没有人谁来收割庄稼？所以牛主委坚持把麦子收割得差不多了，瞅一个黑夜，来个措手不及，把年轻人全抓去当兵。马连长也同意了。如今麦子都已上场，剩一些老汉汉和婆姨们也能打，上级又来命令要兵，因此牛主委决定今天等打完场就动手。当天晚上，狗不理跟上聚宝盆，还有村公所六七个村警和马连长派的勾子兵挨家去提。

金锁听见村里乱哭乱叫，又不见王老汉和弟媳妇回来，心焦的坐不住，就想爬上房子去嘻一嘻，他才爬上房去，就有两个勾子兵踢开大门闯进来。狗不理提着马灯，进门就吼："独眼龙，起起起，村公所请哩！"金锁知道没好事，从房顶上揭起两片瓦，照定狗不理的头上打下来，狗不理被打倒了，马灯也熄了，吓得那两个勾子兵掉转屁股就跑，狗不理爬起来也抱头跑了。金锁知道这一下闯了大祸，跳下房把张老虎叫起来，张老虎拉上他老婆和孩子，就要往出跑，老婆吓得不行，问他："勾子军放哨的看见可没活命呀！"张老虎说："在家里也没活命，只有这条路了！"张老虎刚把老婆孩子翻出院墙，村西头就乒乒乓乓响起枪来，手榴弹响得"更更"地，张老虎想：好了好了，一定是八路军来了！他赶快把老婆孩子寄在房后的大镢子地里，又跟金锁爬上房去看。月亮照得村里明朗朗，只听见勾子军在村西头"突突"地吹哨子，那些抓人的勾子兵，也都跑到村西头集合。金锁和张老虎耐不住了，跳下房来，从村东头出去，绕村跑到了村西头。这时候八路军已经冲进村子，把勾子兵包围在聚宝盆家院里了。

聚宝盆的前院后院都关得很紧，"一杀百"的碉堡上枪声响成一片。金锁和张老虎在村口碰上了银锁和五十八，银锁见面就喊："找梯子，找梯子！"张老虎和金锁就弄来一张梯子，八路军的同志把梯子支到前院的围墙上，往院里丢进五六个手榴弹，便从梯子上爬进去了。勾子兵一见八路军的刺刀，吓得直发抖，直喊叫："八路爷爷饶命吧！八路爷爷饶命吧！"十几个勾子兵把枪往围墙外一扔，就举起双手投降了。八路军的战士进去开了大门，有一伙人冲进去了，在正房里捉住了牛主委和小飞机，不见别的人，银锁指着小飞机问："毒蝎子们上哪里去了？"小飞机说："我不知道。"这时候捆在墙外大树上的王老汉吐出了棉花，叫道："都到后院去了！"民兵们一听是王老汉，马上去解下来。其余的人一齐从后角门冲进后院。后院里静悄悄，房子里熄灯灭火的，好像没一个人。银锁以为勾子兵埋伏在房里，就走近窗户去看，几个家里面都没人。忽然从碉堡上打过来一个掷弹筒炮弹，在院里炸了，他们马上爬在墙根，隐蔽起来。

在村口围攻碉堡的八路军和民兵打得正起劲，一颗一颗的手榴弹都扔到那三丈高的碉堡顶上。掷弹筒也朝着碉堡直打，民兵们大声喊起来："缴枪不杀！""投降优待！"起先碉堡上还放枪，后来一阵打得不敢还枪了，里边却不答话，八路军的一个排长急了，就派人去取炸药炸碉堡。

冲进院里的人，搜来搜去找不见毒蝎子、马连长那一伙在哪里？正着急的时候，金锁拿来一包辣椒，还有两圪垯硫磺，他说："通碉堡有个暗道，我看见过，我们把它烧着熏吧！"这真是个好办法。金锁又弄来一堆柴草，堆在地道口上，上边放上辣椒和硫磺，点着了，好几个人都拿簸箕往地道里倒。外边攻碉堡的手榴弹在碉堡上也炸开了，里外夹攻，碉堡上的勾子兵喊道："我们投降呀!"马连长在上边说道:"谁投降枪崩谁!誓死不投降!"霎时间,就听见碉堡上自己打起来了。一会儿,一个勾子兵喊道:"我们投降,我们把连长和日本人都打死了!"下边的人喊道:"先把枪扔出来!"接着碉堡上就把枪扔下来了。院里洞口上也撤了火,二三十个勾子兵用帽子掩着鼻子爬出来了。但是不见毒蝎子和狗不理。金锁就带了几个人到村公所去抓,毒蝎子钻进了办公室的炕洞,被金锁拉了出来。狗不理挨了一瓦片,藏到神像后边,叫他他不出来,几个民兵把神像推倒,把他压死在那里了。所有的俘虏都集中在毒蝎子院里,大头头只剩下了牛主委和毒蝎子。王国柱老汉也早把银锁媳妇从羊圈里领出来了。

太阳出山的时候,村里完全平静了。全村人都高兴地挤在聚宝盆院里,和牛主委、聚宝盆们算账。婆姨们拿了剪子、锥子,老汉汉们拿了棍子,大吼大叫,有的叫着:"你杀了我孩儿,今天要你顶命!"有的吼叫:"给这些狗日的们好好算一算账!婆姨们骂着:"你再来欺侮我们!"骂着打着,使锥子扎的,用棍子敲的,上拳头捣的,把聚宝盆和牛主委的骨架快抖散了,四楞搬起一块大石头,冲进人群中大叫道:"血账算也算不清了,就给他这一石头吧!"照定聚宝盆头上打去,"嗙"的一声就把脑袋砸烂了。

众人又齐围住牛主委打起来。小飞机也被一群女人围住,指着鼻子骂,银锁媳妇往脸上吐唾沫,成科老婆在小飞机屁股上狠狠地扎了两锥子,小飞机直叫饶命。跟军队一齐进来的民主政府的区长见众人叫成一片,就站在凳子上说道:"毒蝎子罪大恶极,害死很多人,众人气愤,打死他是应该的。姓牛的这个家伙是个头头,应该送到政府,政府一定会根据大家意见处理的。小飞机,不是个好东西,跟上他老子害众人。也送政府。狗不理已经打死了。其余村公所伪人员,一律叫他们向大家坦白悔过。阎军士兵只要改过自新,可以宽大他们。"大家都同意这办法,可是众人一肚子的气还没好好出一下呢!勾子军占了一个多月,受的那害再有一个多月也说不完。有些被迫入了同志会的人也坦白了,王正冠把入同志会的情形说了一遍,愿意以后改过再不参加同志会了。

　　现在要紧的是全村的土地分了,全村的麦子剜了,弄成了一锅粥。有许多人问这该怎办?区长对大家说:"谁家的地还是归谁种,全村的麦子弄成一锅粥,也只好集体打下来,按劳动力和地亩分。至于毒蝎子讹的大家的东西,下午再开全村大会,众人把受的损失统计起来,由毒蝎子赔。他家的一切东西,先由你们村选几个人管理起来。"众人高兴极了。金锁和张老虎忙着从地里把粮食挖出来,给八路军同志做饭。王老汉和金锁回去把各家的羊,归了各家,把房子打扫出来,准备搬回去。

　　早饭以后,由金锁领导打麦民兵们一部分去送俘虏,一部分在家开会,准备今黑夜配合八路军去打水泉镇,真把民兵们乐得坐不住了。银锁叫大家白天好好休息,民兵们说:"这还能休息得下?"每人拿了个工具一齐跑到打麦场上。一个民兵看到这么大的场子,就问道:"怎样修这么大的场子?"张老虎说:"人家还嫌小哩!人家说各家自己打麦子,是偷盗军粮,一定要在一起打,一打完就一齐刮走了!"提起修场面的事,众人又大骂了一顿。

　　这时候,全村的妇女们都在家里给八路军和民兵们做干粮,准备黑夜去打阎伪的老巢——水泉镇。

租佃之间

大早起,太阳还没露头,二小子就气愤愤地跑到六十八家屋门口,"咚咚咚……"地敲那两扇破门,嘴唇一上一下的,就是不作声。

"谁个?"一个尖嗓子的女人从屋里发出了问声。

"找六十八,回来了没有?"

"夜儿,当天就回来啦,甚的事?"伴着女人的语音有脚步声走近了门口。二小子听见抽开了门闩,使劲一推,那女人就顺着推开的两扇门蹾在了地上。二小子一步抢进去,六十八还在炕上打鼾睡。

"是你,六十八,"二小子的声音里充满了愤恨,他跳到炕上,"你为甚把粪送到我地里?你想夺我的饭碗不是?"

六十八被二小子的吼叫惊醒了,睁开眼看见他的脸相怪难看,心里一琢磨也就知道为的甚事了,虽然二小子的吼叫他一句也没听清。

"我瞅过了,你把粪送到我地里。甚的意思?"

"好好地说,吼叫个甚?"六十八的老婆用一种调解的口气说,蹾在地上的事,她已经忘了。

"二小子,咱两个说不着话,"六十八坐起来背靠着墙,用那稀烂的被子围住下身,身子摇晃了几下,说:"那地不是你家的,你找地掌柜去。说我把粪送到你地里,我不知道,你找他去吧!你是你,我是我。"

"你胡说,甚的你是你,我是我!你想多交租子顶我,你是个人还是个鬼?"他拉住六十八的右手就往地下拖。

"咱们叫村里众人评评,那块地该你种,该我种?"

六十八死不下炕,因为他还没有登上裤子。

"这是作甚,穿上衣裳再说,凉着啦。"六十八的老婆插进来说。

"你娘娘的!"二小子连一点耐性也没有了,他使劲一拉,六十八就栽到了地上。于是,他们两个就凶猛地扭打了起来。

这时候,六十八的老婆的吼叫失去了应有的灵验,不管她是怎样的高声劝说和拼命扯拉,一点也不能阻止他们的厮打。从屋里打到院里,扭作一团,在地上滚来滚去。六十八赤着肚儿,浑身上下一丝不挂。二小子的皮袄也被撕烂了,他用膝盖压住六十八的脊梁;六十八的老婆就乘势打二小子的屁股,这对于二小子是并不关痛痒的,他只是一点不放松地压住六十八。墙头上虽说有两三个女人在观阵,但绝不敢下来拉开他们。

"你抢我的饭碗、命根子,这两垧地我种不上,你也种不成。"

六十八不说话,只是想找个机会翻过身来,两腿替换着一伸一伸的。

"你还种不种?"二小子问,并不放开他。

"是地掌柜找我的,我没有去找地掌柜。"

这时候,已经来了几个人,一面拉一面说,二小子也觉得光是打架也不顶事,同时他又想起了真要没地种时的那种可怕的情景,便伤心起来,就着别人的劝说,他松松地放开了六十八。"活不出这个春天了,我那碗饭叫他端去吧!"说着,两颊已经挂满了眼泪。他回到自己的窑里,老婆推磨去了。数分钟前,他曾英勇地为自己的生活的幻想战斗,现在呢? 负伤的狼样地躺在阴暗的巢穴中。他起来闩上门,重又躺在炕上,过去了的,那些不堪回首的生活,便排成了队在他眼前慢慢地移动……

"欠我的榆皮钱甚会儿还呢?""呐——"二小子说:"黄三叔,

如今,嗝嗝,还是凑不上。""你不是还有坰半地?"黄三说:"把约押在我手下吧。甚会儿还账,甚会儿种地。""黄三叔,那样,你不看,妈妈两天两夜没进口汤水了,那坰半地,"二小子迟迟地说:"就指望那坰半地了。""不押给也行,"黄三说:"能还我钱怎的都好。真要是,钱也不还,约也不给,我送你到防共团里,说你抗债不还,那就不能说三叔不讲情面了,对不对?""明儿吧,"二小子被逼得没法,说:"有钱还钱,没钱给约,明儿一早送上门,行啦不?""那就一言为定。"黄三说完就走了。二小子躺在炕上一天没出门。妈妈饿的睡也睡不着,坐也坐不住,两眼甚也瞧不见了,老是有气无力地埋怨二小子:"我能把你养大,你就不能把我养老。"二小子也不说话。夜来了,他睡不着,想:"这天年一条活路也没了。"下炕来,头晕得厉害,眼前像有无数的金星在飞进,摸索着找见切菜刀揣在怀里,向着黄三的大门走去。在这寒冬深夜里行走,冷而且怕,星星散布于天空,像在窥探二小子的秘密。忽然,一盏马灯出现在拐角处,黄三叔摸牌回来了,他迅速地躲在门旁,浑身发抖,血在身上加速的回旋。一霎的工夫,黄三已经出现在他的眼前,这时候,他连举起菜刀来的力量也失去了,他的身子像失去了主宰摇摇欲倒。"二小子!"黄三发现他后,吃惊地喊了一声。二小子觉得阴谋已被发觉,丢了魂儿样地,把手里的菜刀使劲向着黄三扔去,拔腿就跑。回到家里,手忙脚乱的找见那张约,塞进怀里,妈妈问:"做甚去来?""没做甚,没做甚……"他说话抖擞得厉害,上句不接下句地说:"我到南庄去,明儿一早……我就回来……"他跪在炕下给妈妈磕了头,转身就走,心里非常酸痛,噙着泪绕过村后的树林,直向着西山奔走,伴着他的是无限空虚的黑夜和死样的静寂。这是八年前的事,如今想起来,栩栩如生。

二小子有着一副忠厚朴实的脸相。一生的勤劳在那深而紊乱的皱纹里可以寻得出来,眼窝深陷的怕人,黑红的脸上像涂了层猪油,亮锃锃的;在那油层底下有几颗麻子散布着,那几颗麻子表示了他绝对的忠诚与安分,而没有一点奸诈、狡黠的影子。由于从小就一直担负着于他的身体过于繁重的劳作,所以使得他终年向前探着身子,他三十九岁了,要是从他那副干瘦的长脸和丛生的胡子看来,应该早已超过了现有的年纪。他出远门的时候,常用他的两手拾粪,而他的那对鞋便成了临时粪筐,就是在他给金卯当长工的时候,也是如此的凄苦。因为他经历过那种可怖的贫穷生活,单凭着忍耐是顶不住的。如今,八年前的那种狼狈形象,思想起来,使他自己也很难知道是不是还会有那样的未来。对于人活一辈子到底应该受多少苦,而这些苦楚又是不是老天爷规定了的,他有些惶恐。"买卖人指望多卖些货,做官的指望升一升,老和尚盼着施主去烧香,庄户人呢,没了地,就甚也没了。政府叫减租子,地掌柜就退地,不能!"二小子想:"一家三口子就指望着它。"

"屋里谁在啦?"二小子的老婆端着一簸箕已经推碎了的细糠,回来了,原想一脚就把门踢开的,现在谁把门闩上了,她敲着门问:"谁在屋里?也不作声!"

二小子开了门,他老婆把簸箕放在炕上,看见他那种颓丧的样子,知道一定出了什么岔子。

"怎么啦?皮袄也扯烂了,跟谁打闹来?"

"咱租种的那两垧地,叫六十八夺将去了!"

"咱家的生活,六十八是摸底的,他常到咱屋来坐。他哪有那狠心。我在四不郎家推磨,四不郎老头子说:'这一定是金卯出的坏,打你手里夺过来,再租给六十八,好多吃些租子。'我看去找金卯探探口气,是真的是假的。"她头头是道地说了一串,末了,又带点责备的口气说:"跟六十八打架作甚呢?他穷的跟咱一样。"

二小子披上烂了的皮袄,下炕来,找着烟袋,走出门来,砰地把门带上,就向着后堡子金卯——地掌柜家走去。从前堡子、到后堡子只有一箭的路程,因为有一道小小的山沟横在路的中间,下坡,过河,上坡,也总得几袋烟的工夫。说起来,这也是一桩莫名其妙的事,前堡子、后堡子本来是叫堡子村,不分前后的,谁也不知道从什么时候开始把南半个村叫做前堡子,而北半个村叫后堡子的。由于习惯,这个村子间的往来,比本村也少些,二小子也有些时候不来这里了。到了金卯家的门口,他就一直走进去,院子里和他在这里打长工的时候不一样了,他无心管这些小事情,他拉开风门子。

"二小子作甚来了?"金卯慢条斯理地问。

"那几垧地,你老人家……"

"卖了。天年逼的过不去,不是存心不叫你种,实在……我的生活你是知道的,给我打了四年长工,租种了我三年地……"他捋着那两撮胡子说:"政府里说减租咱也没说的。减就减,我卖地,总不能不答应吧。"

"要是过得去,我也不要求减租子,听说,"二小子试探着问道:"你把地转租给六十八了?"

"对的,我的地想租给谁就租谁,那要看租子多少说话了。"

二小子蹲在炉子旁边,并不说话。

"你到山上这七八年,谁养活你的?还不是你金卯叔。你要种那两垧地也不难,多帮忙,我斗八租子。减租是减租,人情是人情,你说呢?"

"那要看收成好坏哩!"二小子努努嘴说:"租子唠,还是照政府里说定的那样……"

"走吧走吧!一垧地给我十万石租子,也不叫你家种了。我要卖哩。"他生气了,说着就往门外推二小子。

"金卯叔,你也照顾照顾——"

"走走走,我家老婆养娃娃哩。"他的火性上来了。两撮胡子如同想飞的小燕的翅膀那样忽扇忽扇直动。他的身个很小,却要表示自己并非小到不足以尊敬的那样子。胸脯挺得很高。他紧张着嘴脸,叙说起他是怎样成为二小子的恩人的秘诀。二小子刚来山上的那年，赤手空拳，甚也没，村里的人谁也不敢收下这个外来人，金卯却大胆把他收留下打长工，他常对二小子说："在我这里，不算享福吧，可也不算受罪。"过了几年，二小子手里有点"私房"了，就独个走了趟口外，回来买了两垧半地，娶了个后婚老婆，还带了个两岁的小子，又向金卯租了两垧地，从这时候起，他就开始了自己的家庭生活。"这是靠了你金卯叔才起来的。虽说你不给我打长工了，可还种着我的两垧地，还不是跟吃着我的一样，从头到尾仔细思量一下，我哪头对不起你，政府里减租……这些咱都不提，你看我胡子都这么长了，上无老，下无少，做官没本事，受苦没气力，就靠这五十来垧地了，你们还要减！减吧！就是这个办法。"他说完，从炕桌底下取出那个长杆烟袋，但是找不见烟包，索性就把烟袋放下，左手紧捏住右嘴角的那支"翅膀"。然后，就慢慢地在屋里走动起来。继续说："谁不是想捡顺口的吃，从小就没受过罪，老来再叫我啃糠窝窝。"他的话像还没说完又不愿再说下去似的，"不管怎么说，我还是你的恩人。如今，就算……托你金卯叔一把。"忽然，他瞅着了那个烟荷包，一会儿的工夫，嘴里就冒出了一团团的白烟，仍然来回地走着，断断续续地说着，烟雾跟着在他的头上缭绕。

二小子没心再听这些又臭又硬的唠叨。他站起来，上身仍然弯曲着，向着金卯挪近了一步。

"那地，到底叫我种呢？还是怎的？"

还没等到金卯的回答，风门子就轻轻地敲开了。一个二十来岁年纪的后生端着一个油漆托盘走了进来，热腾腾的两碗莜面饸饹，一碟酸菜和一碗漂浮着油圈的酸菜汤，端正的放在炕桌上。这是一种很朴素的饭菜，但是多数的人仍然摸不到它；二小子为了它忧愁过，奋斗过，也曾为了它尝过不少的苦楚与折磨。虽说这种吃食简单朴素，对于穷困的人，它却愈发地散发那诱惑人的香气。

"再端两碗来，一对筷子。"金卯吩咐道。后生"嗯"了一声，退出了,"二小子,来炕上坐,吃了饭再说。"这时候的金卯装得怪和蔼可亲,他强拉二小子上炕。

"不!"二小子缩回了手,又蹲在那里,"你老人家吃,我吃了来的,吃不下。"

"嫌这饭不好?咱再做。"

"真是吃了来的,吃不下。"二小子说着,想:"这真扯淡,我是说地,他是说吃。"

"跟了我几年,作起假来了,你不吃你挨饿。"他上了炕,盘坐在炕桌旁,面向着二小子,把碗端在胸前,用筷子夹了一撮酸菜放在碗里,又倒些酸菜汤,对着那碗莜面轻声地说:"吃吧!"于是就细嚼慢咽起来。

"就等你一句话了,金卯叔。"

"吃完了细细的说,等一等,那地只给六十八提了提,还没说死,你要想种……"金卯又吃了起来。

二小子举起了眼,打量了一下这屋里。头几年,是很熟惯的,就是这处院子的任何地方,比起金卯来都更清楚些,现在,觉着很生疏了。自从他搬到南堡子以后,也很少到这里来串,虽然每年准来送一趟租子,那也只有一两袋烟的工夫。只有年时,为了接受金卯的责骂才多呆了一阵子。那是因为交租子的事。

"你们租种人家的地,给交这样瘪的颗子,有良心没?好的留下你们吃着受用了,租种地的成了祖宗,地掌柜倒成了孙子啦!"那时候金卯的火气也不小。"快快背回去吧!租子我一颗也不要,地,白给了你家。"

"今年的收成不好,你老人家是长着眼的,六月里才下雨,苗儿一直没长好,快结颗子的时节,枣儿大的雨疙瘩落了一前晌,共起来,才打了不满五斗,家里剩下斗来米,比这还不如呢!"二小子听着怪冤枉,就给金卯顶了几嘴。

"背回去吧!瘪颗子还不说,四斗租子才给我三斗,甚也不要了。就算我生了场病把它花了。"

那时候,二小子为了今年再种这两垧地,说了不知多少好话,还磕了两个头。"年根底把那斗租子送来!"答应下来,才算了事。

金卯的脾气大,二小子是知道的,现在,金卯对他表示出从未有过的亲善,这还是头一遭,他觉得有些蹊跷,他揣想着:"不管怎的,这是扯淡!扯淡!"

金卯正在吃第二碗,门外有人问:"金卯叔在不在?"他把碗放下,说:"谁?进来!进来!"

再没听见有人说话,从风门子中挤进一个人来,毡帽底下扣着一副贫血的脸,眼里像蕴藏着无限的冤屈,他瞅见二小子也在这里,怔了一下诉怨似的走到了屋子中央。

"六十八!"没等六十八开口,金卯说话了,"炕上坐,炕上……"

六十八哼哼了几声,就将半个屁股凑上了炕沿,一双胳膊支在炕上,身子探向金卯。

"金卯叔,"他用一种讨饶的声音,粗音粗气地说:"那地,你给我说的,我打算……不种它了。"

二小子欠起身子,重新蹲下,想说话的样子。

"为甚呢?"金卯问,想了一下,"那也好,你要不种,卖了它,省得再惹麻烦。"

"你把粪都送到地里了,你又来……"二小子说。

"金卯叔在炕上坐着哩,问一问,那粪是谁送到地里的?不该我吃的饭,我一碗也不想多吃,咱们弟兄……事情过去了,我也不想提它。这种打仗的天年,谁该享福,谁该受苦,老天爷也作不得主。嗜!"

"粪么,是我送的,原想自己种来,想来想去还是卖了吧!"金卯说。

"那地的事别再找我了。"六十八离开了炕沿说。"你吃饭,我要回去。"

"我送送你。"他真的走下炕来,送到屋门口,"闲了来坐。"他扭过身来,二小子也挤着往外走,"你,怎的,待一会儿。"

二小子的嘴里不知嘟哝了些什么,就挤了出来。他跟在六十八的背后,有一丈多远,他们不说话,走进那道小沟里的时候,只有小河的流水在淙淙地低语。太阳高高地悬在半空。二小子觉得周围很宽敞、松快,他就紧走了几步,赶上了六十八。

"六十八,"二小子带点后悔又带点埋怨地说:"你看,这事怎的弄成这样子啦,他是日捣咱们哩!"

"嗯。"

他们又不说话了,像有谁在他们的中间挖掘了一道深不可测的沟壑。各人有各人的心事那是自然的,然而他们也都有这种想头,我们之间的仇恨是从哪里来的呢!只有一天的工夫。

"二小子,农救会秘书叫你去一趟。"走到六十八家门口的时候,六十八说。

"你还去不?"

"去过了,他叫你早些去。"

黑夜,召开群众大会。会场是设在前堡子小学的教室里。二小子到会的时候,村里的人已经到了大半,他们在杂乱地交谈着:"今儿开甚的会?""噢!知道了,银行里借给咱们钱!……""借钱给咱们叫买籽儿、牛、驴儿、犁、娶老婆、吃洋烟的不借给,今儿开会……"

"开会吧!"村长从教员室端来一盏高脚灯,放在教桌上,看了看众人,说:"没到的,两个主任代表负责任,回去了,挨着批评他们,谁叫他们不来的。"

这时候,一群女人又说又道地挤进来了,一进门,她们就盘踞在那里,她们不像男人们坐在桌子上,而是规规矩矩地坐在凳子上的。

"不说话了,坐在桌子上的下来!"村长站在讲台上高声地说:"今儿开甚的会呢? 就是叫公民大会。政府里减租,金卯要夺二小子的那两垧地,众人评一评,那地该夺不该。调解委员会给他们说合,金卯不应承,看众人们……"

立时就有了反应,女人们叽咕着为什么种地的事情也叫她们来开会,男人们都在用眼去找二小子和金卯。二小子是坐在第一排桌子后面的,一眼就瞅得见。想看见金卯就不容易,第一他的身个很小,第二他是坐在最后那排凳子上的,而那里又没放着灯盏。

"先叫他们到台子上说一说。"一个人提议。

"二小子先说。"村长把他拉到台子上说。

二小子站在台子上觉得很不自在,他的左肩一耸一耸地,像怕皮袄滑下肩来。一大会子,他的两脚在原地里活动了几下,才开始说话。开始,会场的空气也还平常,及至他说到"我真要是能活得过去,那地不要租子也不种他的"的时候,空气就变得沉重了。女人们也开始感觉到这些土地的事情并非与她们无关。

"……我一颗租子没欠过他的,收好收坏到时节就送了去。这地我租种好几年了,租给我的时节是两垧,如今我掏坡掏的,两垧半也多了,要是夺回去……我又不是讹他的地种……众人们评一评……年时交租子……"他的话渐渐地乱了头绪,甚至不能表达他的意思了,声音也微微地颤动,他继续说下去:"他怎的给我说:'种吧,我只要不死,那地就归你种。'如今,他把我当娃娃耍……年时冬天,日本人来咱这里,八路军在山上打仗,一天一夜我背了五趟伤兵,饿着肚子,要是石头能吃……"由他那颤动的声音里,众人知道他的眼泪流下来了。"末了那趟,实在支不住了,头晕眼花,跌到山根底……不问糠窝窝稀糊糊,有吃上的……叫众人们评一评,打仗的时节,金卯钻到石洞里,我为了甚,那天黑夜,我跑去跟他家……借一碗米,他都不借给我。日本人来了,杀我,就不杀他啦……我的命没他的值钱,我老婆娃娃,如今,众人们……"他呜呜地哭起来,两手捧着头,走下台来了,他伤心地,冤屈地哭着,像个无依无靠的孤儿被人投入水深火热中。

于是众人们被带到那残酷的回忆中了。那是一个不平常的日子。雪片在北风里纷飞,敌人来了。八路军的战士,卧在雪地里打仗,村里的人们都忙着为八路军做饭,背子弹,也背伤兵,二小子是其中的一个。他背着伤兵从山上摇摇晃晃地走下来,又弓着腰慢慢地爬上去,背到第五趟,就支不住了,他和伤兵一齐从半山滚到山根底,那个年轻的伤兵跌死了。(事后,二小子曾跪在那年轻的战士的坟前烧香,化纸钱,并且虔诚地为死者祷告。)那时候,金卯钻在洞里不敢出来,众人向他借几斗米给八路军做饭,他都不答应,这些,众人们都是亲眼看见的。

现在不少人在劝说二小子,但是他们也找不出适当的话语止住他的哭泣,只是说:"哭有甚用,有话尽说出来,众人们是长着眼的。"六十八也挤在那里先是不言语,后来他趴在二小子的肩上说:"你哭死,金卯也不会疼你。众人们知道你的情由了,你尽是理,众人还能亏你吗?"

"再叫金卯说,金卯,这里,台子上来!"村长说。

"我没甚说的,看众人的意思。"金卯并不到台子上说话去,所以众人的视线便集中在后墙上。"那地是我的,我还能连一点自由也没唠!说我夺地,那不对,是想卖那几垧地,卖不了唠,还不是由他种去。众人要说他活不过,由他种去就对啦,饿死我老金卯,也不能饿死二小子。这就是我的意思。"

"那地亩我知底细,他不是卖,想租给六十八,多吃些租子。"农会秘书说。

"他说租给我,我压根儿就没应承下。众人们评评,租给二小子是四斗,租给我要五斗,地掌柜……还叫我们打了一回,这都是为了甚呢!"

"为了地掌柜好多吃些租子。"一个后生说。

"金卯应受批评,他想多吃租子,就把地伙计饿死。"

"调解委员会这样给他们说合的。"村长向众人们说:"地还是二小子种,写五年租约,租子呢,照政府规定的交,年时,多交的一斗租退出来,众人们看行啦不?"

"合适的,合适的!"好几张嘴同时说。

"众人们说合适的,再看金卯怎地说。"

"众人都这么评,我也没说的了。"金卯颓丧地说,"新政权自来咱就拥护,政府要是这么规定的,咱也就那样办,我还有一句话,就是,地里那两驮粪是我的,得给我些票票。还叫我退那斗租子,目下我也没存粮,叫他秋后少交我一斗就完了。"

"那些你们自己商量去,谁还有说的,没了,就歇一会儿。"

"我还有说的,村长,"一个小巧干瘦的老头子——四不郎站起来说道:"众人都在这里,村长站在台子上,金卯和二小子也都在这里,我说句话,看众人服不服。庄稼人一年到头熬在地里,风吹雨打,众人们都知道下不了籽,出不了苗儿,开不了花,结不了籽,收割了,打下了,再吃到嘴里……一下叫地掌柜弄去一大半。我不是胡诌,年时,打仗的时节,金卯也没出人力,也没出财力……吃的饱,穿的暖,钻到洞里。日本人退了,他就出来,又多要租子,又夺地,这种样的人,在打仗的天年……"

"四不郎说话真厉害,加个汉奸的名,枪崩我吧!"金卯在黑影里大声地说,"地还是叫他种,政府里规定多少租子就交多少租子,说我不出人力,我和尚命,没儿女,要是儿孙满堂唠唠唠……"

"清了,不说那些了。"村长指画着说:"回去写约,写五年,那斗租子甚时退,你们自己商议去,下面还讨论银行借款的事,先吃几袋烟,完了。"

众人们吃着烟说着话,女人们挤在一疙瘩叙起了家常。二小子找见六十八蹲在墙角里,不知嘟哝些什么,窗外,淅淅沥沥的小雨下了起来。

第二天早起,二小子到村公所写好了租约,就走到金卯家里去了。

"金卯叔,约写完了,你一张,我一张。"

"放下吧!"金卯正在洗脸,支洒着两手,说:"放在炕桌上。那两驮粪,上在那地里就完了,我也不要你的票票,秋后,收成好唠……"他故意不把话说完,就"扑哧,扑哧"地洗起脸来。

"那不用。"二小子把那张手掌大的租约放在炕桌上,说:"那斗租子……"

"秋后一齐算吧,好不?反正咱俩谁也不叫谁吃亏。"

"那就好!"

没等金卯说声送,二小子就走了。下了半夜的小雨,空气非常新鲜,柔软的春风摸着他的脸,太阳发着温暖的光。走进沟里,澄清的流水,洁净的石头,他蹲在水边,洗了手脸,两只湿淋淋的手在皮袄上抹了几下,迈过小河,便向着前堡子走去。

谈 判

黑夜,王廷邦同其他三个佃户,刚从地主王之民家走出来,便又向着另一个夺地的地主家走去。他们转了一个弯,把王廷邦让在头前,便从一个小小的窄门里走了进去。院子很深,转了几个拐角,挤过最后那道小角门,灯光从东正房的窗子上透射出来。马寡妇在轻声地教训她的两个小儿子。他们走近房门,王廷邦咳嗽了一声,便顺次走进屋里,马寡妇让他们上炕坐,四个人再互让一阵之后,便盘坐在那盏高腿灯的四周了。有的开始吹"羊骨棒",有的便从裤上取下大锅子烟袋,抽起烟来。炕上的两个娃娃,顺着妈妈的吩咐蒙上被子睡觉。

"今儿,廷邦子租你那五坰地,"丁老汉吐了口烟说,"再叫他种上几年吧!老租户了。"

"这事,他来过几趟了,我对他也说过。"

马寡妇坐在炉台上,接过来说,"要是天年过得去,也不愿意夺过来卖了它,老人们给咱后辈留下点地土,谁也不愿意把它作践了,没法的事。说起来,娘们家话长,自他大大殁了,这几年……"她喋喋地叙述起那些忧伤与难处。从丈夫生前到丈夫死后;从穿衣吃饭到租子、公粮;从过去了的那富贵豪华的生活说到现在的穷困与人手短少。她说的条条不乱,样样有理,言词很动人,并在叙说中常加以长吁短叹。她想:用这种可怜相,是能够取得众人的怜悯的。地便可以夺回来,再转租给别人,租子就可能多吃一些了。她有过这种征服人心的经验,虽说大门不出,二门不迈,村里的妇女没有不称赞她的精明、能干的。在远年,村里唱大戏,她坐在炕上做针线,戏台上鼓板一响,就知道唱的甚戏,甚的人出台了,村里人还说她是一个没上进的秀才的女子,能写会算,好学才,好口舌。这样,从她做闺女时,便开始积累征服人心的经验,现在,又用着它了,她说的有点舌干了,便停了停,在灯光下,举起那双深远的、疲乏的眼睛,用左手捋了一下鬓角的灰发,继续说道:"我是等着用钱,要不,谁愿意伤了这几十年的人情呢?房子谁也不要。地上由人家挑好的买。"

"你家的地多着呢!"王廷邦插嘴道,"五十多垧地,四口人,还有一口不在家吃穿,还能用多少钱!租地户比我好的也有,比我坏的再没有了,为甚偏要卖我租的那块?"

"廷邦叔!"马寡妇等他话说完以后,稳重地说,"听我把话说完,你再说,我带着两个孩子在家里,吃穿都是由我操办,大孩子在榆林念书,一年到头也得百十块花销……"

"快别说这了,没用处。"大个子农民说。

"怎么来怎么去,说不清楚,你们会骂我的,说起你王廷邦,总比我要强些,男人是活人,女人是死人。你穷,还能东跑西走,我呢,这个村到那个村就摸不着路,年时秋天说好的,租约照政府的规定写上。到秋后,你看那地能产下那么多了,再照原租交给我。到了年根,怎么样了呢……我虽说是个娘们家,政府的法令也知道一点,前头有车,后头有辙,咱村里也有夺地的。"

"都退回来了,无理夺地的,都要退出来!"丁老头说后,用眼扫了他们几人一下。又说:"廷邦不能比你。都是穷,可有各种各样穷法,你穷,还有变卖的;他呢,除去这五垧地,再没一丝丝地了。俗话常说:船破了还有三千钉。"

"树大荫凉大呀,穷人的困难富人不知道,富人的困难穷人摸不着底。他真要想种了,我甚也不要,完粮纳税也由他出去。"马寡妇的话里很硬,说的却是很软,"公粮,也由你出。那地就算不是我的。"

"那算是说话呀！"王廷邦说，"你家的地，为甚叫我完粮纳租？租你家的地，给你家交租子就完了，荒不了你的地。你要实在不叫我租，想转租给别人，我到村公所告上你。开个公民大会，众人们要说：这地王廷邦不该种，我甚话也不说，原地退回。以后，路过你的地头时，一根谷穗也不拿，看也不看。"

"甚事也要讲个人情。老婆殁了，给他舍下不大点的一个孩子，现在还不能受苦；你帮他点忙，再叫他租上三五年，过后，娃娃长大了，那会儿，哪怕你再抽地……"大个子农民说到这里，歇了一歇，把灯花打了。又说："政府里的法令不允许地主收地。"

"不拘说甚，他不能种了！"

"我自己要有地种着，不更省心思。从二十岁上接种这地，到如今，快要三十年了，那地里又没藏着银子金子。为甚要爱着那地，是我没法过日子，这就是没法办，才来你家三遍五遍地说好话。"王廷邦向前挺着身子，左手压住膝盖，灯光照耀着那副严肃的脸相，他把烟袋放下，举起弓着的右臂在头顶上摇动着，说："在这种打日本的天年，谁穷谁富，政府里比咱谁都底细。说到减租子，那是我一人减租啦？是租种地的都减，富人吃饭穿衣，穷人也得吃饭穿衣！我活了快五十的人，就没见过，不吃饭饿不死，不穿衣服冻不死的人。别说是打日本的年月，还有枪、炮、刀子……"

马寡妇说："说起这，我的话还多呢，公民大会上，众人叫我买五十元的公债券，众人怎的不叫你也买？"

王廷邦说："众人看我穷，不值。要是买得起，慢说五十元，两个五十元，十个八个，我也认。"

"租给你地，是叫你种粮食的，不是叫你种仇种冤，你生气干甚么？"

"好话好说，"另一个农民对马寡妇说，"你要多少钱，才能打过饥荒？"

"五块就可以。"

"呐,五亩地要卖五六十元,还能为了用五块钱,就把五亩地卖了,我不信!"

"能给上我五几块现租子,他就种去。"

"怎样?廷邦子!"丁老头问。

谈判遇着了障碍,大家沉默了。心里急躁,烟锅里也在吱吱作响,窗外起了风,破了的窗纸嘤嘤地嘶叫。在马寡妇认为,别说五块钱,就是一块,或一角,在这样苦寒的春天,王廷邦都是掏不出来的;那么,转租给别人,就不能说她不讲人情了。王廷邦盘算着,五块钱是可以的,只是这五块钱在如今与秋后比起来,用处是不是更大些。他思想着,把头搭在右肩上,松弛的眼皮蒙上眼珠。烟袋从丛生的胡子里伸出来,右手托住烟锅,眉头向前照着。像中国壁画上的老寿星。他的脸看起来,像是生长在胡子里,而不是胡子生长在脸上的一样。他在想些什么呢?让那停滞了多年的思想流转起来吧,给这年老的农民注入新鲜有生的力量,苏醒过来,知道人与人的关系应该变,可以变,如同籽儿下到地里,生根、发芽、开花、结实……

"三块行不?"这奇异的沉默继续了足有两袋烟的工夫之后,王廷邦竖正了头,说。

"不够不够,"她诧异地说了之后,又轻声地问:"卖给你吧!真要爱上那块地了。是块很不错的土地。"

"那就买上一亩!"丁老头用膝盖碰了碰王廷邦说。

"那也好,祖宗留下点地土,别是一齐都作践完了。"

她不得已地说。她的聪明被农民的朴实战败了。原来,她只想用虚套子套这些人的,现在反被套住了,这也是无可奈何的事。在这样严肃的场合,话说出了又收不回来,于是再补充说:"我的饥荒过去了,你又买了地,那四亩你还可以耕着。"

"依我看,买一亩十块钱不算少。"大个子农民说了,丁老头和那个农民也和了声:"不离乎!"

"众人们那么说,就那么办。得要现款。"

王廷邦只哼了几句买不起也就过去了。当下取来笔砚,丁老头作中人,由马寡妇执笔,写了一张四亩地的租约,一张一亩地的卖约,大个子马虎地看了以后,便叫着打手印,王廷邦把手指入到砚台上沾了一沾,由大个子指点着在他名下押了个黑手印,丁老头也照样做了之后,大家便叫马寡妇也押。

"我不用了,划个十字也是一样的。"在她丈夫马占海的名下划了十字,又仔细地看了一遍,说道,"什么时候给我钱?"

"下一集,今儿二十三,二十八一准给。"

又提起到村公所登记、打图章,去县政府税契拨粮,等等。最后,他们四人出来时,马寡妇还说什么住在一个村里,三言两语的争执,不要记在心里,栽下冤仇,以后共事的日子还长呢。王廷邦也絮叨了几句,便又从后角门走出来。

"老丁,你要帮忙我三两块钱。"王廷邦走着对丁老头说。

"那是,多了不行,三五块唠唠……明儿早起到我那里碰面,再到我那地掌柜家减租去。"

他们谈说着,拐拐弯弯地走着,依然是黑暗的夜,呼呼的风,冷气直往袖里钻,但那已经不是刺骨的了。因为,无论如何现在是春天而不再是寒冬。

放羊娃李三孩

李三孩才十四岁,身子长得猴猴价,却老想跟上民兵去打仗。民兵们嫌他拉后腿,不叫他去。民兵们对他说,小娃娃家,没有武器,怎么能去打敌人呢?李三孩不高兴,努起嘴说:

"不叫咱去,咱就不去!"

可是,李三孩心里不服气。他自己常常想:爹害病好几年,快要好了的时候,被日本人捉住害死了。妈妈也是被敌人打死的。他想参加民兵队去报仇,民兵反而嫌他是个小娃娃,不叫他去,真叫人想不通。他对民兵们说,他总会有个时候,给爹妈报仇的。

有一天,一个八路军同志对他说,电线杆上的磁葫芦里有硫磺,他高兴的不得了,他问道:

"八路军叔叔,真有硫磺吗?你不是虚说吧!"

八路军同志说:"我们可多闹下了。八路军不会虚说。"

李三孩想:好了,好了。你日本鬼子打死我爹我妈,我就去割你们的电线,捣你们的电线葫芦,还能闹些硫磺。哈,正没有洋火用哩。

他去找民兵队长刘四。刘四对他说:十四岁太小,吃不住打仗,再长两岁,以后再说吧!

李三孩央求道:"好我的刘四叔啦!再过两年,你们把日本鬼子也给打跑了,我还参加民兵干什么!"他算了算,一年三百六十天,两年……两年……"再过两年,七百二十天,那可等不行啊!"

等不行也没有办法,刘四不要他,他自己又不敢去打敌人,只好还是和二老汉去放羊。村里的羊全归他们两人放。要是有了情况,就来一两个民兵,帮他们把羊赶到山沟里。日本人连根羊毛也抢不去。要是赶不到山沟里,那可就坏了,以前,全村有三百多只羊,日本人抢去一百多只,如今,剩下的不到二百只了。李三孩最爱羊羔羔,羊羔羔成了他的好朋友了。每逢日本人来"扫荡",他一面赶羊,一面骂:"日本鬼子是狼转生的,就爱吃肉。"要是羊羔跑不快,他就抱起羊羔往山沟里跑。二老汉年纪大了,不如李三孩能干。他永不离开他的烟锅子,不慌不忙地赶羊。李三孩对他还有意见哩!

按照本地放羊习惯,他们轮流在各家吃饭。羊多的多吃几顿,羊少的少吃几顿。也有不管吃饭,只贴补东西的。没有羊的人家不管饭。村里人说,李三孩能干,这几次日本鬼来"扫荡",没有丢了一只羊,也没有传瘟,所以到谁家吃饭,谁家就给他吃上些好茶饭。午上赶羊上山,还给他和二老汉的饭袋里装几圪垯窝窝,有时候也给他们装一些炒面。用日本鬼的小军用铁壶装一壶开水。这是在普通人家吃饭,才对他们这么好。要是到地主张善堂家去吃饭,可就坏了。老是黑豆糊糊,上山也不给带些吃的。村主任对张善堂讲过好几次了,叫放羊的和他家的人一齐吃饭,不要老是给放羊的吃黑豆糊糊。张善堂却说:

"我们家里没有山珍海味,怎样供养他们!"

这天,又轮到在张善堂家吃饭。一进门,李三孩闻见香香的,走进窑里一瞧,嘿!张善堂正吃油糕哩!李三孩高兴地说:

"今儿吃糕呀!"

张善堂看李三孩想吃糕,就赶紧说:

"今儿怎么这么早就回来了?"

三孩说:"天阴得黑洞洞的,想下雨,羊不吃草嘛!"三孩早就饿了,就说:"咱也吃上些油糕。"

"吃不得,吃不得,"张善堂张开两只胳膊拦住三孩,说道:"这是给我过生日哩!我年纪大了,快死的人啦,应该多吃上些好的;

你小娃娃家,吃糕的日子在后头哩!"

李三孩恼火了,一碗黑豆糊糊没有喝完就走了。二老汉却一直喝了四五碗,话也没有说一句。

第二天,李三孩闹了一把斧头,砍了些柳树条条,编了几个笼嘴,把张善堂家的羊羔拉过来,每个嘴上带了个笼嘴。他以前挺爱那些小羊羔,现在也不爱他们了。他对小羊羔说:"你们掌柜的不叫我吃,你们也不要吃啦!"

天黑了。李三孩撵着羊回村了。那几个羊羔一天没有吃东西,饿得咩咩直叫。张善堂听见小羊直叫,就把李三孩骂了一顿,李三孩说:"它们不吃草,我有啥办法。"

过了几天,这事情被张善堂知道了。把李三孩又骂了一顿。可是,从此以后,生活改善一些了。张善堂为了他的羊羔,不得不给李三孩和二老汉吃些好的,上山也给带些窝窝。李三孩又爱那些小羊羔了。

李三孩一面放羊,一面老想跟民兵去打仗,去割日本人的电线。他不想放羊了。可是,刘四怎么也不要他。秋天过去,冬天来了。白花花的雪,飘呀飘呀,山上沟里一片白,山上的雪和天接连到一起,不能放羊了。

民兵队长刘四常常领民兵们去围困敌人,回到民兵房里,又说又笑,真是不赖。李三孩也很高兴。他对刘四说:

"冬景天,不能放羊,快叫我参加民兵吧!"

刘四笑着说:"你吃的米还没有我吃的盐多,倒想参加民兵哩!"

李三孩没有参加上民兵,可是常到民兵房里去耍。有时候,帮助民兵们擦子弹,磨刺刀。有时喊人开会。还自动给民兵房扫地。有一次刘四擦枪的时候,他还帮助用枪探擦枪筒。慢慢地民兵们都喜欢他了。

又有一次,民兵们去围困敌人。李三孩知道了,就跟在后面,走一步跟一步。刘四只顾和民兵们说话,没有注意他。李三孩跟出村一里多路,才被民兵们发现。刘四问他,干什么去,他说,什么也不做,出来耍耍。刘四听见了,站住说道:

"你人小鬼大哩,快爬回去吧!跟在屁股后边,像根尾巴似的,想害我们吗?"

李三孩怪可怜,说:"我也要去!"

刘四说:"又不是去看红火,你去做什么!想去送死吗?"

李三孩不吭气,就是不回村去。他低下头,等了好大一阵儿,才咕咕哝哝地说:"咱们各干各的。不妨你们的事。你们先走吧!"

"你啥武器也没有,去了还不是肉包子打狗——有去没回!乖乖地滚回去吧!"刘四说罢,见李三孩像个木桩似的,站在那里动也不动,就生气地说:"你不回去吗?叫我拿枪崩了你这小鬼!"刘四还装着有人拉他的样子,对民兵们说:"不要拉我,不要拉我,看我崩了他。"说罢,枪栓真的"呼啦"响了一声。

李三孩把身子往后一捩,从怀里掏出一把小斧头,说:"这是个什么,这不是武器吗?"

这小鬼有了把斧头,说话声也大了,气也粗了。

刘四看他一定要去,就对他说,跟在屁股后边,不准乱跑。李三孩"哼"了一声,跟上民兵们走了。

他们翻了一架山,过了一道沟,再爬上山,就是日本鬼子的碉堡。李三孩看着民兵们爬到山上,他自己却悄悄地溜走了。他舅舅家就住这村,路是熟的。他一气儿跑到大路旁,像猴爬杆似的爬上电杆。两腿盘住电杆,四下一瞭,连个人影也没有。他掏出小斧头,照着那个瓷葫芦"吧"敲了一下。他下来又爬到另一根电杆上,"吧"又敲了一下,一连捣了四个瓷葫芦,电线落下来了。他把那四个瓷瓶瓶取下来,装进口袋里。他又用斧头把电线砍断,盘起来,背上就走。刚走了几步,就觉得凉的顶不住。低头一看,哎呀!

像盔甲一般，棉裤从裤裆扯开，扯成两片了。"加油走就不凉了！"他一面走一面想。下到沟底，两条小腿就拉不动了。他真想哭！忽然，想出个办法来了。他把电线砍下一半，寄放在一块大石头后边。剩下一半，背起又走。摸摸怀里的瓷葫芦，哈，还在哩！走啊走啊！又走不动了。又把电线砍下一半，寄放在一个土洞里。背起剩下的一半又走。走着走着，走到村里的时候，天明了。他把电线放在民兵房里。等刘四他们回来。等了好大阵，刘四也没有回来，他就揣着四个电线葫芦回家去了。他奶奶看见他天明才回来，就嚷道：

"孩子，黑天半夜你干什么去了？可把你奶奶急死啦！孩子，把奶奶折腾死，可就没有人亲你了。"老奶奶把李三孩一把拉到怀里，仔细一看，吃惊地说："你那棉裤怎么扯烂啦？快上炕来温一温。"

李三孩把棉裤脱下来，叫奶奶缝。他找见一条单裤穿上。然后对奶奶说：

"我和民兵去割日本的电线，爬电杆的时候，把棉裤扯烂了。"

奶奶说："可不要去割电线。日本人把你爹你妈害死了。就剩下你一条根，可不敢再去了。奶奶害怕呢！"

李三孩说："日本人真稀松的很，出也不敢出来。刘四叔领导我们，不用害怕。"

老奶奶眼也花了，好半天还没缝起棉裤。一面缝一面说："没爹没娘，连棉裤也要穿不上啦，看你光屁股等死吧！"

李三孩寻了个小铁钉钉，爬到炕头上，就像羊羔羔吃奶似的，双"蹄蹄"跪在那里，往外挖电线葫芦里的硫磺。挖了一个再挖一个，一阵工夫，四个都挖完。他下炕去又寻来一个小铁勺，把硫磺放在勺里，用火化开，然后劈开麻秸，一根根蘸上硫磺。他对奶奶说：

"奶奶，你看这是什么？"

"那是些什么,这么呛人?"奶奶接过来一看,原来是些硫磺,取灯子,于是说:"这是哪里来的硫磺,咱正没洋火用呢!"

李三孩告诉奶奶,这硫磺是从日本电线葫芦里挖出来的。奶奶仔细看看,说:"这够几个月用了。"

奶奶把棉裤缝好以后,就烧火做饭。他对三孩说:"刘四是个好人,跟上他可要听他的话。"

奶奶正在说话,忽听刘四在门外说道:"我是个好人,你三孩可不听我的话哩!"刘四说着走进门来。他看见李三孩就嚷叫起来:"三孩!三孩!你没有把我吓死!我到处寻你,怎也寻不上。莫不是回去了,我想不是。我又一想,大概是走错路了。我们一伙人翻山跌沟,找呀找呀!连个人影儿也没有找到。整整半黑夜,甚事也没有做成,白跑一趟。你这娃娃啊!也不给我打招呼,倒先回来了。"

李三孩说:"刘四叔,我要跟上你们,就弄不到这东西了,"他把一小捆"取灯子"递给刘四,接着说:"我早就听八路军同志说,这电线葫芦里有硫磺呢!狗日的日本鬼子真鬼大,看谁鬼过谁吧!"

刘四说:"这'取灯子'不赖,可以当火人使用了。就是不听我的话,怪气人的。"

李三孩趁机问道:"刘四叔,我能不能参加民兵队?"

刘四说:"可以参加。我们出去打仗,你在民兵房里给守家吧。我怕你出去给我们闯祸哩!"

李三孩心灵,知道刘四在批评他,他就赶紧说:"以后我再也不乱跑了。我一定听你的命令。"

刘四说:"那咱以后试试看吧,我可不凭信你这张小嘴哩!"

刘四说罢,转身就走,奶奶拉住他说道:"可不能走,今天在我们家吃饭。三孩可小着呢!我们就这么个独根根。他刘四叔,你可要多操心,参加民兵打日本人是好事,给爹给妈报了仇,对得起死了的,也对得起活着的。刘四,我是上了年岁的人了,等我一死,由三孩远走高飞,参加八路军,我心里也是舒意的。唉!甚也不怨,只怨他爹他妈死的早,死的屈。等我死了,他们再死,我也就歇心了。如今,说起这些事,就恨那些日本鬼,那些断根鬼……"

李三孩一听他奶奶说这些话,就想起他爹他妈死的情形,心里就难过,他对奶奶说:"奶奶,不要说这些,说也没用。"

刘四本来想走的,一听三孩奶奶说起这些事情,就坐到炕上劝三孩奶奶:

"你老人家不要挂记这些了。三孩参加民兵,由我照顾。三孩不愿意拦羊了,明年种地吧!明年春天,村里给你老人家调剂一些土地,叫三孩去种。三孩能受苦,咱们再搞一个变工组,还愁你老人家没有好生活吗?只要有咱共产党毛主席,什么问题都好解决。等打走日本鬼子,比从前要好得多。你老人家的好日月还在后头呢!"

"打走日本人那天,我要喊七十二声阿弥陀佛。我活着就盼那么一天哩!我能活着看见打走日本人,也就出了我这口气了。"三孩奶奶说着,流了眼泪,两手一合,真的要念阿弥陀佛了。

李三孩拉住刘四的手说:"刘四叔,我可成了正式民兵了。"

刘四笑了。他说民兵要开会,就要走。三孩奶奶怎么也不让他走。刘四看看走不脱,就在三孩家吃了饭。吃完饭,三孩跟刘四去民兵队部开会,走在路上,三孩说:

"刘四叔,你今天要是不在我家吃饭,我奶奶可要哭一顿哩,我知道她的脾气。你要不吃这顿饭呀,我奶奶也不会叫我当民兵哩!"

李三孩第一次正式参加了民兵队的会议。虽然没有发言,心里可真高兴极了。当天黑夜,他去山上把寄放的电线背回来。从此,李三孩成了个好民兵。不再是个放羊娃了。

老婆嘴退租

二掌柜王丙红虽说是五十多岁的老汉了,可是他嘴上还没有生胡子,因此,众人常在背后叫他"老婆嘴",再不听见有人喊"胎里红"了。有时候,他赶集割回一条子肉,众人就在背后说:"老婆嘴上要蘸油啦!"这话如若叫他听见了,"噗嗤"一声,把鼻涕往后一甩,就算回答了众人。他觉得那些裹手巾子打土圪垯的人,成不了个气候,不待理他们。

这个老婆嘴到了减租大会上,可就不同了,吹胡子瞪眼(说错了,他没胡子),那副铁嘴钢舌叮叮当当响了一阵,到后来,说不过佃户,松下了。前两次开大会,他都逃脱了(一次他跑到山上他女子家去了,一次在家钻了竖橱),只有这一回,才尝了尝"庄户人恼了"的那种滋味。他那老婆嘴就像母猪掀树根似地努了几下,对众人说:

"你们要减租是不是?"

老婆嘴的话还没落音,众人就一声吼:

"还要退租!"

"好,要减要退由你们!众人是圣人,我一定照众人的意思办。说到我剥削众人,这话我先应承下。再说到退租,到明天,开窖!"老婆嘴接着大声问道:"明天退,众人凭过我凭不过?"

众人一想起他逃跑两次的经验,就举起胳膊吼道:"凭不过!"

老婆嘴真没想到众人这么不讲情面。他又问:"你们等了几辈子啦,这一黑夜也等不过?"

是啊,对啊!几辈子受剥削,都熬煎过去了,一黑夜真不算个

甚,所以众人都不说话了。可是有个叫赵光裕的佃户不同意,他说:

"我们穷人凭不过地主!开罢会就要退!"

光裕子这么一说,众人又要他立时退租。老婆嘴真把赵光裕恨透了。没办法,他就说他可以找个结实保人把他保住。他向众人连问几声"谁保我?"却没有一个人说话。等了一阵子,才有个长胡子的老汉站起来。他是本村减过租的地主张财主,他说他当保人。众人的眼睛转向张财主,并且问他:

"你是保人咧?还是保粮咧?"

张财主摸着胡子想了一下,坐下了,不吭气了。到后来众人追得紧,老婆嘴张开两只胳膊像飞似的,气喘着说:"我活到如今,哼!连个保人也寻不下了,好,好,好……怕我跑脱,我自动坐一夜禁闭,明天开窖。"他还对众人说:"咱自来就是大处着眼,小处我不去扣卡,减租退租满打满算,才有多大点好处,如今,减就减,退就退,说一不二!过去躲开了众人那是我想不开,解不下政府的法令啊!"

这真是面对面撒谎。前年给他二小子王双印娶第三个媳妇子的时候(头一个逼得上了吊,第二个逼得跳了河),急雨打烂了窗纸,双印子向他要钱买麻纸,他不给。半夜三更他到村公所门口,偷来一张减租布告,要糊窗户哩。他是咬过几年笔杆子的人,还是前清时候的秀才,那布告上说了些甚,他就没看一眼?如今老婆嘴说了不懂法令的话,众人又把他那偷布告的事说了一遍。

"说到他小气的话上,嘿!他还偷过我的水萝卜哩!"光裕子还添了一句。

"都是过去的事,"老婆嘴说:"如今我的脑筋'哗'的一下打开了,我快死的人啦,再多赚下,我能带走一个麻钱?这回要跑,捉回来枪毙不后悔。"

这样说来,老婆嘴真的想开了。众人想:也许要转变了。

散会以后,他自动到村公所,叫把他禁闭起来。村公所没有禁闭室,就把他搁在村公所的里窑里。他又叫通讯员告他三小子送饭来。直到天黑了的时候,才送来饭。众人都回家吃饭去了。双印子把饭送进里房,叫老婆嘴吃饭,这时候,通讯员在外间炕上睡得如死猪一般,甚也不知道了。

突然,"哗啦"一声,把通讯员惊醒了。他翻身跳下炕,看见门口有一个人往出走,他抢前一步,捉住那人说道:"好你老婆嘴,我就知道你要逃跑!"仔细一看,原来是王双印,在门口跌倒,把碗和磁罐子捣烂了,老婆嘴却在里边说话呢:

"我要想跑,有几个王丙红也跑了,看把你吓的,财主再穷也不会跑,不放心就上锁吧!"

村长也来村公所睡觉,半夜起来一回,王丙红在里面睡得香甜香甜的,没有跑。村长和通讯员就放宽心,一觉睡到叫明鸡报五更;这时候,村长和通讯员被叫门声惊醒了,开开门,王双印提了个灯笼,扑进来喊道:

"爹爹,爹爹,咱家后园子的窖,叫偷谷贼挖开啦!"

"好我那孩啦,丢了粮没有?"

"丢了个光打光,快去看吧!"

老婆嘴丢粮食的事一传开,佃户们都来了。众人就跟他父子去看窖。刚进后园子,父子俩就喊叫,这时候,天才麻麻亮,看不清王丙红的老婆嘴是怎样,却只听见他又哭又喊:

"我的命呀!我那天呀!只有这一窖粮食,又叫人偷啦,叫我拿命顶佃户呀!……"

粮窖旁边堆着一堆糜草和虚土。通讯员跳下去,抓了一把湿土上来,说粮食实情是丢了,王丙红咬住村长:

"好村长咧!你给咱做主呀,这事出在咱村里。"

村长左思右想,想不出谁会偷他的粮。七个二流子改造以后,村里一针一线也没丢过,村口摆上个大元宝,也不会有人拣。怎就丢了满满一窖粮呢?

"这真异奇了!"村长对自己说。

生米做成了熟饭,众人眼看他丢了粮,这事只好等几天再说。大家正要往出走的时候,听见门口有人嚷叫着走进来。前边走的是光裕子和老婆嘴的长工三老汉,后边相跟的张财主和几个什么人。还有一条牛,牛身上驮了两个布袋,鼓鼓的。

光裕子说:"三老汉,你先说吧!"

三老汉不敢说。光裕子就说起来:

"我把你王丙红看透了,以前说减租,你就拿夺地吓我们。如今要退租哩,你又悄悄地往外村运粮,逃脱退租。"光裕没说完,就上前一步,抓住老婆嘴的衣服,对着他的脸唾了一口。村长叫光裕子说清到底是怎回事。

"怎回事?开罢会回去,我想退回租子来,打算买些地,给自己过日月呀!翻身呀!变工呀!反正我一夜胡思乱想,没睡成个觉。迷迷糊糊窗子发亮了。我想我不睡了。我提了个粪箩头,就到村公所去,我知道他的鬼头大,看他跑了没有。我一出门,听见村口有人吆牛,我想谁家耕地起来得这早。我一听,那人吼得越是厉害了,我想去拾牛粪,捎带着看是谁。过去一看——呃!就碰上了三老汉。他正吆牛,这一下,我就甚都明白啦。我问他,他不说;我叫他回来,他不回来。我恼火了,吵起来。后来张财主也出来了,怎长怎短,要问三老汉。"

"我……我没啥!"三老汉吓得两腿直发抖。

这时候,天明了。众人好言好语劝说三老汉,只要说实话,与他不相干。最后三老汉看了看王丙红父子,觉得有众人给他做主,才说:

"我一辈子伺候人,不会说虚话,夜儿黑间,我睡下了,双印来吼我开窖,说是往云镇粮行大掌柜那里送粮。吃人家的饭,受人家的管,我还能说不去!只有一个毛驴,一连跑了三趟,到第四趟,就离五更不远了。双印子说：'再一趟驮不完呀！'我说：'一趟不行驮两趟嘛！天明了路也好走！'双印子说不行，他就去张财主家借来了这个牛。"张财主听到这里心上一惊，只怕把他牵扯上，正想要说话，三老汉却接着说下去了："我老汉一个人赶了两个牲灵，走到村口，毛驴头前走了。那牛，就是那个牛，走到张财主家门口，认定老家不出村。一根柳梢子也打断了，还是不走，蘑菇了有一顿饭工夫，天也快明了，我急得不行，就喊就叫，光裕子就过来啦！"

"还有甚，齐说出来！"

"还有，就是，我实受一夜，答应给我半斗谷子，谷子不谷子，我倒不想。如今肚子饿得前心贴住后心，实情支架不住啦。"三老汉说到这里，转身对王丙红说："家里有窝窝没有，咱先吃上一疙瘩？"

"双印子，你说？"

"这全是我爹爹教我的，我送饭的时候……"

"我给众人说一下。"张财主挤过来说："我要早知道他偷卖粮食，我那牛就不借给他使唤。看！把我那牛打成甚样子啦！"

你们看，王丙红那个没有胡子的嘴脸，如同晒干的茄子一样，在那里动也不动，半天工夫，扑通跪下，扑到众人面前，说道：

"我退呀，我减呀！再不要奸顽手段就是啦。"

你想，众人怎样呢？众人就包围住王丙红，指着他的眉头说：

"哼！我们看到你骨尸缝里了。"

众人又问："毛驴呢？"

光裕子说："自己去镇上了，派人追去啦！"

地主王丙红长出了一口气，跟上众人到村公所去了。

红　　契

　　曲营村有个地主,名叫胡丙仁。这人有一副笑脸,他去催租逼账,总是先给你笑上一面,如不交租,马上收地。众人把他叫做阴人,外号叫他笑面虎。笑面虎有三百多垧地,但是他不知道这些地都在哪里。他只知道,在去他女子家的路上有十垧一块的地,那是从佃户苗海其手里讹来的。如果你问他:"财主,你那三百多垧地都在哪里?"他用那根长杆烟袋,指指南山,又指指北山,指指东山,又指指西山,最后,又指指前坪绿油油的庄稼说:"统有我的地。那些好地都是我的。那些狼不吃的沙梁地,都是穷小子们的。"虽说笑面虎不知道他的地在哪里,但却把他的文书匣匣严严密密地藏在炕洞里,连他老婆也不叫知道。有一次,他老婆把针线包子寻不见了,就在炕角角上胡拾翻,叫笑面虎看见,照定屁股就是一脚,并且骂道:"你狗日的还想拾翻我的老底子哩,滚你的蛋!"那老婆忍住气,从炕上跳下来,坐到院里,直骂他"老不死"。

　　前年减租运动起来的时候,笑面虎他老婆急忙从张家庄她娘家跑回来报信,说张家庄的大财主,被众人斗了个三起三落,到后来,租也减了,讹的人家的地也退了,典的人家的地也叫人家赎回去了。笑面虎张着嘴巴听了这消息,心上一下就凉了半截子,急得直问他老婆:"你就没听说人家甚时斗我来?"他老婆说:"那咱可没听说,哎呀呀!那众人往倒里斗个县官也不愁。张财主威望可大哩,连三岁娃娃打架还得去找他。如今,啧啧啧……一下就斗倒啦!"笑面虎坐在炕上直是长出气,却怎也想不出办法。

张家庄的斗争果然传到曲营村来了。三四十个佃户齐挤进笑面虎家院里,众人不喊不叫,只有领头的马驹子、福生子几个人喊叫。区上的青年部长小陈也来了。小陈还不断给马驹子他们打手势,传话。笑面虎一看不对劲,就抱上那个心爱的文书匣匣出来了,他展开笑脸说道:"我知道众人要来,我早就准备好了。"马驹子、福生子看不惯他那嘴脸,大声嚷道:"你剥削我们几十年,我们减租来了。"笑面虎说:"减租减息是政府法令嘛!我还敢反对!一切咱都按法令走,诸位干部给咱做主。唉!这也是天年把你们逼到这条路上了。我这人自动开明,不像张家庄张财主那样愚顽。嘿嘿!前头有车,后头有辙,挨上怎办,就怎办。"

没来的时候,区干部小陈只怕斗不过地主,所以再三告给众人怎样喊口号,怎样说话,如今,又没喊口号,又没多说话,事情就办成了。他就对众人说:"胡先生是开明的。我们大家欢迎。"小陈还鼓了几下掌,众人也不知道鼓掌是怎回事,开会以前,也没规定,所以众人都不鼓掌。

这个工作做得真痛快,一天工夫就做完了。租子按二五减了,该赎的地也赎了,霸占去的土地也归了原主。可是有许多人不大敢接过新写的租约。佃户苗海其就是一个。笑面虎把讹去的那十垧地的红契递给他的时候,他还二二虎虎的。笑面虎说:"不怕,你先拿回去再说,这是公事,也不由我!"苗海其看见众人,有的接过新租约,有的接过红契,他也壮了壮胆子,接过红契,回家去了。

不到半月,村里起了谣言,说是八路军要走呀!旧军要上来呀!笑面虎要夺地呀!谣言一天多一天。曲营村又是山上的小村村,区干部也不常来,行政村干部也不多到,本村干部也不知道怎样才好。众人们,尤其那些减过租赎过地的人,心里总是二二虎虎,立坐不安,苗海其也是很怕,不过,村里总没发生什么事情。有一天,他吃罢早饭,正想去山上搂柴,笑面虎的三儿子跑来说,他大大叫他去推磨,苗海其放下镢头就跟上到了笑面虎家里。笑面虎并不叫他推磨,却把他请进里窑喝酒。苗海其只说:"你老人家喝,你老人家喝!"笑面虎提住酒壶故意说道:"嫌你胡大叔的酒菜不好是不是?"笑面虎又对窗子喊道:"拿几个咸鸡蛋来,人家海其子嫌菜赖,吃不下呢……"这一下真把苗海其"那个"住了,他连忙说:"你老人家怎说这话,我这啃糠窝窝的嘴,怎能嫌菜不好呢!"一面说,一面夹了一筷子豆芽菜放进嘴里。笑面虎笑嘻嘻说道:"好好好!这才够个老交道。"

二人吃喝了一阵子,笑面虎就说话了。他说:"咱两家也是父一辈、子一辈的老交道了。你老子与我共事一辈子,说到你名下,也是半辈子了。你老子在世的时候,吃了上顿没下顿,只要到我门上,不管借多借少,我没有说过一个不字。你老子也是个好人,秋天到来,连本带利一齐还上。真是好人。可惜好人不长寿。你老子一死,你还记得,那时节你才是十来岁的吃屎娃娃,没兄没弟,没亲没故,虽说你老子给你留下十垧地,你娃娃家怎么经营?我看你可怜,就把你引过来当长工,地也带过来了。在我家吃了穿,穿了吃,一直十年。后来你要另过生活,由你!我就租给你那十垧地,哎呀!你掰开指头算一下,不要说你有十垧地,你再有二十垧三十垧,把地卖了,也不够你十年的吃穿花费。海其子,没你胡大叔,你早就喂了狼啦。"笑面虎说话的时候,苗海其直插嘴说:"你老人家是恩人嘛,我这一辈子也忘不了。"笑面虎喝了一盅,又说道:"如今,我胡大叔叫众人闹得不行了,将来你有个难处,我也没法子帮助。做甚事也总是一来一往嘛!别人跟上干部们给我闹还不说,哈哈,不想,你也来哩。"海其子说:"不来人家批评嘛!"笑面虎恼火了,对着窗子向外骂道:"福生子、马驹子,看你们这些灰小子们能有几天好活!日你妈的,好好吃上几天闷粥,等旧军上来杀脑袋看。我看透这世事了,八路军,哼!九路军也长在不住,旧军一来,屎壳郎搬家——滚蛋!"笑面虎对着窗子大骂干部,苗海其心上却怕了,于是他说:"我那十垧地的红契再给你老人家送来就是了。那地还是我种着,照旧交租。你老人家别生气。"笑面虎听了,直让他喝酒,苗海其早就喝不下去,就要回去。笑面虎的三儿子拉他去推磨,笑面虎说:"孩儿,今儿不用了,过几天再推来,先借上个毛驴驴使唤着。"苗海其糊里糊涂走回家去了。

第二年秋天查租,曲营村查出一个半人没减租:一个根本没减,一个只减了该减的一半。苗海其的事谁也没发现。

第三年,就是今年,春天查租的时候才闹大了。区上来了个农民部长,众人叫他老马。老马来了也不说召集人,也不说开会,黑夜找人谈话,白天就帮人抬粪。苗海其听笑面虎说,老马是来调查什么的,所以只避着老马,老马去帮他背粪,他说:"粪土不多,一个人也不够背。"老马问他种多少地,他只"唉"了一声背起粪篓头就走了。第二天,老马借了农会干事福生子的一个粪篓头,一定要帮他背粪,苗海其觉得这人怪平和,就叫他背了。两人一路走,谈得怪热火。老马甚也懂得。老马问他:"这几年减租生产,该是翻身了吧?"苗海其苦着脸子一笑,说:"翻身了,全是咱毛主席给咱谋的利呢!"苗海其只怕老马知道他的事,还说:"笑面虎霸去的我那十垧地,也赎回来了。"老马和他谈了那么多话,他总没把那事说出来,他怕笑面虎,所以不敢说。

过了几天,村里要开查租大会。苗海其亲眼看见笑面虎被众人斗得话也说不出一句,屁也放不出一个,双膝跪在那里,只向众人磕头。苗海其仔细听人家诉苦,每一句话都打在他的心上。众人说着就生了气,一窝蜂上去要打笑面虎,苗海其藏在墙圪角里,也跟上众人喊道:"打打打,打这没良心的。"虽说嘴里喊打,却并不上前动手。笑面虎在圪台上往下一看,苗海其的眼睛和他碰上了。笑面虎拿眼睛挖了他两眼,苗海其马上又想起前两天笑面虎告他的话。前两天笑面虎对他说:"你要不报告农会,我就答应把租子减一减,如果你报告农会,我就到你家大门口上吊。"苗海其想起这话,还有点子害怕,会没开完,他就回家去了。

　　第二天,苗海其老婆回来说,谁家谁家的租子也减了,还退了许多粮食。婆姨说得真起劲:"哎呀!笑面虎可把新政权八路军错看了,可叫众人斗了个灰。这种死顽固,就该好好斗一下,看他还敢欺压众人?"苗海其说:"你悄悄的吧,白天斗得要回来,黑夜还是又叫人家逼得要回去。笑面虎可不好缠呢!"两人说着说着就说到自己的那十垧地上。那婆姨问:"咱那地到底是怎啦?"苗海其说:"怎也不怎,前年就要回来啦!"那婆姨又问:"年时怎么才打几斗粮食?"海其说:"年时天旱,收成不好嘛!"那婆姨嫌他不说实话,就吵开了:"你才嘴巧,你一定又是给笑面虎送去了。那是自己的地,为甚又要给人家,还给人家交租?你是有儿有女的人了,怎么也不打算过光景呢?"

　　他两口子正吵,老马和福生子进来了。福生子说:"两口子又吵架咧!"那婆姨不等海其说话,就抢过去说:"福生哥!人家都租也减了,地也赎了,笑面虎霸去我家那十垧地,能要回来不能?"福生子说:"你们的地嘛,怎不能?"那婆姨对海其说:"这不是话啦,你听人家说甚,人家都能,为甚咱就不能?"苗海其在先还不承认那地没要回来。到后来,被福生子和老马说得承认了。可是他说:"人家势力大,咱那地要回来也不得安生,那家伙要跳房哩,上吊哩,咱可缠不过人家!过几年有了钱,再买上些吧!"老马问道:"过几年,你那钱从哪里来?天上又不会下元宝!"这一句话就把海其子问住了。老马又说:"庄稼人,甚都是从地里来,有了粮食甚都有了。可是你的地捉在人家手里,还得给人家交租,人家受用了,你可是苦下了。你说笑面虎势力大,要是众人三年不给他交租,看他狗日的哭爹叫妈也寻不上个门。夜儿黑夜还不是叫众人斗倒了,众人齐心甚也不怕,前年众人不齐心,又叫人家剥削了两年。海其子,我家以前比你还穷哩!比你受的害还大哩!我的脑筋一开,甚也不怕了。庄户人走遍天下都有理,我们又不是讹人家,有甚怕的?翻身不翻身全看穷人的心齐不齐。"老马和福生子又劝说了半天,海其子说:"道理是对着哩!人家可不讲理嘛!受人家剥削半辈子,疼也疼过啦!还说那做甚?结下仇人,以后也不好办。"

老马听了这话,用圪膝顶了福生子一下,他俩就走了。老马对福生子说:"这人受笑面虎的害太大了。又受了笑面虎的欺哄,以后要好好帮他开脑筋!"福生子说:"咱动员上些人帮他要过来就算了。"老马说:"不行,他的脑筋不开,谁帮他要过来,还不是又叫笑面虎逼回去。还是要多开导他,他家生活困难,把救济粮给他些,义仓粮也借给他些,这样的老实人还有呢,福生子你好好记住,多帮助他们。"

吃罢午饭以后,老马就走了。

夏收了。变工组帮了苗海其两个工,一前晌就把两垧麦子挽回来了。第二天,苗海其就去铺场。他正铺场哩,笑面虎打发他的三小子叫海其子来了,说是瓮里没水了,叫他去担水。这些时候,苗海其看见这小狗日的就不顺眼,不是叫掏茅厕,就是挑水、推磨,前几天笑面虎还说要麦子。苗海其心想:福生子的话真对,人心没尽,这穷根子割不断,一辈子也不得翻身。所以他下了决心,麦子不交。过几天还要把那十垧地的红契要回来哩!水也不担了。于是他对那小狗日的说:"回去对你老子说吧,我没那闲工夫挑水。"那小狗日的说:"我大大说的。"海其子说:"你妈妈说的也不顶事。"海其子说罢就到打麦场上去了。

吃罢午饭打场,婆姨汉两个,一人拿一个槤枷对打。槤枷乒乓乒乓响,麦子就在槤枷下跳起来,有时麦颗子还打在脸上。他两个也真实受,谁也不说休息,一面打,一面说话,那婆姨说:"把麦子打下来就去找笑面虎吧!把那红契要回来,就甚都放心了。"海其子说:"哼,红契要回来还不算,这几十年的老账也要好好算算呢!"那婆姨说:"那更好嘛!福生子说还是早些去要好!"海其子说:"笑面虎还能飞上天去？我这账一天半天也算不清,要找个工夫好好算哩!"

打麦场上,乒乒乓乓地响,他两个一后响就打完了。两个娃娃在那里从麦根里捡麦穗。大小子狗儿说饿,小女子巧儿也要妈妈回家做饭。妈妈说:"就会说个饿,好好捡!"一直到天黑,把麦子扬得差不多了,她才领上两个娃娃回家去做饭。

月亮明朗朗,四野静悄悄。有的人家点灯吃饭了。有的场上还在打簸麦子。苗海其的麦子多一半都扬出来了,还有一些准备明天再簸。肚子也饿了。他一面簸麦子,一面等送饭来,他准备今天黑夜就在场上睡觉。正簸麦子,忽然听见背后有人悄悄地喊道:"苗海其！"苗海其回头一看,却是笑面虎赶着一条毛驴。他知道他是来干甚的。年时颗子还没闹回家,就叫他闹去了。今年他又来了。苗海其不说话,圪蹴在那里。笑面虎走到跟前,小声说:"没人没人！不要怕！"说罢,笑面虎就自己动手装麦子,苗海其两眼盯着他,眼看他满满装了一口袋,放到驴脊背上要走,苗海其忽然站起来,问道:"你往哪里驮？"笑面虎听苗海其这话问的怪,就笑着说:"海其子耍笑哩吧！"海其子拉住毛驴说:"老爷爷不会给你耍笑。走吧,到村公所去！"笑面虎真没防他这一手,脸也不笑了。他就问海其子:"你是种我的地,还是种村公所的地？"海其子说:"我是种我的地。走走走！"他拉着毛驴就走。笑面虎想起春天众人斗他的情形,心里就害怕。他说:"海其子,你不凭良心了？"海其子说:"我不懂得良心是个甚！先问问你的良心吧！"笑面虎吓得两腿直发抖,拉住海其子说:"你要怎,我就怎,咱这租子也减上些。"海其子说:"我不减租。我受了半辈子,减那点租子也不顶事。"笑面虎扑通跪倒说道:"你是叫我怎哩？你有甚咱两个说,千万不要告诉众人。"苗海其气愤愤地说:"咱两个一辈子也说不清,还是找大家评一评去！"笑面虎看看说不转海其子,爬起来说:"好,要怎么由你吧！"说罢,拉上毛驴就要走。海其子一下把口袋从驴脊背上掀下来,拉住毛驴不放。笑面虎气得浑身发抖,捡起个榱柳就要打,苗海其上前一把抱住笑面虎的腰,一吃劲,就把他放倒了,他骑在他的脊背上,一面打,一面大声吼叫起来。

霎时间,打麦场上挤满了人。众人只顾乱问:"出甚事了?""出了人命没有?"农会干事福生子和主任马驹子也来了。福生叫海其子说说是甚情由,苗海其就把话前前后后说了一遍。真把众人气坏了。喊声打声嚷成一片:"把笑面虎嘴上的毛拔了。""拉出来,敲他的牙!""不行,磨他个老狗日的!筛他的灰!"

笑面虎跪在那里直喊众人"爷爷":"爷爷们,饶了我吧,错也是我的错。众人说甚就是甚,减租退地由众人算,算多算少,我卖房卖地也要给海其子。"众人一伙拉上笑面虎到了他家。笑面虎一头栽到炕上就哼哼起来,他叫他老婆从炕洞里把文书匣匣取出来,福生打开找出了苗海其那张红契。他又把所有的文书看了一遍,又发现三张已经赎过的文书,福生子吃了一惊。他把这三张契念了一下,马上就有三个人气愤愤地冲进窑里。笑面虎被拉出来,站也站不住了。这三个人讲了话,这三张红契都是在前年赎地以后,笑面虎又逼着要回的,今年春天查租的时候,笑面虎吓唬他们,不叫他们说出来。

当天黑夜就算账,苗海其的账最麻烦,那账要从他十岁上给笑面虎当长工算起,每一笔账都有一段苦痛的事情,都要说出来,一直算到第二天黑夜才算完。笑面虎说他可以给地,不给粮食。海其子自然高兴。笑面虎就把他的文书匣匣再拿出来,从不多的文书中,又找出一张十五垧的红契给了海其子,海其子把红契拿在手,说:"我给你揽工十年,租种地十几年,才给我十五垧地。你笑面虎还是占了便宜!"

海其子拿到这二十五垧地的红契,心上乐得捉住福生子的胳膊说:"福生哥!福生哥!为了我翻身,你成天找我说道理。这一下我真的明白了。我要请请你哩!你叫老马也来,老马可真是好人呀!"

海其子高兴极了,他高兴地流了泪。

土地和它的主人

一

王海生是一个实打实受的庄稼汉,耕耙锄耧样样通,每年从那黄蜡蜡的土地上,收回几石颗子,到头来全被地主刮去了,因此,他也是当当响的穷汉。说到穷,他可以跟全村的穷人比赛:受的牛马苦,吃的猪狗食,穿的破破烂烂,冬天用些破毡烂片还可以把身子裹住,到了夏天,怎裹也裹不住了,周财主看见他那顾前不顾后的衣服,还撩逗他哩:

"露出来了,露出来了!"

"露出来怕甚,谁还不知道谁那东西!"

"好赖也要把那东西掩住嘛!"

"掩住,说的比唱的都好听,一个钱难死英雄汉,肚里成天饿得唱洋戏,哪有钱穿布?我们穷汉比不得你们财主人家!"

这是实在话。周财主是本村的头一家地主,和附近几个村的地主合起来,众人叫做"穷汉阎王镇西侯,一牛二马半盆周",周财主就是这个半盆周。他一生下来,就是立的房躺的地,不要说穿破毡烂片,不是绸不是缎就不穿。王海生呢?从老子手上就扎下了穷根,每天在地里受的四个蹄蹄软溜溜,回到家里对着照影子稀饭,大眼瞪小眼,这就算过光景。老子一死,除了给他留了两石欠租以外,还有五垧地,可是在他老子死后的那年冬天,这五垧地,就被半盆周逼去顶了欠租。

那还是他二十岁上的事,离现在已经十几年了。他老子是秋天死的,到了冬天,半盆周来逼欠租。没有租子就要那五垧地。王海生着忙了,到处搬门子,俗话说,瓮里没米难做饭,光凭一张嘴搬门子不顶事。王海生打定主意:陈租上加利是可以的,死也不能卖那地。财主却拧住不放:"我不要你的地,我要租子。交不出租子,咱俩衙门口里见高低! 我看你擦屁眼的土圪垯还能变成金哩!"财主写了个二指宽的纸条条,王海生就被传进衙门,关进冷房子里去了。过堂的时候,他求大老爷开恩。大老爷是个念过书的人,很会说话,他说放债图利,吃酒图醉,出租土地也是为了吃租子,抗租不交是犯了王法。王海生就把自己的苦处说了一遍,大老爷把桌子一拍:

"拉下去!"

王海生屁股上吃了二十板子,答应三天交清欠租。讨保放回去了。他左思右想:卖了地越发活不成个人啦,张开嘴吃天吧! 越想越难过,这个硬心肠的汉子却流下眼泪了。这世道是人家财主的,地是人家的,天也是人家的,唉! 卖就卖吧! 他老婆哭鼻子不愿意卖那地,可是人家逼到这条路上,只好卖地,"留得青山在,不怕没柴烧,活命要紧!"到后来两口子弹到一根弦上了:典出去吧! 财主杀人才不见血哩! 人家不要活头地,不卖给不要。这真是逼得海生两口子上刀山嘛! 村里坐了个半盆周,不要说穷人,稍有几个钱的,谁敢入手! "唉! 死路一条!"就这样,五垧地顶了两石欠租,红契也给了人家。

这地虽说卖给了半盆周,还是王海生种着的,除了掏原来五垧地的租子以外,再加两石,每年合共交四石租子。十垧地的佃户越发穷了。庄户人有不爱土地的吗? 王海生心爱的土地被人家逼的顶了租啦。他不但对地主仇恨,他也恨那土地了。每逢去锄地,开始,他很有劲,锄头也把得稳,那谷苗绿茵茵的也怪可爱。但他一想到秋天收成下来,地主逼租的情形,他就恼了。"你妈的皮!"噗的一锄,一堆谷苗锄下来了。他真想一气把苗都锄下,自己跳黄河。老婆娃娃怎办呀!王海生想起家里的老婆娃娃,又觉得把一堆谷苗锄下,有些后悔,人家说前悔容易后悔难,只好又捉起锄头锄地。隔上些时候,心上麻烦了,又锄了一堆谷苗,"唉!这活得不像人样了。"王海生一面伤心,一面锄地。到了秋天,不等粮食回家,半盆周就打发人到打谷场上,把粮食驮走了。他眼看着金黄黄的谷子糜子,被人全刮走,伤心得连泪也流不出来,他的眼泪早就流干了,他只好把那秕谷背到家里。人穷脾气大,他老婆看见他只背回一些秕谷,就美美地给他吵上一顿。

"你瘟神卖了地不说,打下几颗粮全交了租,跟上你受、受……受上一整年,连顿米面窝窝也吃不上,你不会偷留下些,你就看上那些秕谷了!"海生子老婆越吵越起劲,伸着脖子,跺着脚直吵:"你枉活三十几,羞不羞,去跳黄河吧!"

海生子把口袋往地上一撂,火上加油似地说:"吃劲骂!吃劲骂!筛上锣沿街骂!"

"去去去!给你那爹要吃的!"海生子老婆把四岁的娃娃推到海生子怀里,嚷道:"没吃的死给他,谁叫他是老子来!去!要窝窝吃!"

海生子生了气,就扳倒老婆擂鼓般敲打一顿,老婆娃娃大哭一场完事。有时候,王海生还讲道理:

"你把天吵塌也不抵事,少交人家一颗租,二指宽的纸条条,就得去坐冷房子,那地也是逼的没法子才卖的,没吃的我想办法嘛!"说罢,王海生就挟起一个口袋走了。第二天,两口子就在村口的碾子上碾米,不再吵架了。原来,海生子昨天交了租,今天又从半盆周家挨拐借了粮,明年的庄稼,今年就"收割"了。

二

天阴总有天晴时。众人的救星共产党给众人推开了天上的乌云,太阳露出了。政府贴出了减租布告,各村都在闹减租,王海生到村公所门口去听人家念减租报告。

他参加了农会,在小组会上,听农会秘书讲解减租法令。他那身破皮袄破皮裤,这几天叫他跑打得越发破了。他老婆告他不要急性子,得罪下财主,连地也种不成了,海生子就像大人训娃娃似地说:

"你懂的个屁,我们等什么?等天塌啊?说减就减。受了几辈子啦!还等什么?"

有些老汉堆在一起晒太阳,不知说些什么,王海生走过去,就讲二五减租呀!大家拧在一起呀!他说了许多,可是那些老汉,只张着嘴巴听,有的老汉还说:"留后路着!"王海生又去给那些年轻些的人去说这说那,他饭也吃不到心上,觉也睡不到心上了,开大会的时候,也指着半盆周的鼻子说:

"半盆周你不要摸住胡子装正经,我受你的气受够了,你说,我是怎穷的?"

半盆周把头一歪说道:"你命里就穷嘛!"

"你胡说,我穷是叫大树吸的!我们把东山的太阳背到西山,吭哧吭哧受上一年,好活了谁啦?"半盆周不说话,海生子问众人:"汗水出在咱们身上,油水流到谁肚里了?"

"流到半盆周肚里去了!"众人的吼声真把半盆周吓了一跳。

王海生把他受过的气都说出来了,五垧地被他逼得去了,大年三十把锅子也给拿走了,他越讲越生气:"你简直是骑在我们穷人脖子上拉屎嘛!大年三十灯笼都挂出去了,你还来逼租,我说来迟了。你半盆周第二天——大年初一就上了门,说:'今天不迟吧!'哼,饱汉不知饿汉饥,隔一黑夜工夫,我去哪里弄粮食来。半盆周你欺负人。正月初一,就把你媳妇子的绣鞋挂在我家大门口,你是甚意思?羞你先人的,十垧地交四石租你还嫌少,我们穷人只有伸出舌头,站着睡觉去了。"

半盆周答应减租,众人要他退出今年多收的租子的时候,他用

小斗盘粮食,海生子就嚷开了:

"你半盆周剥削人剥削惯了,你用大斗盘我们的粮,也要用大斗退!"

半盆周真想拿斗捣王海生一下,可是如今的海生不比旧日的海生了,打不得了。他只好把大斗拿出来给众人退租。

就为了减租的事情,半盆周见了王海生就咬着牙说:

"海生子,减租你好积极啊!"

海生子却说:"你催租的时候也有劲呢!"

"那地,我要收回来,自己种哩!"

"政府有保障佃权法令。你收地?你去收天吧!"

半盆周捉住胡子,生气走了。可是,他看见他的地比从前好得多了,就很高兴。地棱地畔都修得好好的,变工队修起水渠以后,他从王海生手上买来的那五垧地,能浇上水了。"好哇!海生子,你好好给咱受吧!"海生子可只顾做营生,理也不理他。有一次,半盆周看见地畔的水萝卜,真是喜人,他就偷剜了几个萝卜放到竹篮篮里,人心没尽,他还再剜哩!王海生就把他捉住了。王海生要拉他到村公所去说理。半盆周说这是他家的地,"你家的天也不行。我租种你的地,给你掏租子就对了,为甚又偷剜我的水萝卜。"

"我家没菜吃,正缺几个萝卜呢!"

"你还缺个大闺女搂抱着哩!看谁愿意给你!"王海生说着,就把竹篮篮递给了半盆周。又说:"说到情面上,我也不在乎那几个萝卜,你张开口要,我不能说个不字,拿去吧!不敢再偷了。"

半盆周的脸上青一阵,红一阵,那眼珠滴溜溜转了一阵,真的提上水萝卜走了。

王海生站在地畔上,乐得唱了几声,回家吃饭去了。老婆见海生子回来,就端饭,就盛汤,一会儿说:"变工组不在地里吃饭?我给你们送饭吧?"一会儿又问:"咱那五垧地不想法子买回来!"

"一铁锹也挖不了一眼井。你等秋后着嘛!"

有吃有穿,两口子说说道道,再不像以前常常吵架了。

三

正月十五是红火热闹的好日子。王海生要请客哩。请的三个客人:一个是农会小组长老王元,一辈子不爱说笑的人。一个是隔壁邻居马久德,拾粪的积极分子。还有一个就是十几年前逼他卖地的半盆周。半盆周架子大,如今还没来。

王海生把年前换来的一瓶烧酒拿出来,跑到灶上问他婆姨:"菜做好没有?快把酒温上!"马上又跑回来招呼天天见面的"客人","炕上坐炕上坐!"客人上炕了,可是老王元坐在炕头上,海生子说:"王元叔,那是灶王爷的地方,你不是灶王爷,这里坐吧!坐上首坐上首!"老王元说:"这里就合适的!"海生子装作正经地说:"你不来这里坐,回吧,回你家炕头上去坐吧!"三人大笑一阵,老王元才坐在上首,海生子笑着说:"对了,这才像个叔叔哩!"

饭菜都做好了。酒也温上了。海生子老婆催他再去请半盆周:

"请客请客,人家架子大,不请个三遍五遍,人家怎好意思来!再去请吧!"

"来了,来了!"半盆周说着走了进来,南瓜似的脑袋上扣了个帽壳子,说话笑嘻嘻,一副财主相。过去的冤仇好像都忘记了,四个人说说笑笑,落了座。

酒菜都摆在炕桌上了。海生子说他不会喝酒,大家喝酒,他先吃着。

"不行不行!"半盆周伸出两手盖住桌上的菜,笑着说。

王海生不说喝酒,却说到买地上去了,他说:"自己的米换的酒,自己的鸡下的蛋。今日请财主来,十五好日子,我那地——"

"卖给你。"半盆周说："你一定要喝些酒。"

海生子拿起筷子,在老王元的酒盅里沾了一下,入到嘴里,他说这就算喝了酒。一辈子不爱说笑的老王元笑得前仰后合,连声说道：

"我活五六十,没见过还有用筷子喝酒的人,听也没听说过。失笑人不失笑人!"

海生子不喝酒,也就罢。四个人,你一言,他一语,就说到买地上去。

原来,在去年秋天,半盆周就放出个风声,说是要卖地,他说这年头留下些地,够过光景就对了,地多负担重,租子也少下了,倒不如卖了好。王海生就请老王元和马久德说合,要买回那五垧地。半盆周要的价大,连跑几趟,没说成。一直到年底,才说的有了个眉眼。海生就把地主和说合人请来,凑个好日子写文书。

"不行!"半盆周放下酒盅子说："我想了一下,两石太少了。"

"不差甚了,两石要算好价钱了,写文书吧!"老王元和马久德在一旁打帮说。

海生子说："原初你买我那地,还是两石欠租呢!"

"那时候两石粮值钱呀!"

"如今的地不值钱了,周财主。"

海生子说罢,半盆周就夸他那地是全村拔梢好地,打上灯笼也找不到。海生子站起来说道：

"地倒是好地,你不想那地原初是谁家的,原初那是我们庄户人的土地呀。如今变工队修了渠,引上水,你倒又说是好地了。"

半盆周想了一想说道："你买我后梁的地吧!"海生子不要。"你买我红梁沟的那五垧吧!"海生子不要。"你买我黄水沟那块吧!"海生子还是不要。"好,我就减上一斗,算成两石四卖给你。"

老王元和马久德就劝说财主少要些,海生子是个新翻身户,大家都要帮衬。财主却说：

"我不管翻身不翻身，家里放的大闺女还怕找不到丑女婿。"半盆周忘记他是客人，财主架子又摆出来了。

"半盆周你别抗硬，"海生也不客气地说："你别忘了那地原初是我的，硬逼上我卖给你的。十来年的租子吃过几十石了。早够老本了。"

半盆周生气地圪蹴在炕上，不说话了。"夺是夺不过来，"他想道："卖给别人，卖给谁呢，这地原初就是他家的。卖地佃户又有优先权，原初，原初……卖了算了。"他作定主意，说：

"两石就两石，我要把话说在明处，三天以内交清，我急用哩！"

"我也把话说在明处，交罢粮，就要拿上红契到县上税契。不能把我的红契压着。"

两家情愿，买卖说成了。立时找来笔、墨、纸、砚，半盆周写了两张文书，老王元接过手念了一遍，各人押了手印。半盆周不押手印，他从腰里掏出一个图章印了一下。半盆周收起卖地文书，王海生收起买地文书，坐下再喝酒。半盆周推说家里有要紧事情，跳下炕走了。

"老尖头半盆周走啦，咱们美美地喝一顿。"王海生高兴地说："我的地又回到我手里了，再过两年看，那五垧地也要买过来！你们为我跑腿，还帮我粮食，来，我陪你们喝一盅。"说罢，端起一盅酒灌进肚里。

他们三个人又说到生产，变工，水渠，甚都说到了。各人说各人的计划，说一阵，喝一阵。渐渐地，王海生的话头不对劲了，他捉住久德子的手说。

"豁拳来！"

久德子的手还没伸出来，海生子的"俩相好"已经叫出口了。老王元看见海生子喝的已有八九分，就把酒壶子夺过来，不叫他喝了。他们就吃饭。秧歌队在村里敲打起来了,他们要去看秧歌,才走出门口,海生子就倒在墙上了。

"喝醉了!"海生子轻轻地说。

海生子那天没去看秧歌,在家睡了一天,可是人家都知道不喝酒的海生子喝醉了,还知道他买回了十年前卖给半盆周的那五垧地。

第一次收获

大约有三几个月我不到何家庄来了。我曾在何家庄工作过一个时期,有些熟识的人,一直没有时间来看望他们。这次路过这村,正是夏收时节,一来天气太热,晌午不好走路,二来想看望看望几位土地改革中翻身的朋友,因此,我在区政府起身的时候,就打算到何家庄休息一会儿,等太阳偏西再好赶路。

我快走到何家庄的时候,正碰上何来生老汉,他背了一大捆麦子。他热情地招呼我:

"老束,哪哒来?去哪哒?"我告他说从区上来,到县上去。他高兴极了,他说:"几个月不见了,思量你哩!回家歇一阵,后晌再走吧!"

我们相随到了村里,走进他家。来生老汉家婆姨,一个四十来岁的女人,看见我们走来,忙的就搬凳子,就盛米汤,就说话:

"我们还以为把我们忘了,你走了几个月也不来看我们。老汉汉说老束工作忙,没空来;我说,专来看咱们没空,路上路下的也不来一趟,想是把咱们忘了。"

我们都哈哈大笑。来生老汉的家里马上快乐起来。

我问来生老汉今年夏收怎样,他老两口一起说起来。婆姨说:

"托毛主席的洪福,有了地就活出来了。"

老汉说:"满壶子烧酒气了,一步登天了。分了土地,不给地主交租子,就把病去了。土地成了自己的,身上轻的多了,动弹起来,心劲格外大。从前不管收多收少,总不够人家地主的。如今,收一颗落一颗,收一斗落一斗。好好好,这是毛主席领导得好。"

来生老汉这话是对的。过去,在每年收获以前,满心欢喜,盼望个好收成。村子里的孩子们也拍着小手唱歌:"老天爷爷下大雨,打下麦子莞豆供养你。"可是越接近收获一天,收成的希望也就减少一成。到挽麦子的时候,就灰心丧气了。麦子长的再好,也不愿往倒挽,马马虎虎挽倒了,也无心往打麦场上背,大家都晓得:地主早就张开口袋等着收租子了。剩下一升半钵子的粮食,只好一颗颗价数着吃。因为没有土地,来生家不知流了多少眼泪。来生家老子临死的时候,还是念念不忘刨闹几亩土地。他把来生叫到炕前说:

"来生子,你老子没本事,没给你刨挖下几亩地,我死了还不晓得埋在甚地界。你日后要活成个人家,没有几亩地可不成。"

其实,来生老汉的本事也不比他老子强,一直活到四十多岁,直到去年土地改革的时候,才分到了土地。老汉自然特别高兴,劳动也特别起劲。

说起劳动,来生婆姨又开腔了:

"我们这里人常说,人一辈子有三勤:娶过婆姨一勤,养下孩子一勤,分家又一勤。以我说,分下土地最勤。老汉引我时,炕上连圪垯席子也没有,养下孩子时米汤也喝不开,和老二分家,我们分了石四欠租,愁就把人愁死了,哪还有心劲动弹。我们老汉从没像今年动弹得这么欢哩!"

他们让我吃饭,我只觉得渴,并不觉饿,不想吃,来生家婆姨不答应:

"吃我们一顿吧!好客还难待一席哩!"

老汉居然说:"嫌饭不好咱重做。"

我只好吃。吃的是白面馍馍、西葫芦烩豆角。今年第一次吃新麦子面。这样好的饭,大概是专为我做的,我说来生老汉思想还不大对头,把自己人当客人。来生家婆姨说:

"我们夜里就准备下吃馍馍的,这几天正忙,五黄六月天,吃不下也受不行。现时正收麦,吃上一半顿白面,叫老汉汉高兴着。你来的正巧,赶上了。"

我们正吃时,有一个扎双辫的小女子,高兴地跑进窑来。她看见我,怔住了。这小女子有七八岁,穿的白小布衫,灰蓝裤,大眼睛,红脸蛋。猛然间想不起这是谁家的小女子。我问老汉,这是谁家的小女子,打扮的这么好,生的这么俊。老汉汉大笑起来,脸上表现了一种非常快乐的神情。他把那小女子拉在怀里对她说道:

"叫他猜,看这个俊女子是谁家的!"

来生家婆姨也笑的合不住嘴。

从他们的快乐中,我想起了,这就是来生老汉的小女子,名叫小娥的,和我在时,大不一样了。我心里想,小娥活出来了。我拿起一个馍馍给她吃。她那一对聪明的大眼睛滴溜溜转,看看老汉,不敢接过去。我想:这是因为老汉坐在这里,不叫她吃,他大概是常打她。我直截了当地说:

"打孩子是不好的。"我把馍递给小娥,并且说:"再不许他打你。"

小娥只用眼睛说话,却不伸手。我对老汉汉真有些不满意,我说:

"老汉汉,你这规矩不好。"

老汉说:"乖女子,拿去吃吧!你不认识老束啦!"

小娥接过馍说:"怎不认得,他常来咱家,年时冬天还在咱家吃过饭。"

我问老汉汉是不是常打小娥。老汉不说话。

来生家婆姨接过去说:"我舍不得打她,一个女子家也应该有个来派,做错事,说她几句罢了。老汉不行,火气大,动不动就打,一个吃屎娃娃,哪能当大人看待。"

老汉汉低头不语,眼泪花花在眼里转,好半天才说道:

"谁也晓得爱儿女,那一回……老束……实在没法……"

我马上想起去年冬天才来这村,到他家吃饭时的情形,和现在的情形联系起来,不禁起了一种悲喜交集之感。

去冬我们才来这村的时候,为了更容易了解情况,便决定轮流到各家吃饭。一面认识些人,一面也好了解些工作情况。了解情况对于我们搞土地改革的人是很重要的。有一天,正是下雪天气,是快过年的时候,已经过了腊月二十三了,再过一两天,我们也要回县上过年去。那一天,因为夜间开会我起得很迟。我正穿衣服的时候,有一个讨吃模样的人走进来。他的衣服遮前顾不了后,不要说避寒冷,简直都遮不住羞。满面乌黑,大概有一冬不曾洗脸,鞋是杂配子,他站在窑洞门口,冻得他浑身发抖。他轻声问道:

"哪位先生……去我家吃饭?"

"咱们叫同志!不叫先生!"我一面说着跳下炕来。我给他一个毯子他不敢要,解释了一阵,他才敢披在身上。我们相随走到一间土窑里。他一路只说我们是好人,说了不知多少感激的话,这是我第一次和何来生老汉见面。

此地风俗:"过了腊月二十三,家家户户胡拾翻。"有钱人家,打扫窑洞,置办年货,上碾碾、蒸馍馍、糊灯笼,热热闹闹,快快乐乐,像个过年的来势;可是来生家就像河里的冰凌,纹风不动,并无准备过年的气象。窑洞里倒是干干净净,却也是空空洞洞。炕上没毡没被,只有两三个很脏的枕头。那时候,小娥偎在妈妈怀里,只有一件又不白又不黑的小布衫,虽然已经是个七岁的女子,却没有裤穿。窑洞还暖和,小娥一冬不出窑洞。

我问了来生老汉的家庭情形,这是一家贫农,两辈子的佃户。

我坐在炕楞上。来生老汉端过稀饭,另外还有一圪垯烤热的米面馍馍。他家穷的没酸菜,也没盐,来生老汉心里很觉过意不去。

"先生,吃米面馍馍吧!才烤热的,冷了不好吃了。穷的连盐也买不起。"他继续说:"昨天,我给人家担了一天水,挣下一箩头白萝卜、一升麦子,过年好吃。走时,人家还给了两圪垯米面馍馍,舍不得吃,带回来,给小女子吃了一个,剩下一个……今早起村主任派饭来,就把这留给先生,咳咳……实在不好看。"

婆姨在炕上说:"两个都放起,留到今早起就好了。尽是你多事,女子睡下了,你还非叫她吃不行。"

他们的心情惶惶不安,觉得这顿饭很对不起我,并且怕我因饭不好而生出事来,顾虑重重,坐立不安。我给他解释,饭好饭赖没关系,我们来并不专为吃好饭。他还是不放心。他说像他一样穷苦的人家村里还不少。他老是让我吃那个馍馍。我把那个馍递给了那个面黄肌瘦的小娥。想是小娥饿得很厉害,接过去就吃。老汉看见了,马上把那个馍馍从小娥手里抢过来,重新放在我的面前,还打了小娥一巴掌。因为他不小心,把我才盛起的一碗滚热的稀饭弄洒了,正洒在小娥的脚上。小娥想哭又不敢哭,只爬在妈怀里抽泣了几声。老汉说她们不懂规矩,叫我莫见怪。老婆说不叫小娥吃,也就罢了,不该打孩子,更不该把稀饭倒在孩子脚上。我一面劝说,一面去看小娥的脚,哎呀!脚上烧起了一个大燎泡。

贫农窑里充满了忧愁!

那时,使我难过极了,一切解释都好像没力量,无用处。

现在来生老汉分到了土地和其他生产底垫,并且搬进了地主住过的油笔彩画的窑洞里。心情也不一样了,小娥拿了个馍馍,也不打她,懂得疼爱儿女了。

我把小娥叫在跟前,和我们在一个炕桌上吃饭,老汉也不说甚,好像还很同意。小娥爱吃豆角,老汉汉就把自己碗里的豆角都夹给小娥吃。吃完饭以后,小娥把脚伸给我,叫我看她脚上的疤,她说:

"老束同志!才烧时,疼的实在支不住,如今怎也不怎了。"

那婆姨也说:"烧的是你,他又不疼咳!"

老汉大概不愿提起这些事情,所以不耐烦地说道:

"偏你晓得疼儿女,我是个傻子!甚也晓不得。那是穷急的上了火,失手做成那样子了。还说那话有甚用处!'

我用别的话岔开了话题。老汉告给我这村的一些别的事情:新修起四座吊杆码头,增加了十来亩水地,垒起一个水坝,麦子种的特别多。为了开古坟,张三兄弟二人打了架。有几个民兵参战去了,银娃自动参军了。二流子小毛偷了老婆的线子,戴上纸帽帽游了街。一切想起来的事情都说了。小娥听了一阵还补充说:

"还娶了三个新媳妇,嫁了两个女子。"

小娥和我到村里串了一会儿,在每个家里,我都受到了热情的招待,参加了快乐的谈笑。贫穷困苦的印象,一扫而光。

太阳偏西了,我准备起身,老汉不叫我走。我说县上有重要事情,无论如何今天要走,他无可奈何地说:

"下次一定来,我们翻了身,还没叫你好好吃一顿,话也没说完。"

他又说村里许多人家都买了毛主席像挂在墙上,问我能不能给他捎一张来,我答应了。

小娥老是看我胸脯上戴的毛主席牌牌,我取下来,戴在她的胸前,她把我的挎包也挂起,她高兴极了。她问我们好看不好看?老汉说:

"好!好!像个女同志!"

妈妈也说:"今冬送你去念字,长大了好工作。"

"我还留个毛盖子剪发头哩!"

妈妈笑道:"那才好看哩!咱几辈子捣地圪垯的庄户人家,将来还要出个女工作员哩!"

我们都笑起来。

随着第一次的收获,人世间的快乐开始走进贫农的窑洞里。

老汉汉送我到村口,小娥挂着我的挎包,一直送到大路上。在路上我问她:

"你爹又打过你吗?"

"没有,自你那次吃饭时他打了我,再没打过我,如今可亲我哩!"

到了大路口,小娥把挎包递给我。

"老束同志!"小娥摆摆小手说道:"过路再到我们家,我们包饺子等着你。"

小辫子一甩,好像货郎鼓似的,跑回家去了。

十年前后

去年冬天,我在山头村工作的时候,开始是住在独身汉赵满满的土窑里。那眼土窑是在村边子上,窑洞非常潮湿,后窑掌上塌了桌面大的一块土圪垯。窑顶用些乱木石撑架着,看去很危险。赵满满在这土窑里住了很有几年了。他有一口小铁锅,是给人家推磨赚来的。还有一个毛口袋,天凉了当盖的,天暖了当铺的。还有一些破破烂烂的什么东西和乱七八糟的圪针柴草堆了半窑洞。

初来这村,村公所通信员把我引到赵满满的窑洞里。通信员对他说我要在他窑里住。赵满满马上手忙脚乱起来,扑过来,扑过去,忙着整饰窑洞。他说:

"村里好窑好房有多少,怎么要住我这光棍窑哩,唉!唉!活的不像个人!连个猪圈还不如哩!"

我告他说穷苦人家都是这样,没办法闹得干干净净,不必着急打扫。他哪里听,只顾把那一堆柴草和圪针往窑外拥。霎时间,闹的满窑灰飞尘扬。我帮他把柴草拥出窑洞以后,我就拿起笤帚扫地,被他一把夺过去,说:"这可不是你们做的营生。"

一会儿,他又给我烧水,因为窑洞潮湿,又刮着老北风,炕洞子也多年不修,走风透气,溜了一窑洞烟。我听他在窑洞里大声骂道:

"老爷爷穷了,火神爷也不抬举啦!用着的鸡就杀不死了!"

赵满满在窑里骂灶火不快,骂锅子太小,骂火柱太短,骂老鼠掏了他的炕洞,窑里的东西几乎叫他骂遍了。我告他说,我不想喝水,不必烧了,他却不听。我一面听他大骂,一面听见火柱捣得炉台"咚咚"响,到后来,赵满满把火柱往门外一扔,就从窑里跳出来,炉烟熏得他两眼发红,口口声声抱歉。

"嘻!嘻!同志,实在没法。穷的连口水也不能叫同志喝,这还算个人家!活着还不如死了好哩!"说着,眼泪簌簌落下。屹蹴在门口唉声叹气。

虽然不久以后,他就搬到地主的油笔彩画的窑洞里,我初来时的印象,却永久难忘。我花了很多工夫从别人口里和他口里,到底了解了他的身世。

赵满满原初是个租地户,也有婆姨和孩子的。赵满满的地主是张家山的张万千。赵满满就在张万千手里栽了跟头。

有一年地主张万千来收租,赵满满看着把他的米快装完了。心里疼得如刀割似的说:

"财主老人家,不多了,留下几颗吧!我们吃上,明年好给你老人家受苦,都装走了,明年受不成咧!"

张万千说:"不用你受了。你看看这账吧:年年交不清,年年交不清!光欠租就有三石多,照你这样子,再一辈也交不清。"

赵满满跟着他的粮食,一步不离,从窑里走到窑外,他捡最好听、最可怜的话央求地主,地主一口一个"没良心",他看着他的粮食抬到骡子的脊背上,他忍不住了。他追上骡子,用力一推,就把粮食从骡子上推下来,爬在粮食口袋上痛哭。张万千吼了一声"造反了",举起棍子就打,打得赵满满满地打滚。张万千吩咐把粮食驮起,刚走到村口,赵满满早躺在路口等着了。张万千看看没法,就答应借给满满老汉二斗米,叫他跟着去背。到了张万千家,并不是借给他二斗米,却是一顿乱棍把他打出门来。他被打得走不动,就爬回家来。他婆姨见他被人家打成这样子。痛哭一夜。赵满满说:

"这就是咱受苦人的下场。他吃咱家的租子无其数了,不借米也罢。唉……地也夺走了。人家嫌租子少,又加了租,把地转租出去了。"

赵满满一直到第二年开春,才能下炕走动。也没租下地,眼望今秋又没指望,婆姨和孩子,陪伴着他饿成个黄莩,心里就打了卖婆姨的主意。在原先也舍不得,苦熬苦受一辈子,娶下个婆姨,如果卖了,以后怎办?又想道:不卖又怎办,连自己的嘴也糊不住,怎能养活他们!思谋来思谋去,还是要卖。她娘家没人,没人主,卖了也没人说话。只是他的婆姨待他很好,怎么好开口?一直到"春困三月",一家三口饿得见了西北风也要吃几口,再也没法了。赵满满就对他婆姨说:

"你跟上我也受够了。与其一家子饿死,倒不如各鸡刨各食,也许能逃个活命,你再寻个人家吧!"

他婆姨不愿意,说是讨吃也要在一搭。

赵满满说:"跟上我这穷命,连累得你母子俩饿死,我心上也过不去。说是讨吃,正是'春困三月'的时候,年时又是荒年,讨吃还能糊住三张嘴咧?你们在一天,我这肩上好比放了千斤担子,你们一走,一来你们逃个活命,二来我也不操这份心了。我生来命穷,就该我一个受罪,就是饿死,饿死我一个,没牵没挂,死了心里也清静。"

婆姨怎也不肯,两口子直是对哭。赵满满心里已经打定了主意,一定要卖他们。人家不给钱也可以,只要他母子能逃个活命也就好了。有一天,他虚说去讨吃,就引上他婆姨和孩子,到了后山,卖给了一家土财主,他在那张文书上,寒心地押了手印以后,就背了二斗米回来,渡过了春荒。

赵满满自从卖了婆姨,自己觉得理短,所以也少和人谈话。他租不出地来,只是靠揽长工打忙工过日子,他不愿在本村做营生,他怕人家问他卖婆姨的事。他多半是到外村做营生。

他对大人们不大说话,对小孩子可亲热啦。他看见那些孩子们笑了是可爱的,哭了也是可爱的,甚至孩子们骂他也不说甚。那

些孩子不知从哪里听说他也有个小子,就问他:

"你不是有个狗娃吗?"

"唉唉!对了!人家要叫他活着,如今有你们这么大了,走时才两岁呢。"

他为了和孩子们亲近,下工以后,就把赚来的工钱买许多烧饼,把孩子们引到村外树下耍。他拿一个烧饼问:

"谁摸我的胡子,给吃一个饼子!"

孩子们听说给吃烧饼,都抢去摸赵满满的胡子。赵满满的花白胡子里好像生出了许多小手手,那些小手手就在他的嘴边乱动,他高兴极了。他笑着说:

"一人一个,一人一个。"等到孩子们吃饱了,精神也来了。他就问孩子们:

"咱们该做甚哩?"

孩子们吼道:"要筛灰!"

孩子们一齐扑到赵满满老汉身上,七手八脚把老汉放倒。扯腿的扯腿,扯胳膊的扯胳膊,就把赵满满筛一顿灰,直把赵满满筛成个土人,就是这样,他也是高兴的。等他爬起来以后,孩子们都跑了。他自言自语地把身上的土拍打一顿,走回他的窑洞里。他想着他的老婆和孩子,流着眼泪直到半夜,第二天他又去上工。

他每逢想起他的老婆孩子的时候,就买烧饼引逗孩子们,也只有在这样的时候,才是快乐的。但是他没钱买烧饼的时候,孩子们就不跟他耍了。

虽说那些吃屎娃娃不懂事,却有一次大大帮助了赵满满。有一年快过年了,赵满满没钱去担炭,就拿了一把香和一刀黄表去换炭,一出村,就碰上了一群担炭的孩子们,他们就一齐去窑上担炭。那些孩子们有的是拿了钱,多半是用个小口袋装了米或豆子。窑掌柜一个一个把孩子们的笋头装满以后,赵满满就走过去。问能不能用香表换一点炭。掌柜的把头一扭,给了赵满满一个后脑赵满满说：

"李掌柜，撂下香表，或多或少给我一点炭，过年还没烧的哩。"

赵满满等了一阵儿，李掌柜却说："我们这里没这规矩。"

赵满满又是说好话，人家叫他另处去说，说是忙得顾不来听这些废话，赵满满气得没法，圪蹴在一边哭了。心里思谋道："当了个掌柜的就这样威，居了官该怎呀！穷人怎活哩！"他正思谋，一群孩子跑来问道：

"满满老汉，装起没有？怎不走哩？"孩子们走到跟前一看，说："怎还没装上，我们在路口可等你多时了。"

赵满满就把刚才的事说了一遍，孩子们就把老汉拉到路口，有一个说：

"我给满满老汉两块大的。"

又一个说："我也给两块。"

又一个说："每人给满满老汉两块炭。"

有一个不愿给满满老汉，说是怕回去挨骂，其余的孩子都抢过来说：

"怕挨骂，就不要吃老汉的烧饼，不要和我们一搭来担炭来。"

那个小孩受到大家的批评，也给满满老汉的箩头里添了两块炭，并且与大家约定，回去谁也不准说。

赵满满担起两箩头炭，高兴得眼泪也抛出来了。一路上，孩子们直骂李掌柜不是人，说说道道回到村里。

赵满满的生活就这样：有时下地，有时推磨，有时和孩子们说笑，有时一个人和他的窑洞吵架。

赵满满就这样地过了十来年，直到如今土地改革的时候才算翻了身。

在分配土地的时候，赵满满的婆姨引着他的孩子忽然回来了。她回来得那么突然，连赵满满都有些不大相信。

那天黑夜,代表们在我住的窑洞里开会讨论分配土地问题,我也参加了这个会议。忽然有个婆姨引着一个孩子走进来,那婆姨衣服破烂不必说了,头发也多时没梳,乱蓬蓬价越发显得瘦了。那孩子也饿的只剩了两个大眼睛。她手里拉了个棍子,问道:

"工作团住这里?"

我问她是不是河西的难民,她说:"我们听说分地哩!是从后山回来的。"

代表会主席是个退伍军人,名叫何正身,他问:"你有介绍信吗?"

那婆姨又说:"我们是讨吃的,去哪里开介绍信?"

何正身又问:"你是哪村的?"

她说:"我就是这村的,我男人叫赵满满,不晓得还在不在?"

一听说是赵满满的婆姨,开会的人都惊慌了,他们半信半疑地看着她。我们告她说:赵满满翻身了,搬到地主院去住了。她有气无力地说:

"十年来,就盼的个如今哩!"

何正身和我引她到赵满满窑里。赵满满才做饭,何正身一进门就说:

"满满老汉,看我们给你引了个谁来了?"

赵满满猜不透是谁,他把火柱放下,走到他婆姨面前,看来看去,认不清是谁。那婆姨说:

"我们回家来了。"

赵满满心想:这是谁回来了,他疑心起来。他伸手把锅台上的那盏高脚灯端在手里,走过来,支在他十年不见的婆姨面前,仔细看了又看。他看见她不像他的婆姨,却分明又是他婆姨,看来看去,样子虽然变了,确实是他婆姨,当他疑惑不定的时候,他婆姨把孩子推在他跟前说:

"狗娃子,这是你爹!"

赵满满老汉听见这熟悉的声音的时候,他的身子和那盏麻油灯突然地倒下来,这暂时黑暗的窑洞里,只有炉火发出跳跃的闪光。在这炉火的闪光中老两口的脸掩在手里,失声痛哭。

马上我们又把灯点着,赵满满老汉把狗娃子拉过去,搂在怀里,好像怕他跑了似的。他在那里不言不语,用衣襟给狗娃子拭鼻涕和眼泪。

何正身说:"多年不见,见了面正该高兴,怎就哭了。"

我们劝说了一阵,老两口就转哭为笑了。那婆姨说:"谢天谢地,这全是托毛主席的洪福哩!我们总算活出来了。"

不一会儿,男女老少就把窑洞挤满了。那些婆姨们七嘴八舌地问这问那。赵满满的婆姨就把这十年来的苦处告他们,她说:自从把她卖到后山那家土财主家,一天没有两顿饱饭,倒有两顿饱打。人家买下她,就当成长工子使唤,地里受了家里受。人家说狗娃是个吃手,成天打的要卖哩!她看看母子俩活不出,就偷背上狗娃子翻过山到州里讨吃去了。狗娃子长到七岁上,就跟上人家放羊,她自己就揽了工。一直到如今,听说要土地改革分地哩,娘儿俩就一路讨吃回来。

老婆婆们说:"你原初就不该去州里讨吃,栖栖惶惶受了这十来年。"

满满家婆姨说:"哎呀呀,老人家,那时回来有两难哩:一来他爹也养活不了我们,二来那家土财主又要找麻烦,到头也闹不过人家,倒不如逃得远远价。我们在那边也土地改革哩。人家说这里也土地改革,众人起来把地主也闹倒了,土地也分了。前几年还怕后山地主找来,如今他们叫众人闹倒了,还怕甚哩!"

一个老婆婆说:"说起翻身,从前谁敢到这院里来站一站!如今能坐在这窑里!听说毛主席也是贫寒人家出身,扶下不扶上,咱们才得翻身哩!"

有几个婆姨忙着给她娘俩做饭,代表们从保管室拿来了衣服和棉被,并且作了决定:赵满满的婆姨和孩子也同样分一份土地和其他财物。大家高兴极了,窑里充满了快乐的说笑,不知道谁带来了个管子,吹起了很好听的"道情"。赵满满一家三口,从十几年、几十年的苦难生活中,一步踏进了土地改革后的新社会里,乐得他们也眉开眼笑了。

卖　鸡

　　在往红武镇赶集去的大路上,走着一个年轻的女孩子。看去有十七八岁的光景,怀抱一只白母鸡。和她相随的,还有个七八岁的小女孩,是来买饼子看热闹的。她们是亲姊妹,大的叫改改,小的叫娥娥。姊妹俩一面走路一面说话。
　　妹妹问:"咱这白母鸡要卖多少钱哩?"
　　姐姐说:"妈妈叫咱们到集上问个行情。"
　　妹妹又说:"卖了鸡要给我买饼子哩!"
　　姐姐说:"妈妈不是给了你钱吗?这母鸡说不定卖不了哩!"
　　姊妹俩说说道道,不觉一阵儿来到红武镇的村口。赶集的人已经来多了。她们正要坐下休息,一阵锣鼓和唢呐的声音猛然间响起来。妹妹急忙去看。不多一会儿,一顶四人抬的花花轿子抬出村来,从改改的面前抬过去了。随后,娥娥跑到姐姐面前,比手画脚地说:
　　"好怕人呀!一个身子不大大的女子就出嫁了。"说时,两眼瞪得圆圆价,脸上表现出一种叫人可怕的神情。她急口地说下去:"那女子不上轿,一个老汉把她抱出来,填到轿里了。我还听见那女子哭哩!"
　　改改心里一惊,也就安静下来。她想,如果不和妈妈吵那一架,辞退了那桩亲事,恐怕也会像刚才出嫁的那个女子似的,叫人家强迫填到花轿里,一辈子哭鼻子流眼泪。
　　她家姓白,是在这次土地改革中翻了身的。家里原也贫寒,全凭租田借地熬日月,一家人终年劳动,常是少吃没穿。所以改改十岁上,娘老子使唤了人家五十元彩礼,卖给了一个比改改大二十岁的买卖人。主家催了几次要娶,只因改改不愿意,寻死上吊,才没娶成,直到最近,改改才提出解除婚约。为了这事,改改讲了许多道理,要死要活,使得妈妈生气。但妈妈总是疼女儿,所以也就同意了改改的主张,把五十元的彩礼退给了那家。不过,在先妈妈不答应。那时改改也起了火。说:

"成天还说亲女子,如今把我往崖底推哩!我又不是个牲口,为甚要卖我哩!说好说歹我不去。谁拿了人家的钱谁去跟人家过日子。你们箍迫我,咱就去代表会讲理。要不,我就死给你们看。"

改改是个有志气的女子,逼得妈妈不得已地说:

"愿找个瞎子,找个聋子,一概由你,如今世事也变了,娘老子管不下儿女了。连那个小的,长大了也由她去,我们操心操够了。"

改改跳出了苦海,再看看刚才哭着上轿的女子,由不得心里一笑。

哪个人都有一点子秘密。改改也是有个秘密的。那就是她早就看上了对象。那后生是刘家沟的青年委员,叫个刘再生,家里原是个贫农。后生倒是挺精干,只是因家里苦寒,如今二十三岁了,却从没人向他提过亲事。改改和刘再生认识,是在去冬土地改革的时候,那时刘再生到她村开过几次会,悄悄地说过两次话。说了些甚,别人也不大清楚,只是风风雨雨地听人说,两人挺对事,改改给那后生还缝了个烟荷包。因为改改的那桩倒运亲事没退下,所以闹得他两个挺着急。订婚结婚的事也从没提起。直到如今,两人还是"起山的云彩爬山的雾,他二人闪在为难处"哩!

最近改改退了亲,又听说有人给刘再生说婆姨,改改心上确实着了急。没见那人的话又不好说出口,所以没事寻事,就抱了只鸡来赶集。那本意当然不是卖鸡,只是摆样样罢了。如果有人问起,就说是卖鸡也好遮羞。

姊妹二人坐在村口休息,猛不防背后有人问道:
"这两个女子是哪村的?"

姊妹二人回头看时,原来是个老婆婆。那老婆婆不等回答,又问:"这母鸡可是卖的?"

改改说:"是咧!"

老婆婆伸手过来说:"叫我揣摸一下,看下蛋不?"

娥娥抢过来说:"可肯下蛋哩!一天一个,勤谨的多哩!"

老婆婆揣摸了一顿,白母鸡"咕咕"的叫了几声。看样子,老婆婆好像很满意。就问多少钱。改改心里咯噔了一下,出口就要了八万(旧币制),老婆一听要八万,眉头一皱,说:

"哎呀呀!你到集上来问问,有八万的鸡没有?你是不多来赶集吧!八万块能买个凤凰了。有三万也卖的了。"

争执了一顿,那老婆婆大概很爱上了那大母鸡,出到四万。改改却是咬住八万,少了不卖。她们又争了一回,还是闹不成,姊妹二人抱上鸡走了。老婆婆想道:"可是个好鸡,就是太贵了。"想罢,也就走开。

姊妹二人来到集上走了一阵。改改只顾四下瞭望,却忘了自己是个卖鸡的。有个老汉一连问了几声,改改都没听见,那老汉走到改改跟前大声问道:

"你这鸡怎价卖哩!"

改改转身过来,那老汉又说:"我那老婆成天闹得要买一只母鸡!"说着凑近看鸡,就问价钱。改改就要八万。

老汉瞪起眼说:"怎么?有八万的鸡吗!八万块可以买只羊了。"

改改说:"你去买羊吧,这鸡少了八万不卖。"

老汉说:"三万卖的了。再多了只好把它抱回去哩。"说罢,看看改改不想卖,也就作罢。

这正是八月,离中秋节只有几天,离秋收已只半个月了。集上除了瓜果梨桃月饼之外,收秋的农器家具的买卖也比往年多,那些卖东西的人,很会揣摩农民的心思;农民翻身以后,农器家具也比往年多买些。因此,集上的人格外多。改改领着娥娥在集上来回走了两趟,人是不少,却寻不见刘再生。心里早有些发急。谁知买鸡的就有那么多!走个三五步就有人问。改改在先一口咬定"八万",打发掉了那些买鸡的。后来嫌麻烦,人家问时,她却说:
　　"这鸡不是卖的,是买来的。"
　　这街道本来很窄,两旁又摆了各种各样的小摊子,街道上总是你碰他,他碰你的。姊妹俩走乏了,想找棵树下休息一会儿。忽然一闪,有个年轻的后生从改改身旁闪过去了。改改转身看时,却只是个后背。改改心慌了,意乱了,急忙追上去,看了看,原来认错了人!只好再走自己的路。
　　姊妹俩买了些苹果坐在墙壁下的一块石头上休息。一面吃苹果,一面谈话。
　　娥娥想起刚才姐姐卖鸡的事,就问道:"姐姐,你怎不卖这鸡哩!"
　　改改没防备娥娥问起这话,急得一时说不出来,头一抬,哎呀!来了!
　　刘再生急急忙忙走来。快走近时,改改不高高不低低地咳嗽了一声。那后生就被那咳嗽吸引过来。改改掏出钱打发娥娥去买饼子。改改的那双眼睛从来没有今天这么有用处。那眼睛好像对刘再生说:"好神神吧!你怎价才来哩!我等你一前晌了。如今才算等着你。"
　　一男一女的两个青年人,怎好在这热闹地方说话哩!到村外去吧,说话倒是挺方便,那恐怕要落闲言哩。情急生智,虽然在这人来人往的集市上,也能说话哩。改改眼盯着刘再生走来。他四下一瞭,来来往往的人好像都在看他两个。改改的心跳得"耿耿"

的,眼看着刘再生,一时没话说,于是就先说鸡。

改改高声问:"你买鸡吗?"然后悄悄地说:"过来些!我有告诉的。"

刘再生走近些,也高声问:"这鸡要卖哩?"

改改高声说:"是咧。"低声又问:"你怎才来哩!"

刘再生高声说:"这是老母鸡嘛?"随后也低声说:"过个三五天,我参战走哩!"改改高声说:"这母鸡可正下蛋哩!"随后低声说:"听说你问婆姨哩!我可退了那桩亲事了。"

刘再生说:"如今还没定音哩。"随后又高声问一句:"这鸡多少钱哩?"

改改高声说:"八万!"说罢,大胆地四下一瞭,她瞭见来来往往的并没人管他们的闲事。所以就又大胆又小心地谈起来:

改改说:"我那亲事退了,我等你哩!"这话刚说出口,羞得脸都红了,红得如同石头上放的那苹果似的。改改又说:"回去找媒人吧!"

刘再生满心高兴"嗯"了一声说道:"如今我参战走哩,来不及,等我回来吧!"

改改说:"怎来不及,你不说再过三五天才走吗?这事怎难办哩!找个媒人,一天就办了,如今订下,回来结婚。"

刘再生有甚不愿意?就满口应承,明天打发媒人去。

改改正要问话,刘再生说道:"今儿来迟了,要寻个铁匠修我的刺刀去哩!"

改改又问:"你参战走,有盘缠吗?你把这鸡拿去卖了,路上好花。"说着就把鸡送到刘再生的怀里,那鸡又"咕咕"的叫了几声,好像很高兴。刘再生来时带着两万块钱就掏出来给改改,改改怎也不要,那后生故意大声说:"不少了,两万块卖的了!"

改改没法,只得接在手里。眼送刘再生走去,她无意中一瞭,却瞭见刚才那两个买鸡的老婆婆和老汉汉,站在那边,指手画脚地不知说些什么。

娥娥买饼子回来,二人就起身往回走。刚走到村口,那老婆婆和老汉汉迎面走来。

老汉汉说:"你卖东西是为怎哩!三万不卖两万倒卖了。"

老婆婆说:"你给她三万还有可说,我给她四万还不卖哩!人家那后生出了两万就买走了。"

改改本不想和他们争吵,后来越听越难听,不得不分辩一下,她问他们:

"谁说两万,我卖了八万!"

老婆婆说:"我问过那后生了,他说两万价买的。你们讲买卖时,我就看见了。"

改改想:给这些老糊涂也说不清,不如赶快走了吧!有好气没好气地说:"鸡是我们的,我们想卖给谁就卖给谁。"

说罢,转身就走。只听那老婆婆在背后说道:

"一来就出四万她怎也不卖,到罢和那后生圪圪捣捣了一阵。啧啧啧……这还像个话哩!我年轻时,老人们从不叫到集上来。"

老汉汉说:"如今好活了年轻人了。"

老婆婆又说:"如今的年轻人,管也管不下了。我给我那小子问下个媳妇,他怎也不要,不知道要怎呀!"

老汉汉说:"唉唉!你的脑筋比我还顽固啦!如今的年轻人,怎说也比咱这一辈的好,快死的人啦,管那些做甚?"

改改穿过那些嫉妒的、羡慕与同情的眼光,又听见这个老人的说话,高高兴兴回到家中。第二天,刘再生果真打发媒婆来了,三言五语说成功。媒婆说:

"如今讲自由啦!我这媒人也成了聋子耳朵——摆设哩!"

那是个会说会道的媒婆,说得改改一家人哈哈大笑。

春 秋 图

一

  我们县的文化馆,在正月里举行了一次生产展览会。展览的花样很多,其中最引人注意的是一幅从春到秋的连环图画。画得并不好,意义却很大。来参观的,虽然多是两手画不成个"八"字的庄户人,看起图画来,总还能解他个五六、七八成。展览会上又有人讲解,参观人一边看,一边听,越看越有意思,越听越有味道,"春秋图"前,挤的人特别多,特别多。
  真是稀罕事,王家庄的王万成老汉也来了。他一向只在王家庄受苦种地,从没正正经经进过城。只是在二十年前来城里坐过班房,那是因为交不起租子,被地主二阎王逼进城来的,那不能算进城。这次进城里来,也不是为参观生产展览会,而是来接他闺女二梅去住娘家的。既然来到城里,二梅就劝他到大街上游窜游窜,王老汉说如今正忙着送粪,人没空,毛驴也不闲。还是当天来当天走的好。父女二人就拾掇,就起身。一走走到文化馆门口,二梅看见门口贴了几张大画,又见众人出来进去,很是红火,一定要进去看看,没等王老汉同意,二梅已经从毛驴上跳下来。王老汉没办法,只得把毛驴拴在大门外,跟上二梅走进文化馆。
  父女二人进了文化馆,左转转,右转转,一转转到"春秋图"前。人很挤。二梅虽是乡下姑娘,可是挺能干的,她拉着王老汉的手,左挤挤,右挤挤,慢慢地挤到最前面。站在最前面,看画听讲,都很清楚。

这套"春秋图"画的是"王老汉种谷的故事"。一个干部手里拿了根柳条子，指着"春秋图"往下讲解。可惜王老汉父女来的迟了些，这故事出在哪区哪村也不晓得，咱现在就按照人家讲的这个故事，重新编排一下，记在下边。至于王老汉二梅父女俩，且让他们看画听讲，以后再说。

二

这王老汉是个实打实受的庄户人，今年五十岁了，是个新翻身户。因为他在村里占的辈数大，又是个种地老行家，众人挺尊敬他。种地的事，很多人都要向他请教。他确实也有些老经验，比方那年春旱，谷子种不到地里，村里人一天到晚吃吵，这个说老天爷要收人呀，那个说老天爷要夺庄户人的饭碗呀！王老汉把他的老经验搬出来，他说："孩子活不活要养，庄禾收不收要种。我们干种它！"众人听了他的话，果然，干种后三天头上落了雨，那年的庄稼没落空。

可是王老汉还有点毛病，就是脑筋还没完全变过来。他没经见过的事情，就全不相信。比方有个干部说，在苏联，人也能造雨。他就说："你看见来？"那个干部说苏联有五色棉花，王老汉就说："你给咱种上二亩看看！"前年村里干部们提倡秋翻地，王老汉越发不满意了："咱祖辈就没传下这种营生，我活了五十岁，没秋翻地，还不是年年收庄稼？"

王老汉就是这一号子人。就因为他的脑筋不开，去年吃了个大亏，他老婆子和他美美地打了一仗，这是以后的事，等一会儿再说。

去年春天，他们村里开生产动员大会，王老汉提着他的大烟锅子也来了。村主席讲完话，王在山上台去了。王在山是这村的共产党支部书记，还兼办生产委员的工作，是个二十大几的后生。论工作，他是个干部，论辈数，要算最小的。见了王老汉要喊二爷爷。

王在山站在戏台上,讲了一阵组织互助合作的好处以后,就说到种子问题。他说县农场得了个好经验,就是温汤浸种,温汤浸种就是把种子放进两开一冷的温水里浸过再种。他的话还没落音,王老汉把他的大烟锅子在戏台的栏杆上连敲几下,大声问道:

"你说甚哩,小山?你才说了些甚?再给咱说一遍。"

王在山看见王老汉的眉眼不对劲,就特别大声地把温汤浸种的办法说了一遍。为了折服王老汉,王在山还特别说:"这是政府指示,共产党的号召。县农场试过了的,村干部会上也讨论过。这是正经营生,并不是瞎胡闹。"

王在山这么一说,真的把王老汉的劲头子打回去了。可是王老汉怎也想不通:共产党,毛主席,人民政府,实在好,一向为群众谋利益,可是为什么要拿温开水浸种呢?这明明是瞎胡闹。王老汉在心里这么想,嘴里却不敢反对。虽然在戏台子上讲话的是他的外门孙子,他也不敢反对。可是他还得再问几句:

"小山小山,你再讲讲,拿开水怎的个浸法,好叫我这死老汉明白明白。"

王在山就把浸种的方法详详细细说了一遍:两瓢开水对一瓢冷水,把种子浸到水里,半寸火香的工夫,捞出来再放进冷水里过一遍就行了。据王在山说,这办法有三大好处:第一好捉苗,第二不生黑疸病,第三捉苗齐全。王老汉听了,气得直发抖。可是王在山刚才还说,全村都要实行。王老汉往回走的时候,一路盘算:共产党什么都好,都能行,可是说到种庄禾,他们都不"在行",咱是捣土圪垯出身,祖辈就没传下这种办法。小山狗崽子,懂得个甚,论工作,他还能说到点子上,说到种地,叫他捣上几年土圪垯再说吧!唉!今年不浸种怕不行,浸种吧,又怕种上出不来,出来又怕生"乌霉",落个空。王老汉的脑筋里鸡斗了好半天,回到家里,老婆子和他闺女二梅正簸谷籽,他老伴见他回来,劈头一句就问:

"村里人嚷着今年种谷要浸种,有这一说吧?"

"有是有，"王老汉不赞成似地说："小山还在戏台上讲了好半天呢！"

二梅说："人家说，温汤浸种好处可多哩！今年咱也浸一浸。"

"你们都是属猴的，见人做甚就学甚，你们不晓得，那是瞎胡闹。出来了还好说，出不来呢？你们吃甚？我摆弄庄稼几十年，没有用温汤浸种，还不是一样收庄稼？"

二梅说："这是个新办法，人家都说能行，人家县农场都试过了，咱还怕个甚。"

"你们说能行，今年的庄稼你们去摆弄吧！打不下粮食，你们去喝西北风，不要寻我。"

这一说，把二梅母女俩的意见打倒了。

王老汉是很有些折服她母女俩的经验的。只要她们说的话，行的事，不合他的心思，不顺着他的竿子爬，他就两手一推，说："你们没吃没喝可不要寻我。"她母女俩就算是心里不服，嘴里也不敢反对了。

王老汉听说叫浸谷籽，心里真麻烦透了。据他估计，谷籽在两开一冷的水里一浸，就怕浸死了。就算浸不死，出来一定要生"乌霉"。这是千万使不得的。王老汉睡下想道：这世道不知道要怎变呀！去年秋天没有秋翻地，受了干部的批评。现在如果不浸种，说不定王在山要在戏台子上批评他哩！

第二天，王老汉把谷籽拿出来。

二梅说："爹，咱也浸一浸吧！"

老伴说："天塌压众人么！人家都浸，咱怕甚？"

老汉说："好好好，你们说浸一浸，咱就浸一浸。"

二梅母女俩高兴极了。老婆子张罗着烧开水，二梅张罗着借家具去了。王老汉低着头想了一阵了，指着老婆子说："你又不是三生两岁，还真的拿温水浸哩！拿冷水浸浸，摆个样就对了。"

趁二梅出去借家具，王老汉就用冷水浸谷籽。他刚把谷籽从冷水里捞出来,王在山就来了。王老汉一看不对劲,怕再受批评,伸手拿起铜瓢,舀了一瓢开水,哗啦一声倒进冷水盆里,霎时间,一股热腾腾的白气,从盆里升起来。王在山一看,盆里直冒热气,以为王老汉真的用两开一冷的水浸种,高兴得直拍屁股。

"我的好老人家哩!你的脑筋转变得好快啊!你真要争取模范了!"王在山接着又问:"是用两开一冷的水吧?"

"是咧!是咧!两瓢开水一瓢冷水。"

王在山高兴得再没仔细看看,就要往出走,刚一转身,二梅拿了大筛子回来了。

"好难借的家具呀!人家都浸谷种哩!跑遍村才借来一个破筛子。"二梅看见王在山也在这里,就问:

"你是检查来了吧?"

王在山说:"我二爷爷成了模范了,政府一号召,他就实行,不用检查,今年庄稼保准长得好。我二爷爷一向脑筋不开,这回我要当模范宣传宣传哩!"

王在山走出大门以后,王老汉的心才落到肚里。幸亏王在山没有用手试试,要不然,又要打麻烦了。王老汉指指头上的汗珠子,对二梅说:"咱的已经浸过了,快把筛子还给人家去吧!"

王老汉费尽心血总算过了这一关。

过了两天,生产委员王在山召集互助组的人开会。开的什么会?表扬会,表扬谁?王老汉。

王老汉坐在灯光照不见的炕角里打瞌睡。王在山站在麻油灯前表扬王老汉的好处。说他去年秋天,政府号召秋翻地,他老人家脑筋没开了,误了翻地。现在脑筋转变过来啦!政府号召温汤浸种,他也响应了,这么大年纪,说转变就转变,可真不容易哩。王在山还号召大家向他学习:"我二爷爷一辈子摆弄庄稼,老经验不少,可是他没新经验,这回脑筋转过来,老经验加上新办法,可真是再好不过。"王在山讲到这里,拿眼睛找王老汉,找不见,他连喊两声"二爷爷",王老汉才在炕角里哼了一声,王在山高兴地说:"二爷爷二爷爷,你站起来,给众人发表发表,你的脑筋怎价转变的?"

这真是逼着公鸡下蛋哩,王老汉不但没准备讲话,连王在山说了些甚,他也没听进耳朵里。王在山叫了他几次,他还没站起来。

"你老人家还怕羞哩!这不是败兴事情,羞甚哩!响应政府号召是光荣的,我还要把你转变的情形向县上报告报告哩!"

王老汉一听要向县上报告,一下子站起来,急忙分辩道:"你们号召温汤浸种,我立马实行!还报告我什么?去年秋天,那是我的脑筋还没转过来。如今翻转了。我说小山,我浸谷种的时候,你是亲眼看见的,咱可是凭着良心说话,你报告我,可没道理!"

王在山一听,哈哈大笑,原来王老汉把他的话听错了。他连忙向王老汉解释,并说:"你老人家年纪大了,脑筋还是古旧的,可是转变得挺快,向县上汇报,是表扬你哩!"

"也不要报告,也不要表扬。"王老汉急忙说:"政府为咱谋利,咱响应政府号召是应该的。千万不要向县上报告。"

王在山又把王老汉以前如何顽固,现在如何进步讲了一遍,才算结束了会。

俗话说:"功不枉苦,地不瞒人。"到了锄小苗的时候,王老汉就后悔了。他的地邻居,虽然天旱,谷苗子长得黑乌乌,绿油油,苗齐垅满,一片好庄稼。他的地里呢,因为天旱,谷苗子就像秃子的头发,稀稀拉拉,不像个话。本来,像这样的补种庄稼的事在过去并不稀罕。王老汉虽是种地行家,也经常有这种情形,那时候并不怕丢人败兴,而是怕地主收租子的时候的眉眼。现在不同了,人家都是好庄稼,只有他一人来补种,没有人给他做伴了。后悔的直长出气。二梅送饭来的时候问王老汉:"爹,咱的谷种也是浸过的,为甚没有人家的长得旺呢?"

"运气不对。"

"一样的地,谷种都是浸过的,怎就不一样呢?"

王老汉唉了一声说:"种在地里,收到天上。收不收不由人哟!一样的地,庄禾也不能一样。一个娘养的孩子还不一样呢!"

二梅到底不大懂事,王老汉瞎说几句就把她哄过去了。

王老汉只好在谷地里补种糜子。真不巧,到糜子顶地皮的时候,下了一场急雨,把地皮给拍住了。紧收拾慢收拾,糜苗还是没有出齐。只好在空地上又撒了些蔓菁萝卜之类的东西,最后还是没有完全补齐。

王老汉在谷地里补糜子的时候,村里人就议论开了,开始王在山还不相信。因为他已经亲自检查过:凡是浸过种籽的都是苗齐垅满,没浸种籽的,因为天旱苗子都不齐全。王老汉浸谷种他是亲眼看见的,为甚还要补种呢?可是村里人嚷得挺凶,他就下地去了。那时候,王老汉正补种蔓菁和萝卜。

"二爷爷,你种什么呀?"

王老汉回头一看,是王在山来了。惊得他的心"耿耿"地直跳。他急忙站起来打开笑脸招呼王在山。

"今年天旱谷苗不齐。"王老汉马上把脸变下来,发愁似地说。

这时,王在山已经走进谷地,他真的发现谷地里补种了糜子,而现在又正补种蔓菁和萝卜。王老汉跟着走进地里说:"老天爷给咱作对!你亲眼见我浸过谷种,出来和人家的不一样,这还不是老天爷给咱作对!"

这真的把王在山打到闷葫芦里了。他估计大概因为没秋翻地的结果,可是村里很有几家没秋翻地,但是今年用温汤浸了种籽,苗子虽不太好,可是都够苗,不用补种。他再看看是不是有拉谷虫,没有。这次检查终于没有结果,王在山说既是补种了糜子和蔓菁,只要不误庄稼,也就算了。王老汉又算过了一关。

到了九月初,县上秋收检查组来到村里。生产委员王在山领头下地检查庄稼。前坪后山转了一圈,庄稼长得比往年都好。最后回村的时候,检查组发现了王老汉的谷地。检查组长一看,哎呀一声说道:"这块地七高八低是怎回事?这是二流子的地吧!"

王在山不好意思地说:"这是我二爷爷的地。"

"噢!"组长好像想起什么似的说:"你向县上汇报的时候,不是说他是个模范吗?"

这真把王在山难住了。羞得他头也抬不起来,话也说不出口。他正在为难,忽然看见王老汉在谷地里。他气得沉不住气,把王老汉叫过来,问道:"二爷爷,你一春天也没说出你这地是怎价种的,如今秋收检查组来了,你好好说说吧!"

王老汉看来势不对,圪蹴下不说话。检查组的组长走进地里,看了看,说:"这地怎么种成这样子?谷子、糜子,那边还有几苗萝卜。我的老大爷!这里还有蔓菁哩!你是玩'十样景'呢,还是要开杂货铺?"

检查组组长问王在山:"同志,你也没下地检查过吧?"

王在山说:"我是亲眼见他浸过种的,谁晓得和别人的不一样?"他转身问王老汉:"你老人家也说说吧!"

王老汉开言了:"你叫我说甚哩!我的地,还不能由我摆弄。"

王在山听他的话挺硬,也想顶他几句:"谁说不由你摆弄?我是说,我们问你怎么摆弄坏的!"

"坏啦不用你包赔!"

"你好顽固呀!自己做错了,还不叫人家提意见!"

王老汉听王在山竟敢喊他老顽固,生气地站起来吼道:"滚到一边子去,看我拿烟锅捣死你这鬼崽子。"

要不是检查组的组长架住王老汉的胳膊,那个小茶盅似的烟锅子就扣在王在山头上了。

转眼到了"秋分",庄户人都忙着收秋。王老汉的庄禾怎样收割的,就不用详细说了。糜子熟了,谷还割不得,谷割得了,蔓菁、萝卜还得再过几天。一块地,割一遍又一遍,零零星星不用说,谷子糜子搅在一起,抛撒多少粮食呀!王老汉割一镰就像在心上割一刀。丢人也不用说,今年收成就吃了大亏。唉!不晓得天年变了,还是王老汉的脑筋不对,今年的庄稼从春到秋,一直不顺手!等到收成下来,满打满算,比别人的谷,一亩少打四斗。气得二梅的妈妈,美美地和王老汉打了一仗:

"你个死老汉!种谷的时候,人家都用温汤浸种,你死反对,秋翻地也反对。你生就的贱骨头。你怕人家误你的事,到头来,还是你自己误了自己,你瞎吹打,你个老不死。"

王老汉说:"今年不天旱,我的谷一颗也少打不下!"

"天旱光是旱你的谷哩!人家的谷怎长的好,打的多,老天爷还生着偏心眼哩?"二梅妈妈一想起春天种谷的时候,就生气,一口一个"老不死",王老汉又羞又怒,拿起个小板凳就要打。吓得二梅直喊叫。

"你打你打!"二梅的妈妈挑战似地说:"你成天说这个不行,那个不行!你就会老王卖瓜,自卖自夸。人家不行的倒比你这能行的多打几石粮食。你越老越糊涂了!咱二梅今冬要出嫁,指望多打几颗粮食,好陪送陪送她,如今满打满算刚够糊嘴的,你叫我闺女怎出嫁哩?你的脸面往哪里搁哩?"

二梅紧拉慢拉,王老汉手里的小板凳就飞过去了。二梅家妈把头一歪,小板凳向门口飞去,那时,王在山一步走进门来,几乎打在头上。王在山费了挺大劲,才把他老两口劝开。二梅妈妈把王在山叫到跟前,把春天种谷的时候,王老汉没有用温水浸种,前年秋天没翻秋地的事情说了一遍。王在山说:

"我是亲眼见他用两开一冷的水浸过的呀!你老人家也在跟前的。"

"唉!不用提了。那时候,我还听信这老东西的话呢!原是一盆冷水,看你进来了,才舀了一瓢开水倒进盆里,你也没试试就信以为真了。说起来,这老东西,可鬼大呢!"

"哎呀呀!我也有点官僚主义呢!"王在山恍然大悟,转身对王老汉说:"二爷爷,你不要生我的气。要是按照旧日的情形,今年你的庄稼没少打下。今年不同了!人家都用了新办法,翻秋地,温汤浸种,上地药,选种籽,这一来,比你打的多了,你的收成就显得少了。可巧今年春旱,你没用新办法,越发吃了亏。今年吃亏的,不光是你一家,凡是没用新办法的,都和你老人家的收成差不多。你好好想想,土地平分了,一口人才五亩地,如果不想法叫地里多生产粮食,还是像旧日一样,一亩地打上个三斗二斗,虽说不交租子,我看那也不过一年到头混个肚里圆,遇上个灾荒年景,还是顶不住。要想扩大生产,那更办不到了。政府号召的新办法,可真正是为咱谋利哩!"

王老汉听王在山讲了这几句,倒是满合心思,话也很耐听,不像老婆子那话刺耳朵。所以,这阵子觉得王在山给他说体己话呢!

"我说小山呀!前悔容易后悔难哩!"王老汉吐了口烟,后悔地说;

"今年过去了,不用说了。秋翻地马上就要动手,可不要耽误了。"

王老汉真的把秋地都翻过了。

到腊月,二梅出嫁的时候,因为没有余粮,除了给她买了个梳头匣子,再也没买什么东西。二梅挺不高兴。

王老汉赔上个笑脸对二梅说:"你过门去,你婆家问:怎价没点陪送呀?你就说:今年收成不好,明年补吧!"

二梅说:"就像今年这样的收成,我要再过十年八年,也怕是不能给我买东西哩!"

王老汉说:"明年我一定用新办法,不要说为我二梅买东西,就是不买东西,也要用新办法。不用新办法,可真的吃大亏呢!"

二梅妈妈说:"二梅,你好好记住,明年给你买不下东西,引上你们的人给他闹来。"

妈妈这么一说,羞得二梅怪不好意思。王老汉却在一边"嘿嘿"地直笑。

三

　　王老汉种谷的故事,讲到这里就完了。王老汉二梅父女俩老早就觉得这故事说的就是他们。王老汉老早就想走,二梅心里觉得不靠实。所以当讲解员刚说完的时候,二梅就问道:
　　"这王老汉是哪村的?"
　　"王家庄的。王老汉就是王万成老汉。他闺女二梅,年时冬嫁到城里了。你们不信,可以去问问。听说,王老汉已经转变了。"
　　王老汉父女俩一听,说的真是他们。话也不说,扭转头就走。出了城,王老汉说:"真有能人哩!说的一字不差,画的也头顶脚对。唉!以后可不干这败兴营生了。少打了粮食不说,还叫人家拿来宣传。"
　　二梅说:"要你今冬给我买东西吧!"
　　"说了不算,等今冬的吧。回去找小山好好商量商量,看他还有甚办法,咱,咱也参加互助组,把这日子好好刨闹刨闹。咱如今的脑筋,可真的转变过来啦。"

缺 粮 户

老李同志,今年三月间,我们村里猛然出来二十多家缺粮户,真把我气坏了。照我的经验,这几年,百来户的小村村,多者也不过三户五户缺粮,在本村调剂一下也就接到夏收了。大部分人家并不缺粮。有一些人家还有长余呢!就拿我说吧:我今年五十多岁了,耳不聋、眼不花,给我块干馍馍,还咬得"圪嘣圪嘣"响哩!不过,到底上了年岁,老胳膊老腿熬不过青年人,得的"工票"比别人少。可是,秋后分粮食,把我的大瓮小瓮都盛满啦!去年冬天,按规定卖了余粮,再除去今年的口粮,还长余三百来斤。政府什么时候缺粮,我马上拿出来。咱是翻身户,要帮政府的忙嘛!谁知道我们村偏偏有些愚顽人,瓮里放着米,硬向政府要粮。这些报缺粮的人,多是单干户,有几户参加了互助组,也只是挂个虚名,图个好名声罢了。他们自然没有农业社打的粮食多;要说当下揭不开锅,没米吃,我老汉可不相信。俗话说得好,家有千石粮,外有百杆秤,一村一庄的,谁还摸不透谁的家底!唉!真有糊涂人,终于厚着脸皮向政府报了缺粮户。费了好大周折才算平下来。要不是把他们的老底子揭出来,可够政府麻烦的了。

老李同志,我是个爱管闲事的人,为了这件事,到如今,还有人骂我。我常常心里想,我是为了公家事,并不为了我一家一户,我不怕他们骂我。

老李,自从开春以来就有不少人说缺粮,说凉话,闹得真缺粮假缺粮也分不清了。干部想了办法,叫众人评定,众人办事不会错。有一天,黑夜开群众会,讨论供应粮食问题。支部书记、乡长刚讲完话,就有十几号人接二连三地站起来,有的说,眼前就揭不开锅;有的说,把谷籽也吃光了;有的说,这些时候,全凭借着吃啦。说来说去一句话,要求政府供应粮食。我数了一遍,报缺粮的共有二十户。有四五户,实在缺粮,政府自然应该供粮,群众也同意了。讨论到那十几户的时候,众人不说话。那十几个人哇哇乱吵。我真有些发毛,要是弄不好,给他们供应上粮食,你看吧!全村都要向政府要粮食的,那还搞啥工业化。憋得我坐也坐不住,只想站起来说话。老李,我是个有毛病的人,虽说爱管闲事,可是面皮薄,怕得罪人,你想想,我一不是党员,二不是干部,在农业社当个技术员,自然也算个领导人。可是,一村一庄的,成天见面,得罪下人,也不好受呢!我鼓了鼓气想说话,终于没有说出口来。我想,我应该给支部书记提个意见。我就圪凑到他的背后,悄悄地对他说:

"扣紧些,扣紧些。"

支部书记好像接受了我的意见,他瞅了瞅站在桌子前面的王久生老汉,问道:"你缺多少粮?"王久生老汉结巴着嘴说:"我,我,我一家五口,一个月,月,月,缺,缺五斤。"支部书记对乡文书说:"记下来,王久生老汉缺五斤。"众人轰的一声笑了。支部书记又问一个缺牙齿的老汉:"你缺多少?"那个缺牙齿老汉名叫王占元,他走风漏气地说:"我也缺五斤。"乡文书记在本本上,众人又笑了。支部书记一个一个地问了一遍,有好几个人都说缺五斤,还有几个人,有说缺十斤的,缺八斤的,多少不一。老李同志,你听听,这像话不像话?缺五斤粮,也算缺粮户吗?这不是诚心和政府作对吗?我想站起来说话,我又怕得罪人。把我的肚子憋了个大疙瘩。我悄悄地对支部书记说:"不要批准,他们不缺粮。"我说话的时候不小心,叫王久生老汉听见了。他拿烟袋在桌子腿上狠狠地敲了几下,又剜了我两眼。支部书记就在面前,我虽然没说话,我可不怕他。停了一会儿,支部书记对众人说:"谁有意见,快说吧。"

一个又瘦又高的人站起来。我抬头一看,原来是我的大小子王发才。他是个不务正业的人,三十几岁的人了,还不往正道上走。自从和西关开骡马店的刘海云家闺女结了婚,就大走样,三天两头去丈人家。到了店里,拉拉风箱,切切草,担担水,店里店外,照应照应。这样,拉面也多吃了几碗,纸烟也多吃了几根,觉得开骡马店轻来轻去,比种地快活,年长日久就走了样。前年冬天,村里办农业社,我要入社,他要单干,父子二人蹬了蛋,分家过光景。他带了十亩好地,拉了我一头毛驴,借了两间窑洞,搬出去了。他一向不大来开会。今天来开会,还要说话,我一下摸不透他要说些什么。我就仔细地听。

他说:"我眼下锅底已经朝上啦!政府给咱想点办法吧!"支部书记问他:"你也要求供应粮食?"发才说:"不供应我粮食,我要讨吃去了。"支部书记心里也有个底子,又问:"你要求供应多少?"发才真敢说大话,说:"到夏收要供应二百斤。"支部书记又问:"去年冬天,政府收购了你多少粮食?"

支部书记是个复员军人,名叫王勇,挺能干的,一句话问得那狗崽子结巴起来了。他说:"一,一,一百来,来斤。"话没落音,众人就圪吵成一团,羞得我的脸直发烧,怎么养下这个狗崽子。我走过去,问发才:"你是真缺粮假缺粮?"那狗崽子把脖子一拧,说:"缺粮还有个假。"我拉住他的胳膊就走,一拉拉到大门外,我想:"不管他真缺粮也罢,假缺粮也罢,先给他几斗米,不要叫他报缺粮户。"我说:"缺多少,我给你,要把缺粮户下了。我不能跟上你丢人!你先拿上二斗米,以后有话找我说,不能凑热闹。"那狗崽子的嘴可刚强呢!没等我说完,他就说:"你那二斗米办不了大事,我不下缺粮户。"老李同志,你不知道,我是软心肠人。对外人说话我没红过脸,这回可真是不由我了,我照他那狗脸扇了一巴掌,也不再参加会,就走回家去了。

我后来听说,当天黑夜,群众没有批准供应他粮食,连那些五斤缺粮户也没有批准。散会的时候,狗崽子和那些五斤缺粮户在乡政府说了些难听话才走回家去。

老李同志,还是说说我自己吧。那天黑夜,我扇了狗崽子一耳光,心里很后悔,我活了多半辈子啦,从来没有打过人,这一回打了人,直闹得我睡不着。唉!共产党,人民政府,不准打人嘛,我怎么动手动脚起来了!鸡叫一遍,我没有睡着,叫二遍,还没有睡着。快叫三遍了,我老伴问:"你不睡觉,老是折腾什么?"

我老伴是个婆婆妈妈的人,说起来没完没了的,我不告诉她。停了停,她又睡着了。

我听见哪里"扑通扑通"响!支起耳朵听听,就在房背后,三更半夜,有了响声,我就睡不着,我悄悄地起来,提了根鞭杆,就往房后走。等我转到房背后,一点声音也听不见了。

老李同志,我给你说知心话吧。这几年,我的脑筋虽说开通多了,心里还是有点怕鬼怕神的。看看这明晃晃的月亮,听听那漳河的水声,心里早就有些胆怯。手里握了个鞭杆,也不能给我壮胆。心里这么一怯,就三脚两步地跑回家来,上了炕,钻了被窝。

我老伴一点也没有觉察到我的惊动。

真叫人发毛,刚躺下,又听见房背后"扑通扑通"响。我叫醒我老伴,哈声哈气地说:我听见房后扑通扑通响。她"忽通"坐起来,吓得直发愣。我说:"房后有响声。"等她听明白了我的话,就没好气地说:"说你爱管闲事真真不屈,半夜三更还要管闲事。明天不上地了?"说罢,她又睡了。

我管它明天上地不上地!我提了个铁锹走出门来。绕到房后,远远地看见一个人扛了一个口袋,朝着发才家走去。我心里明白四五成了。看清楚是人,也就不再害怕,悄悄地跟过去。发才住在村边上,没墙没院的两间窑洞。我走近窗子,黑洞洞地没有灯火,也没有人说话,一点声音也没有。我想,半夜三更我来干什么?真是鬼迷了心了。还是回家睡觉吧。我正要走时,窑洞里有人说话了。我凑到窗子上听了几句,看了看,才发现窗户用口袋堵住了。虽说看不见灯火,说话凑合着能听几句。

一个尖声细嗓的人压低声音说:"四十五斤。"我一听这就是发才家丈人刘海云的口音。另一个人低声说:"这秤太高,把天也顶塌了。"刘海云说:"什么太高,我的价钱比公家的也高呢!"停了停,大约又称另一包。刘海云说:"连皮五十二。"一个说:"我不卖了。"发才狗崽子打圆场说:"五十三,五十三,两不吃亏。"

听到这里,我什么都明白了。可是,我怕得罪人,不敢进去。我扛上铁锹急急忙忙去找支部书记。路过乡政府,看见里边熄灯灭火,就向他家去找,支部书记老婆说:"才出去,不在家。"我真泄气了。人家小两口热热和和地睡觉,我半夜三更满村跑,图的什么?还不是为了工作?我真想回家,不管这闲事了。可是,心里老存着这件事,两条腿又朝着发才的窑洞走去了。我听见发才狗崽子说:"快,快,天不早了。天明还要赶到店里呢!"我正要闪开,发才从门口走出来,左右看了看,看见黑影有人,急忙退进门去,不等他关门,我也跟着走进去。嘴里不住地说:"我把你个狗崽子。我把你个狗崽子。"他听见是我的声音,吓得钻进里窑去了。我从腰里掏出洋火,点着灯,走进里窑。有几个人,直往口袋后边藏。发才家丈人刘海云怀里抱着大秤,看见我走进来,又想说话,又不敢说;又想笑笑,又笑不出来,那难受劲了不用提了。发才站在那里直喊"爹,爹。"我照他那狗脸唾了一口,他也不敢动,我举起灯,照了照,才看清那几个人是谁,我说:"五斤缺粮户都在这里?"

他们没有一个人敢看我一眼。我问:"这该怎么办?"

刘海云觍着脸说:"老亲家,这,这,这……"他"这"了半天,也没有说出这该怎么办。我说:"这该去人民法院了吧!"刘海云说:"老亲家,看面子……"我不理他。我把灯放下,问王久生老汉:"今晚开会的时候,你还说缺五斤粮食,你抱的这口袋粮食是哪里来的?"他不说话。我又问:"你家里还有余粮没有?"他说:"有,有,有。"我又问:"你为啥报缺粮?"他说:"我怕政府再,再,再收购,购。"我又问:"你不怕私商收购?"他说:"私商价钱,钱,钱大。"我说:"私商价钱大,你不怕秤大?"他不说话了。我又问王占元:"你老实人也办这事?"他说:"我,鬼迷了心了。"他说话走风漏气,要不是我常和他打交道,谁也听不清他说了些什么。

我又问刘海云,他啥话也不说,只喊我老亲家。

一个个问了一遍,都说不出长和短。最后是发才。他跪下给我磕头。

我对他们说:"咱们去人民法院吧!"

吓得他们直发抖。刘海云说:"这可不得了。现在政府不叫私人贩粮食。叫我坐了班房,可怎办呀!老亲家。"

王久生说:"尚元哥,咱们一家一户的,宽宽手我们就过去了。我们都是一时的糊涂。"

我说:"这话可不能这么说。我在村里,大小也算个领导人,众人知道了我私自放走你们,我怎么好往人前站呀!"我催他们去乡政府,一个个都成了软蛋。我看见他们那可怜样子,心里又软了。可是,我又不能放走他们,自己把自己放在两难中了。我猛然想了个办法:叫他们自己去乡政府,自己先承认错误,不说是被我逮住的。人民政府讲宽大政策,大概不会处罚他们。这样,两家都好。他们没法,只好依顺我。临走的时候,我亲家刘海云说,驮粮食的两头毛驴还在村外娘娘庙里拴着,叫我拉回来喂喂。他们一齐扛上粮食,去了乡政府。

我就赶快到娘娘庙里拉毛驴。在庙院转了一圈,连个驴毛也没有,哪里有什么毛驴。一定是没有拴好,毛驴子跑了。只好等天明去找吧!我刚出庙门,乡政府的通信员从一块大石头背后跳出来,拉住我不放。我说,"我是来拉毛驴的。"他说,"毛驴被支部书记拉到乡政府去了。"新来的这个通信员是个死心眼,拉住我不放,一直把我拉到乡政府,见了支部书记,把事情说明白以后,才松开手。

　　老李同志,这是三月间的事情,到现在两个多月了。我亲家刘海云和我儿子发才私贩粮食,违反法令,搅得我村的余粮户也说缺粮,政府按法令该怎办的就怎办了。说到缺粮户,实在缺的,政府都供应了,没有耽误了生产。再没有人虚报缺粮。还有几户把余粮也卖给了国家。有这么两三户虽说不再喊缺粮,余粮还在瓮里放着,不肯卖给国家,粮贩子不敢进村了。只有一件事,我心里还有些难过。就是王久生、王占元两个死老汉,见了面就斜眼看我,也不和我说话;背后叽叽咕咕,说我这长啦,那短啦,闲话一大堆。因为这事,众人虽说我这也好,那也好,到底得罪了几个人,我老伴一提起这事,就说我没事找事,寻的挨骂。老李,我图了个什么?不是为了国家快快工业化,用机器种地吗?支部书记王勇对我说:为了工作,不要害怕。我既然走到这地步了,只要我走的端,立的正,我怕什么?我什么也不怕。一提起这些五斤缺粮户,我就生气,见了人就想把这肮脏气倒出来。老李,天不早了,休息吧。

过时的爱情

白秀云结婚了。这位农家出身的女儿,找到这样一个称心如意的丈夫,高兴得不得了,羞怯的微笑常常挂在脸上。年轻的伙伴们又是羡慕她,又是嫉妒她。然而,这一切,无论是羡慕或嫉妒,在她心里引起的是一阵又一阵的甜丝丝的滋味。她本来不爱多说话,听着别人当面品长论短,越发无话可说,只好笑嘻嘻地走开。

年轻的姑娘们在背后喊叫起来了:

"白秀云找了个好对象,连话也不对咱们说了。"

"看!高兴得不知道迈哪条腿了。"

"看!看!两只胳膊甩得也不对了。"

看吧!白秀云听着背后的喊声,步伐越走越乱,越走越别扭,真的不会走路了。说走不像走,说跑不像跑,连她自己也觉得这几步走不像话,干脆停了脚步,扭转身,向着背后的人们说了两声"讨厌",才忸忸怩怩地走开。回到家里,一个人坐到炕上,面对着挂在墙上的结婚照片,回味着刚才人们的羡慕和嫉妒的言语,悄悄地笑出声来。像她这样一个贫农家的女儿,能够和一个县上的干部结婚,真是梦想不到的。她所得到的已经超过了她所希望的了。真的,她还没有来得及认真地、仔细地想想自己的终身大事,幸福已经来到身边了。根据她自己的记忆,六七岁的时候,别人家的孩子早已上学了,她却拿个小锄,赤着脚,跟她爹她妈上地劳动。至于衣服,那也不过能够遮羞罢了。这些事情已经记不很清楚了。使她至今不忘的是南瓜和苦菜。那时候,她恨透了那些吃不完的南瓜和苦菜,却又时刻想念着那些南瓜和苦菜。现在,过了将近二十个年头,想起来,还有一种甘味,还有一种说不出的感情。在城市里,虽然买不到苦菜,偶尔也买几个南瓜,吃起来又绵又甜。可是,当时的味道和现在完全不同,既不感觉甜又不感觉绵,只不过是为了活命罢了。一直到十来岁,她们的家乡建立了根据地,她才熬出了苦日子,爹妈送她进了小学。她常常对爹妈说,小学毕业以后还要考中学呢!可是,刚刚小学毕业,一个名叫张群的县干部爱上了她。这个下乡工作的张群,每逢到白家沟工作,总是住在白秀云的家里,并且和她家的人在一起吃饭。年长了日久了,张群缠住白秀云不放。白秀云真是又惊又喜,不知道该怎样才好。最初的一吻,使她终生难忘,也使她成人了,有了主张了。

"咱们结了婚,可要叫我考中学。"

"当然,只要你有决心,中学毕业以后我还帮助你考大学呢!现在全国马上就要解放了,等到下了平川,进了大城市,自然要享两天福,考大学并不困难。"

"你可不要骗我。"

"这是什么话!能骗自己的爱人吗?你念中学、念大学,对我有啥坏处。我自己只念完高中,没有考大学,还有些后悔呢!"

"你说话可要算数。要骗我,我可不答应。"

"真是个傻孩子。来来来,我帮助你复习算术。"

白秀云看着张群的那副诚恳的面孔,听了张群的诚恳的答复,已经放心了。他当然不会骗自己的爱人。可是,还要再追问几句:"你要骗我,我可要给你闹腾啦!"

"对,闹腾。我要说谎,好好给我闹腾,每天打我的嘴巴。"张群牵起白秀云的手照自己的脸上轻轻地打了一巴掌,继续说:"我要变了心,就这样打我的耳光。"

白秀云说:"就这样轻轻地打可不行,我可要狠狠地打哩!"

"对。狠狠地打,越狠越好。"张群牵起白秀云的手又要打自己的脸,白秀云赶紧把手抽回去了。

"你这人真是死心眼儿,你舍得打自己,我还舍不得呢。"

两个人总是在一根弦上弹来弹去,情投意合,再也没有话可说了。于是两个人打手背,就像三年级的小学生一样。真是快乐极了。

可是,老两口却有自己的心事。一切都很满意。自己的闺女十七大八,长大成人了。要人样,有人样,要伶俐有伶俐。俗话说,女大是人家的人,早晚也是要出嫁的。张群那后生,更是没话可说。无论说到哪里,都比自己的闺女要强。论人才,端端正正。论地位,县上的秘书,年纪才二十五岁,也相当。至于为人,去冬土地改革的时候,在村里工作了一冬天,又正直,又公道。村里哪个人不说个好字。有了空,不是看书就是写字。写写算算更是不用说了。对于穷苦人,就像对待自己的亲人一样,恨不得一下子帮助穷人翻过身来,再不受地主的压迫,有吃穿过好光景。如果硬要找他的缺点,从来不发脾气也许算是缺点,因为不发脾气的青年人实在是不多啊!"这样一个年轻人爱了自己的闺女,真是百里挑一,很不容易啊!错过机会,要后悔的,村里有好几个姑娘正在追张群呢!可是,张群除了对白秀云好以外,决不和别的姑娘来往。顶多也不过在她们面前说几句笑话。老两口盘算来盘算去,这桩婚事,真像是天配姻缘,再好不过了。只有一件事,苦了老两口,张群不是本地人。老两口在前几年就有了打算的,找一个本地人,顶好找一个本村人,将来老了,也有人照顾。老两口只有这么一个闺女,跟上外路人走了,就如同断了线的风筝,再也抓不回来了。可是,张群实实在在是个好后生啊!于是,老两口把自己的心事告诉了白秀云,叫自己的闺女拿主意。

白秀云说:"妈,外路人也没有关系呀!咱们本地干部不是也调走了很多吗?本地的闺女和外路人结婚的也不少呢!"

妈妈说:"孩子,我只有你一个闺女呀!"

白秀云说:"妈妈,结了婚也不一定就走啊!就算将来走了,全国也解放了,交通也很方便,一月半月给家里寄封信,回家看看也很方便。张群说,将来调出去,安下家,还要接爹妈出去住呢!"

妈妈说:"孩子,那可不行。我从小就住在这里。可离不开这个家。"

秀云为难极了。结了婚,真的调出去,丢下爹妈,那怎么能行呢?放走张群更不行啊!她的心已经定了,连点活动劲头也没有了。她真想哭一场。左思右想,没有办法,不知不觉,已经是眼泪花花了。

"妈,张群对我可好哩!"

妈妈说:"我知道,那是个好孩子。你离开我,我不放心。"

"你放心吧,妈,他不会错待我的。"

妈妈长出了一口气,说:"他要是真心实意,就跟上他吧!只要我孩子高兴,信得过他,能过一辈子好生活,不要管俺老两口,我们在本乡本土,又是新社会,总是有法过的。"

秀云有些高兴了,说:"妈,张群走不走还不一定,也许上级不调他走哩!"

秀云爹沉默了好半天,现在说话了:"小云,现在大队人马都往外调,张群又是外路人,在这里还能呆长久了?往外调也不要紧,有一天,你跟上张群到了外地,不要忘了你爹你妈,隔上一年半载给家寄封信就行了。"

白秀云真是又难过又高兴。不过困难终于解决了。

他们在暑假中结婚了。结婚以后的生活,使得白秀云浑身都是力量,精神格外好。张群帮助她学习,经常熬到半夜,白秀云决不打瞌睡。有时候,张群打瞌睡了,白秀云还给他画眼镜呢。就是张群到县上去开会,剩下她一个人的时候,精神也很好。有时没事到她的邻居家串门子,那些年轻的姑娘们说,白秀云结婚以后比以前更漂亮了。白秀云回家以后,赶快站到镜子跟前,左看右看,啊!镜子里姑娘是谁?漫长的脸蛋,红红的脸颊,笑一笑,嘴边有酒窝的那个姑娘是谁?黑头发,扎两个辫子的姑娘是谁?弯弯的眉,眯着眼的那个姑娘是谁?"这就是我吗?"白秀云好像不认识镜子里边的人了,忽然,想起来了:"啊!就是我,真比以前漂亮了。"她正在仔细地看她自己的变化,镜子里忽然出现了一个男人的脸,偏分头,刚理过发,瘦长脸,一双滴溜溜的大眼睛。这人笑嘻嘻地对着镜子里的姑娘亲了一下。白秀云喊了一声,转过身来,原来是张群站在自己的面前。

白秀云惊慌地说:"真把人吓死了。"

张群一本正经地说:"秀云,我对你说个紧要事,组织上调我到新解放区,我就要走了。"

"你一个人走吗?"

"不。你也走。你的工作也分配好了。"

"什么时候走?"

"明天就走。明天大队路过这里,和大队一齐走。"

"我们结婚还不到一个月,就要走了。真倒霉,考中学的事怎么办?"

"到城市再考,现在不行了。形势发展很快,现在的中学生,大批大批的调出来参加工作,留在这里也考不成了。"

张群要走的消息,使白秀云的妈妈大吃一惊。她慌慌乱乱地给秀云拾掇衣服和行李。翻箱倒柜弄得满炕都是东西。嘴里还嘟哝着,这也找不见了,那也寻不到了。秀云爹告她说,张群还没有吃午饭,下午收拾行李也误不了事,她这才丢下炕上的东西,赶快给张群做饭。要做最好的饭给她女婿吃,在农村,白面、鸡蛋就是最好的东西,都拿出来了。等到她做好饭,张群端起碗来的时候,心里还在谋算给张群吃什么好东西。忽然,想起来了,她立刻吩咐秀云爹把那只叫明鸡杀了,下午给她女婿吃。她再也想不出什么好东西了。她现在对张群比对女儿还要亲。一会儿就咸啦、淡啦、冷啦、热啦。当张群吃完饭喝开水的时候,秀云妈真想给开水碗里倒些香油。

秀云妈一夜没有合眼。午饭以后，一切都拾掇停当，秀云爹也把毛驴准备好了，他要送送他女儿。秀云妈拉住张群的手，说："孩子，你们出去，要多来信。秀云年纪小，不懂事，你比她大，要多照顾她。说错个一言半语的，也不要怪她。要担待她。"

秀云妈掉下了眼泪。秀云眼也红了。张群说了些宽心话："大妈，到了地方一定来信。我一定要好好对待秀云。你老人家不要挂心。"大队人马过来了。秀云爹扶着秀云骑上牲口。秀云妈拉住张群的手，千嘱咐万嘱咐，最后又递给他一包吃的东西，眼望着他们上路了。秀云妈一直望着他们转过山脚，才走回家去。

二

生活给白秀云上了一课。念书的想法烟消云散了。然而，她却锻炼成一个优秀的打字员。入城后的第二年，她生了个女儿，两口子为了给他们的女儿起名字，讨论了好久，讨论的结果，暂时叫小云。大约过了二年，白秀云又生了一个男孩子，仍然起了个暂时名字：小群。过了些时候，小云进了保育院。生活事务减少了，他们生活得很快乐。每逢星期六，张群亲自接小云回来。星期日亲自送小云去保育院。他是多么地爱他的儿女啊！有时候背上他的小云，抱着他的小群，前院后院去串。有时候，一个肩头坐一个，引得大家乱笑。这时候，白秀云总是批评张群：

"看那缺儿少女的样子，不怕人家笑话！"

张群满不在乎地说："谁笑话？没有人笑话。"

张群几乎把他的钱全部花在他的儿女身上了。虽然小云的衣服由保育院供给，仍然给他的女儿买了花衣服，小群吃得又白又胖。房间里堆满了各种各样的玩具，并且买了许多儿童书画。为了买这些东西，白秀云总是顶他几句：

"这真是有钱没处花了。买这些书干什么，等他们能看懂的时候再买还迟吗?"

张群仍然继续买,并且满不在乎地说:"学习嘛!慢慢就看懂了。"本机关的人都羡慕他们的生活,这并不是羡慕他们的儿女吃的好,穿的好,而是羡慕白秀云和张群两口子生活得和睦。他们的工作搞得很好,家庭生活也很快乐。几乎没有发生过吵嘴的事情。虽然他们不在一个机关工作,不办公以后,只要看见白秀云,同时也就可以看到张群。张群成了白秀云的影子了。

然而,慢慢地,不知不觉地,他们的生活起了变化。张群现在有了单独宿舍,回家的次数大大减少了。最初,白秀云以为他的工作太忙,可是她每逢到张群的宿舍去的时候,发现他并没有工作。有一次在他的抽斗里发现了一张女人的照片,等她要仔细看看的时候,张群说那是一份履历表上的照片,抢过去了。还有几次,她发现他在写信,但是,不给她看,白秀云的心虽然结了个疙瘩,却不强去看他的信和照片。她还是相信她丈夫的。他们已经是两个儿女的父母了。而第三个孩子不久也就要出世。可是张群的行动,使她不得不留心她的丈夫,留心那个真心实意地爱过她的丈夫。张群对孩子冷淡了。有时训他们,小群喊两三声"爸爸",他都不回答一声。偶然回答一声,却是说:"不要叫唤!"星期六不去接小云了。白秀云不得不自己去接。小云回来就找爸爸,白秀云说:"爸爸开会去啦,开完会就回来。"等到很晚了,还是不回来,小云又问:"爸爸怎么还不来?"白秀云说:"天晚了,不回来了,咱们睡觉吧。"白秀云到张群的宿舍去,看见的是一副死板的面孔。渐渐地,白秀云从这种可怕的冷淡当中,经常感觉到自己的头上像悬着一块沉重石头一样。一种难以抵抗的危险,威胁着她,常常睡不着。她有时自己问自己:有啥根据呢!一张照片,几封信,那能算是根据吗?当然不能算根据。自己的敏感罢了。可是突然从梦中醒来:他为什么那样对待孩子呢?以前对孩子是非常亲热的。为什么现在对我这样冷淡呢?以前是非常非常爱我的呀!千百遍地思想过了，得不到解答。她也想，不要什么解答也好，就这样拖下去也就算了。

白秀云多么想念她的妈妈啊！现在只有她的妈妈能够安慰她。她给妈妈写了一封信，说她很快又要生产了，叫她的妈妈快快来太原。自从发出这封信以后，她的心情稍微安定了一些。不再想别的事了。日日夜夜地等待她妈妈，盼望有一天，她的亲人坐在她的身边，无论怎样的危险也就不害怕了。可是她的妈妈还没有来到，她却就要生产了。半夜里叫醒了邻居大伙房管理员王青云老汉去找张群。张群从梦中醒来，听说白秀云要生孩子，不得不尽父亲的责任，于是来到白秀云的房里。

"怎么！又要生吗？"张群冷言冷语地问白秀云。

白秀云躺在保姆的怀里，疼得直气喘，眉头上挂着大滴汗珠。

张群又问："要不要去医院？"

王青云老汉简直要冒火了。他说："不去医院怎么办？叫你干甚来了！"

张群仍然问白秀云："现在就去医院吗？"

张群绝不发脾气。他在任何情况下都能保持清醒的头脑。但是，王青云老汉却从这冷静中感觉到了残酷。他忍耐不住了，推着张群说："赶快去雇车。东夹道三十号有三轮车工人。"

张群平心静气地说："好吧！我就去雇车吧！"一等不来，再等还不来，白秀云再也不能等待了。保姆要求王青云老汉赶快想办法。这可把王青云难住啦。他跑到大伙房里，本想叫几个炊事员，抬白秀云去医院的，可是，他看见库房门口放着一辆黄包车，想起来了，这是昨天黑夜送黄瓜的黄包车，他马上拉起黄包车把白秀云送到了医院里，一刻不停地进了产房。当王老汉正要抽烟的时候，一个孩子的哭声传到过道里来了。

"谢天谢地，没有误了事。"说罢，王老汉抽着了一根香烟。

一个护士从产房走出来的时候，王老汉悄悄地问："是男是女?"

"男的。"

王老汉说:"真好。"他又点着一根香烟。

张群来到医院的时候,已经天快明了。王老汉的气早已消了,看见张群又有了一肚子气。他追问道:"你怎么才来?"

"没有雇上三轮车。你们既然到医院来了,我来也没有用了。头有些疼,回家躺了一小会儿。"

"我说你呀!你呀!真够数。老婆生孩子,你倒不慌不忙。"王老汉想给他报个喜,于是变了个好听的腔调说:"生了个男的。"

"男的女的还不是一样的。"

王老汉真想扇他两个耳光。心里一想,算了吧!跟这种人生气不值得。于是问:"你不进去看看?"

张群反问道:"人家叫进去吗?"

"问问人家呀!"

"等一会吧!"张群不慌不忙地坐下了。坐了一会儿,他才慢吞吞地说:"王老伯,谢谢你了!"

王青云老汉不听说"谢谢"还不生气,一听说"谢谢"反而动火了:"你现在才想起谢谢我。我叫秀云谢谢我,不要你谢谢我。"说罢,走了。

天明了。路灯已经熄了,马路上的行人渐渐多了。王青云老汉回到家里,正碰上白秀云的妈妈,她刚才下车。妈妈听说秀云生了个男孩,非常高兴。急着要去看秀云。连杯开水也没有喝,王青云老汉就引着她去了医院。护士引他们到病房门口,王青云朝门里说:"秀云,你妈来看你。"秀云听说妈来看她,那眼里霎时掉下泪来。她不愿意她妈妈看见她哭,立即把眼泪擦掉,说道:"王伯伯,谢谢你啦!叫我妈进来吧!"妈妈走进去,拉着秀云的手,没有说话就掉了眼泪。王青云老汉听不清她母女说了些什么,只听见秀云妈问道:"张群来过吗?"秀云说:"他没有来,他工作太忙。"青云老汉想道,这个杂种,悄悄地跑了。

护士不允许她母女谈话。妈妈只坐了一小会儿,就走出门来,和王青云老汉一齐回家去了。

白秀云在医院住了九天才出院。在这九天当中,她妈从小群的保姆口气里探听到一点消息。从青云老汉的口气里也能听出一些路道来。房子里乱糟糟的,不像个过日子的人家。这些听来的言语,使她老人家心里不安。张群来过两回,强打精神说了几句亲热的话。老岳母给他带来了红枣,那时候,他住在白家沟的时候,最喜欢吃那里的红枣。他还说:普天下的枣数黄河边的枣好吃。他说,枣树只有听见黄河的水声才能长又大又甜的枣子。现在他捡起一个枣子放进嘴里,好像吃进毒药似的立刻吐出来,并且连声说:"这枣这么难吃。"老岳母赔了个笑脸说道:"跟你过去吃的一样。我捡那又大又肉的带来的。"

话不投机,三言五语也就过去了。张群又转了话题,说:"家里生活挺困难吧!"老岳母说:"不困难,家里只有两口人,村里又成立了高级社,比以前还要好呢!"

"我知道,生活不困难不上门来。说起责任,当然应该养活你们老两口,现在,你看,接二连三地养下几个孩子,你闺女文化程度太低,当个打字员,赚不了几个钱,全凭我一个人,想周济你,也是心长力短,只能给你凑个回家的路费啦!"

"孩子,这是哪里话,"老岳母有些着急了。"我们的生活挺不错的,哪里是向你求帮告借来了。孩子,你们要是生活困难,我们倒是能帮助你们。我们年年有节余呢!"

张群听老岳母说不是来要钱,放心了,他说:"没有困难就好。我的工作很忙,不能天天来看你,你走的时候,告诉我,我给你买车票,送几个钱过来。"一面说,一面走,摇摇摆摆走出门去了。

老岳母好像受了侮辱似的,心里非常难过。张群的那副铁板似的脸真使她提心吊胆,这定然是有些不和睦了。

秀云回来以后,妈妈问起她和张群的事情。秀云说什么事情也没有,妈妈一直追问,秀云一口咬定他们的关系很好。

妈妈说:"我听说,张群多时也不回家了。"

秀云说:"他工作很忙,自己有了宿舍,来回跑也不方便。现在,我是常到他那里去。"

妈妈说:"你生孩子,他没有到医院看看你吗?"

秀云说:"是……没……有。不,他看过我。还给我送过东西。"她的眼角已经湿了,她尽力不使眼泪掉下来,转转身,把眼泪抹掉了。

妈妈又问:"孩子穿的衣裳破破烂烂,家里乱糟糟的,不像个过日子的人家呀!"

秀云说:"他很忙,不回家,我也顾不过来。"

妈妈又问:"面袋里也没有面了。煤,也只够烧三两天。油盐酱醋也不全。孩子,这不行啊!好孩子,给妈妈说说,妈妈给你想法子。"停了停,又问:"他不和你好了吗?"

秀云说:"妈,你不要问了好不好?我们好好的,啥事也没有。你放心好了。"

秀云说话的时候,已经有气无力了。脸色苍白,嘴唇发青。因为没有心情梳洗打扮,把辫子也剪掉了。头发蓬松,越发显得她的老相。妈妈看着女儿成了这个样子,立即递一杯水送到秀云的嘴边,并且说:"孩子,我什么也不问了,我明白了。好好调养身子,三个孩子要你呀!妈带来不少钱,咱们下午置办东西去。"

有四个星期没有接小云了。托王青云伯伯接小云回来住了两天。小群听话,在院里和孩子们耍,从来不闹。铺上睡的这个小小,除了哭,就是吃奶,刚生下一个月,小东西就会笑了。她的同事们都来看望她,还送来了月饼。原来到了中秋节了。妈妈和保姆买了些东西,今年的中秋节过得挺好。外婆还给小群讲了嫦娥的故事。张群打发人送回来二斤月饼,他也没有回来,秀云妈想找他说几句话,也见不了面,他已经把家忘记了。

过了中秋节,秀云妈妈要走。说家里正在收秋,该回家看看去了。妈妈的心事放不下,于是又问起张群的事。秀云不愿意把这些事情告诉妈妈,如果告诉了她,她就会白天黑夜一直哭。秀云态度很坚决,说她和张群什么事情也没有。

妈妈问:"孩子,不要瞒我了,我明白了。我只问你一句话。他提出要离婚吗?"

秀云说:"没有这回事。"

妈妈说:"孩子,说了吧,你不说,我不走。"

秀云说:"不,妈!走吧,快走吧,秋后再来,到那时候,什么事都好了。"

妈妈没有办法了。她劝秀云要忍耐,要等他回心转意,她秋后还要来,含着眼泪,半明不白地离开她的闺女,回家去了。

三

秀云打发妈妈走了以后,把小群也送到保育院。剩下刚出满月的孩子改吃牛奶,家里有一个保姆也就照顾过来了。她在家又休养了半个来月,觉得身体好些了就去上班了。她浑身都是愤怒的力量,暗暗地下了决心,一定要解决问题,是好是歹要解决这个问题。工作确实做得很好,但是没有决心和张群大闹一场,这并不是害怕张群,她还希望能够和好。她把全部力量放在工作中了。只有紧张地工作起来,忘记了这些生活问题的时候,她才感觉到一些快乐,脸上才有笑容。工作是她的安慰,工作是她的快乐,除此以外,再没有什么安慰和快乐了。最苦恼的是下了班,她真有些害怕下班了。书,看不到心里,热闹的俱乐部,对她没有任何吸引力,她是无心去寻乐的了。她曾鼓起勇气,到她丈夫那里去了几次,啊!还是不去丈夫那里好。回家看看孩子吧。夜,更长了。不知想过多少遍的往事,一遍又一遍地重头想起。结婚才几年,变化有多大啊!

常常是这样,下班的铃声响过了,人们都走了,而秀云还在她的办公室里继续工作。专心地工作,紧张地工作,几乎是疯狂地工作。等到她实在疲乏了,就守着打字机打瞌睡。醒来以后,哭一阵,继续工作。

"秀云,下班啦。"她的同事小伶和几个女孩子走进门来。她们知道秀云的心事,每天下班她们都来叫她。她们看见了秀云两颊挂着眼泪继续工作,心里也难过起来。小伶是个直性子,还没有结婚的女孩,直截了当地说:"秀云,这样下去怎么能行?依我看,给他散了伙算了,免得受气。"

周蓝也是个没有结婚的女孩,可不同意小伶的意见:"怎么能随便散伙呢,现在有三个孩子,七八年的夫妻生活了,难舍难离啊!依我看,不要急,就这样拖着他,看他怎么办,拉紧后腿不放,他也没有办法。听说上级已经批评了他,受了批评就会回头的。"

还有一个名叫小燕的女孩子,她也想出了一个办法:"天天到他那里去住。他对你好,你也对他好;他给你白眼你也给他白眼。他当了局长,能吃人吗?要是我,天天去缠他。"

秀云听了这些办法,笑了。看了那种苦笑,真使人难过。她说:"这些办法都不行。离婚,我怎么能离婚,三个孩子怎么办?拖,再拖几个月,我的身体就拖垮了,不能拖。每天去缠他,唉!还是不要说吧!我不知道是怎么一回事,我到他那里去,好像进监狱似的,一进他的宿舍,我就觉得冷,浑身上下冷冰冰的。就这十月天,也觉得冷。"说到这里她想起来了,前几天,她到张群宿舍去,看见桌上放了一个大花瓶,里边插了束鲜花。她觉得那花瓶放的不是地方,重摆了一下,张群摇摆着手,说:"喂喂喂,不要动,我喜欢那样摆。"于是,又摆到原来的地方。她想给他洗洗衣服,张群夺过去叫通信员送到洗衣局去了。看来,那里已经不是她的家,不必到那里去了。去了也是寻些没趣。

小伶拉着秀云的手说:"走吧!到我们家去吧!叫我妈给你包饺子吃。"

"不,今天晚上,我要加班。把这个文件打出来。"

小伶看看打字机上的文件,说:"这不是急件,星期一打出来也不误事,今天是星期六了。"

秀云问道:"是星期六了吗?我要去保育院接孩子呢。你们先走吧。等一等我去接孩子。"

小伶、周蓝和小燕走了。秀云也收拾提包,正要起身,王青云老汉气喘喘地跑进门来:"秀云!秀云!赶快请医生,你的小孩发高烧,快,快走。"

秀云最听不得这种紧急的声音,一听见有紧急事,心里就发慌。青云老汉喊了两声"快走",秀云的腿反而不听使唤了。这该怎么办!这该找谁!青云老汉大概看出她的为难了,提醒她,去找张群。秀云想,对了,找张群。一时的惊慌,现在安定下来了。她和青云伯立即走下楼来,半走半跑地去找张群。秀云推开张群的门,看见沙发上坐着一个花枝招展的年轻姑娘,正在往脸上抹粉。张群正在换衣服,看样子准备出门去。秀云站在门口,说:"孩子病了!"

"什么病?"

"青云伯送信来,说是发高烧。"

"不是这病,就是那病。"张群拉开抽斗,拿出一叠人民币扔在桌子上,说:"拿去吧!"

"我不是来要钱。叫你请医生去!"

"你看不见吗?我要去开会。找个邻居去请请吧!有了空我去看看。"

秀云再没有说话,转身就走。要不是青云伯扶着她,一个跟斗就从楼梯上栽下来了。青云伯什么都明白了。他雇了车去请医生,叫秀云赶快回家去看看孩子。可是,秀云不知道该往哪里走了。她在一个墙角边站了好一会儿,才清醒过来。顺着马路一直向前走去。落日的余霞映红了她的脸。犹豫的神色一扫而光,心里坦然了。她已经下了最后的决心,她不再像一条尾巴似的拖着别人,她要独立生活了。她想以后的生活会比现在强得多,她有三个孩子,那不是累赘,那是生活的力量,她可以从头到尾给她妈妈叙述事情的经过了。她来到法院的门口。头也不回地走进去了。

她和张群离婚了。和那个当面起誓,用自己的手打自己的嘴巴的人离婚了。不知张群以后怎么生活?这种人是能够生活下去的。能够忘记过去的一切,寻找新的欢乐,而无丝毫的痛苦。然而,秀云的生活,虽然放下了千斤担,浑身轻松了,她的新的生活仍然是痛苦的。她的痛苦是因为她不能忘记过去的一切啊!她也常常对自己说:算了吧!不要再想过去的事了,可是,由不得自己啊!也许有一天,秀云忘记了过去的一切,不再思想了,一定会快乐起来的。

难忘的印象

我有一位一面之交的朋友,是个平平常常的人。虽然只是一面之识,他却留给了我很深刻的印象。他的名字叫刘正文,是某县的县委书记。

我是在一个偶然的机会中认识刘正文同志的。地点是在地委,时间是前年夏天的一个炎热的日子。当时,我受上级的委托,到某县去办理一件紧急事务,来到地委。在地委办完手续,正要动身的时候,地委书记王云同志对我说:

"你慢走一步,我给你介绍个人,你们一路走。"

太好了,我是最不耐烦一个人走路的。大热天,一个人在山沟里走路,又热又闷,路子越走越长。有个同路人,能说说笑笑,那真是太好了。

不久,王书记引着一个人走进门来。那人瘦瘦的身材,苍白脸,戴一顶褪了色的军灰鸭舌帽,一身棉布制服,也是褪了色的。头一眼就可以看出来,他的衣服做得不合适,主要是袖子太长了。走动起来,袖子直摇摆,就像是戏台上老生的袖子,看起来很不精干。王书记先向我介绍这位同志:

"这是刘正文同志,是县委书记,你要从他们县里经过,你们一同走。今晚可以住在他们县委会。"王书记说到这里,又把我介绍给刘正文同志。我立即走向前去,热情地伸出右手。刘正文同志也伸出他的右手。可是,当我握住的不是一只手,而只是一只软绵绵的袖口时,我的心立即收缩起来,我觉得我失礼了。他是没有右手的啊!为了表达我的热情,我不自觉地又伸出左手。他也抽出左手。当我又一次握住的只是一个空洞的袖口,仍然不是一只手的时候,我简直有些发呆了。我也是从炮火连天的战场走进和平生活的,也看见过不少的残废者,从心里尊敬他们,同情他们。多年的和平生活把我弄得脆弱了。站在刘正文同志面前,心里难过起来。当时,不知是什么原因,我不仅没有放开他的左"手",反而,又伸出我的右手,紧紧地抓住他的胳膊把他摇了一阵。我说了些什么,已经忘记了,只记得他说道:

"欢迎,欢迎。欢迎到我们县里去。咱们一同走,再好不过了。哈哈!再好不过了。"他又对王书记说:"马车已经套好了,我们走啦。"

我收拾了东西,跟在刘正文同志背后,走出门来。

院子里停着一辆马车。这辆马车非常小,一个老汉拿着鞭子站在车旁,一个小鬼正在捆行李。我们走到车旁,刘正文同志不向我介绍老汉,也不向我介绍小鬼,只是用脚踢踢车轮子,说:

"老李,你见过这种东西吗?我们这地方尽是这种小车车,车轮子还没有烧饼大呢!"

我一直在想着他的手。他的手是怎样失掉的呢?他是怎样忍受痛苦的呢?好不好问问他呢?我一直在想。可是,他却说车轮子没有烧饼大,他在开玩笑了。我压抑住沉重的心情,勉强笑笑,没有说什么。小鬼忍不住了:

"谁家的烧饼有这么大?刘书记?"

"县委伙夫的烧饼比这车轮不算小吧!"刘正文同志转向我,继续说,"前些时候,我们县委雇来一个伙夫,给我们烙了一张又厚又大的饼,两个人还没有吃完。"

那个小鬼立即说道:"那是什么伙夫,根本是个大傻瓜。"

刘正文同志和小鬼都笑了,那个赶车的老汉也笑了。

我还在想刘正文同志的手。他是怎样生活呢?怎样工作呢?有困难吗?

看来,刘正文同志是很乐观的,一点儿也不苦恼。

行李已经收拾好了,东西也都安顿妥当,我们都上了车。赶车老汉坐在前面,刘正文同志和我坐在中间,小鬼坐在后面。赶车老汉把鞭子一扬,两匹高头大马(它们和那辆小车多么不相称啊!)走动起来了。

我发现刘正文同志的情绪特别好,又有说又有笑。他是一向如此呢,还是今天特别的好呢?我不得而知。从他的神情看来,那样的自然,那样的真诚,大概是一向如此快乐的。他和我们几个人谈话,谈得非常有趣。从谈话中,我知道了那个小鬼名叫个小铁蛋,赶车老汉不知叫啥名字,刘正文同志叫他三老汉。三老汉说话的时候少,听话的时候多,常常是回过头来,笑笑,哼哼几声。小铁蛋就不同了,他简直像个小话匣子,一路上只说话。我坐在刘正文同志的对面,只是看他的两只手,没有说笑的心情。我想问问刘正文同志的手的事情,可是,刘正文同志不给我说话的时间,只是讲各种各样的问题,笑话讲得特别逗人。我的心情慢慢地转过来,把"手"的事情忘记了。

出城二十里路,就进了山沟。两边山坡上尽是梯田,长满黑绿黑绿的庄稼。还有许多果木树,结满了果子。马车一会儿在河沟里的碎石上走,一会儿在半山坡上的小车道上走。我这才想起,这种小车正适合走这种山坡路,"烧饼车轮"并不显得小了。小车在山坡上走了好一阵儿,忽然走出山沟来,竟是一块小平原。刘正文同志指指路旁的一座狼烟台说道:"这就到了我们县的地界了。老李,你看我们这地方怎么说?"

在山沟里走了半天,看看这块被四山包围的小平原,真真是"山穷水尽疑无路,柳暗花明又一村"了。我连声说道:"好地方。真是好地方。"

刘正文同志接着说道:"这是好地方吧!好地方可是尽出些蠢事。听说解放前,有一个小地主请一个大地主吃饭。吃饭以前先喝茶。桌上扣了两个茶杯。那个大地主两眼瞪着两个茶杯,心里在纳闷,自己对自己说,这两个杯子怎么没有口呢?没有口怎么倒水呢?想了半天,伸手拿起一个杯子,用手摸了摸大叫道:"这个茶杯也没有底儿!"刘正文同志的故事,引得我们哈哈大笑起来。小铁蛋还评论了一番,说,那个大地主是个大傻瓜,这样的大傻瓜,世界上少有,只不过说人如何如何笨罢了。那个赶车老汉笑得前仰后合,几乎从车上跌下来。至于我,我把什么都忘了,刘正文同志的手,他的工作,他的生活,统统忘记了。这是最快乐的一段途程。能和这样快乐的人同路,心里有什么难过的事情,也都会忘掉的。

后半晌到达县委,我想再走一程,明天前晌就到达目的地了。刘正文同志拦住我,指指阴云密布的天空,说:

"就要下雨了,明天早早起身,误不了事情。"他转身对小铁蛋说:"把老李的行李搬下来。"

其实,住在这里,正好有机会了解一下刘正文同志的生活,我也就乐于住在这里了。

晚上,和县委的同志们在一起吃饭。刘正文同志面前放了一个小浅碗,也放了一双筷子。他首先招呼我:

"来来来,老李,不要客气。"

我举起筷子。啊!刘正文同志怎么办呢?我正在发愁,县委副书记老张,已经拿起刘正文面前的筷子,夹了菜放在他的碗里,又在碗里放了一个蒸馍,刘正文同志就用两只小肘把碗夹起,用牙齿代替手。原来是这样吃饭,我想了想,也只能这样吃饭,于是,我也帮助他夹菜。我是有两只灵活的手的人啊!

一个人如果没有手,生活该是多么困难啊!

这次和刘正文同志在一起吃饭,给我的印象仍然和在马车上一样,很自然,很快活,一面吃饭,一面谈话,还讲了几个小故事,引得大家直笑。他是一个很容易接近的人。

吃饭以后,也没有闪电,没有打雷,却下起雨来了,蒙蒙细雨,要连阴的样子。叫我这旅途中的人真发愁。

晚上,我和小铁蛋在一起休息。他在外间,我在里间。我想了解刘正文同志的情况,就把小铁蛋叫到里间来,不等我向他提问题,这个小话匣子倒向我提出一大堆问题,我一面回答他,一面也向他提问题:

"小铁蛋,刘书记的手是怎么掉了的?"

"打日本的时候炸掉的。"

我不等他提问题,接着问他:

"怎样炸掉的?"

"那时候,他在村里当民兵中队长。有一回,半夜里他领上民兵去摸敌人的碉堡,敌人扔出一个手掷弹,正落在他面前,他赶紧拾起手掷弹,想扔回碉堡去,没出手就炸了。在医院住了一年多,才把伤养好,两只手可都没有啦。"他"唉"了一声,说:"没有手真麻烦啦!"

"你跟刘书记几年了?"

"自他来这里当书记,就跟着他,两年多了。"他又说:"他答应我今年去考中学,我正在文化补习班学习呢!"

小铁蛋和我谈了很长时间,开始我没有注意他的动作。后来我发现,他常常爬在玻璃窗上往外看,过一会儿,看一次,过一会儿,看一次。我也跟着看了几次,院里下着蒙蒙细雨,什么东西也没有。他看什么呢? 我问他:

"你老是看什么?"

"刘书记还没有睡,"他指指对面小楼上的窗子说:"灯还亮着呢! 今天黑夜睡不好。"

我问他:"为什么?"

"为什么? 你不知道吗? 受过伤的人,一到刮风下雨天,伤处就发麻、发痒,浑身不得劲,站不是,坐不是。刘书记是重伤,胸脯上还有铁片没有取出来呢!碰上这天气,躺在床上也睡不着。"小铁蛋又长叹一声,说:"今天又是不安宁,明天还要开会呢!"

"今天晚上你还要给他打开水吗?"

"不。热水瓶里有开水。"

"今天夜里你还要去照顾他吗?"

"他不叫我,我就不去了。"

"小铁蛋,不要等他叫,要常去楼上看看。"

"不行。他不喊叫人,谁也不准上去。这时候最见不得人,他听见人上楼去,心里就烦躁。烦躁起来,就要吵人,那就什么事也办不成了,连看书,也看不在心上了。你不要看他白天和人笑嘻嘻的,黑夜惊动了他,他就要发火。"

我明白了,一个失去双手人的心情是不难了解的。

小铁蛋继续和我谈话,并且时常看看窗外。一直到他上眼皮和下眼皮打架的时候,他才慢腾腾地站起来,对我说:

"老李,该休息了。明天你还要赶路哩!"

小铁蛋的话刚落音,从小楼上传来一声清脆的声音,大概是打破玻璃杯了,接着从楼上传来了喊声:

"小铁蛋!"接着又是一声,"来人!"

小铁蛋立即振作起精神,跑出门去。

在这夜深人静的时候,听见这么一声喊叫,真是叫人吃惊。

窗外的细雨还在下着,滴答滴答,实在闷人。

等了好大一阵儿,小铁蛋回来了,我问他是不是打破了玻璃茶杯,他说,是的。我问,楼上只有一只玻璃杯吗?他说,有好几个。我又问,那为什么叫人呢?

小铁蛋说:"他捧着热水瓶倒水的时候,不小心打碎了杯子,也把水笔打掉了。"

我不明白他说的什么,所以我接着问:"什么,碰掉了什么?"

"碰掉了水笔。"

"碰掉了什么水笔？"

"明天要开县委扩大会,刘书记正写东西哩！"

"他写东西,他没有秘书吗？"

"他不叫秘书写,也不叫别人写,他要自己写。只要没有人打搅他,都是自己来。"

"他没有手！怎么能写字呢？"

"我帮助他。"小铁蛋说:"他要写东西的时候,我就把一个缝好的假手绑在他的胳膊上,再把水笔绑在手上,他就能写字了。刚才倒水的时候,就是把水笔碰掉了,这回可给他绑结实了,保险写一夜也掉不下来！"

我想把事情问清楚:"他怎样才能取下水笔呢？"

"用牙咬,吃劲一咬就下来啦。"

我看小铁蛋的瞌睡虫又来了,我们又说了三言五语,就各自休息了。

我躺在床上,仍然能够看见对面小楼上的明亮的窗子,好久好久睡不着。慢慢地终于睡着了。在梦里我看见了刘正文同志。他正坐在一盏煤油灯下吃力地看文件写报告。天气折磨他,浑身发麻,发痛,老是想离开椅子。果然,他离开椅子了。走到洗脸盆前,把头伸到冷水里,浸了一下,用袖子抹抹脸,又坐到椅子上,用舌头翻过一页稿纸,继续看文件写报告。明天的会议等着他呢！忽然,大叫一声,从椅子上倒下来,晕倒了。我从梦里醒来,心里还在跳,看看对面小楼的窗子,依然明亮。窗外的细雨还在下着,滴答滴答,实在闷人。

早晨,雨停了。一阵晨风吹过,天晴了。

小铁蛋给我送水的时候,我问他,刘书记起来没有,他说,没有。过了一会儿,他给我送饭来了。他说,为了赶路,叫我早吃饭,马车也预备好了。刚放下饭碗,三老汉的马车已经赶到院里,小铁蛋帮助把东西放到车上,我又向小楼上看,问小铁蛋:

"我想上楼上去看看刘书记,行不行?"

小铁蛋说:"他不在楼上。他到后院休息去了。"

"他的家就在这里吗?"

"他老婆在这里,照顾他比咱方便呀!只在办公的时候,才叫我去照顾他。"小话匣子说着笑起来了,接着恳切地说:"老李,你回来再到我们这里吧!刘书记可有意思呢!"

我说:"这一回还要到其他地方去,不从原路回去。将来再来吧!"

"我还想跟你到太原去玩两天哩!这可没希望了。"

我们正在谈话,县委的几位同志来了,我对副书记说:"刘书记还没有起来,我不去打扰他了,请代我对他说,谢谢他。"

三老汉扬起鞭子,小马车走出大门。大家一直把我送到门口,我正要上车时,刘正文同志赶来了。一直走到我面前,说:

"也不告诉一声就走吗?哎呀呀,还给我们留点买路钱吗?"他的胳肢窝下夹着一个活页笔记本。他说:"我走到房里一看,人走了,枕头旁还放着一个笔记本,这大概是老李的。"

果然,是我的笔记本,我取过来,装进帆布包里。

"好忘性,"刘正文同志又讲故事了:"前年,我们县里出了一个迷糊糊,是个年轻后生,五区王家沟人。这个年轻后生正和一个姑娘搞恋爱。有一次,这个后生到城里来给他爱人买东西,他们要结婚了。一路走,一路想着他的爱人,走到半路,累了,就坐在一块大石头上休息。还是在想他的爱人。想了一会儿,起身又走,走啊!走啊!抬头一看,又回到王家沟来了。你说这后生算不算迷糊糊?"

大家都笑了,可是刘正文同志还是一本正经地讲下去:"这后生空手回到村里,他爱人说他是糊涂蛋,结婚的事也吹了。你看忘性大的人危险不危险!"

小铁蛋补充道:"后来,那后生作了检讨,两人还是结婚了。"

刘正文同志的故事太有意思了。他是不是看出了我在想什么问题呢？我是不是也有点迷糊糊的味道呢！可是，刘正文同志的手，我怎么也忘不了。

三老汉不耐烦了，说天不早啦，该动身啦。于是，我紧紧地握住刘正文同志的胳膊，说道："再见。说不定走到半路还要返回来的。"

"那就太好了。"

马车走动了，我们起身了。

自那以后，二年多没有见到刘正文同志，他留给我的印象是坚强，坚强，更坚强。这个印象深深地印在我的心里，永远不会忘记。

好人田木瓜

在我们田家沟村口,五道庙背后高圪台上,住着一户人家。这家人家姓田,当家的名叫木瓜。田木瓜在村里算个不肥又不瘦的中流流户。老人们给他留下的这份家业,发是没有发了,塌也没有塌了。十来年前"兵农合一"的时候,栽过一个大跟头,这些年来,终于站稳了脚步,还是老牛破车,二十亩黄土地。后来瞅准了农业生产合作社,带着他的老牛破车,二十亩土地参加到社里来了。农业社分配他在第一生产队当饲养员。因为牲口不多,有时白天也要上地劳动。他要求农业社拨给他一块地,或一亩,或二亩,由他一人去那里劳动,农业社答应了他的要求。他经营的那二亩地庄稼好极了,牲口喂得也很好,大家称赞他,他也很高兴。

年轻时候,人们叫他田木瓜,如今上了年岁,胡子也花白了,见了面,人们叫他木瓜大叔。木瓜大叔长一副南瓜脸,满面皱纹,短粗身材,腰间经常结一条粗布腰带。头上裹一块毛巾。这几年,粗布腰带换了一条皮带,裹头的毛巾换成一顶干部帽了。这顶干部帽是一个下乡的干部给他的,有时戴在头上,有时掖在腰间,天热了,还要当扇子使唤,年长日久,也不洗涮,帽檐和帽圈渗透了脑油,还粘了些黄土。说这不大卫生,也许不错吧,可是,这顶破油腻帽和那满脸的皱纹,花白的圈脸胡子,一双长眉毛下的衰老的眼睛,整个配搭起来,越发显出一副好人相,越看越像是木瓜大叔了。

五十年来,木瓜大叔在村里造就了个好名声。除了他老伴木瓜大婶,有时候为了几把陈糜子、烂谷子和村里人争吵以外,他个人是绝对不和人争吵的。招惹是非的事情,自然没有做过,就是明明吃亏,本应分辩几句,话到嘴边转三转,又咽回肚里,想一想,唉,让人一步自己宽嘛!至于别人的事情,公家的事情,一概躲得远远的,他是只管三尺门里,不管三尺门外的人呀!村里的人,大大小小,提起他的名字,总是这样说:

"说起好人田木瓜呀,'哎呀呀'真算是个好人田木瓜。"

"你们是说木瓜大叔吧,老好好!"

木瓜大叔胆小怕事。他老是害怕得罪了什么人,害怕吃了别人的亏。无论做事,无论说话,总是谨谨慎慎,树叶落下来也怕压死他。比如参加农业社吧,既不在前,也不靠后,而是走在中流流。他当饲养员,快二年了,有的社员拼命使唤牲口,他也不敢提意见,只是悄悄地给牲口多加点草料。有时候,开起会来,他也想说几句,可是老怕说错,不敢说。生产队长张来顺看见他那想说又不敢说的样子,就点他的名,启发他说话:

"木瓜大叔,有意见就发表吧!"

到了这地步,木瓜大叔不说也不行了。于是,就叽叽哝哝说这么几句。可是,谁也听不清他说了些什么。生产队长又催道:

"木瓜大叔,高声些,把话说清楚,大家没有听明白是啥意见。"

木瓜大叔清清嗓子,把话说清楚了。他说:

"我说,我那意见也不成个意见,大家没有听明白,就算我没有意见吧!"

木瓜大叔常常发表这样的"意见",引得大家哈哈大笑,他自己呢,也跟上大家一齐笑。

木瓜大叔就是这样一个好人。

这样一个好人,在今年的秋后,因为一件坏人偷盗的事情,竟然吓得病在炕上,几乎送了这条老命。

事情发生在半夜里,他给牲口添草料的时候。

木瓜大叔经营的牛圈,在他隔壁的一个院子里。这原是地主的一处院子,现在当了农业社的仓库和牛圈了。三间南房,两间当了牛圈,一间是大门。三间正房,两间当了仓库,存放着农业社的粮食。另外一小间,粮食保管员周保田住在那里。周保田是个婆婆妈妈的后生,是个高小毕业的学生,是个共青团员。这后生做起事来,慢慢腾腾,可是有条有理,从来不误事。要是开一次库房门,好半天解不下裤腰带上的钥匙。锁门以后,总要再糊一次封条,封条上密密麻麻打满了他的图章。腰里别个弹弓,见了麻雀就打。白天上地劳动,黑夜就在这间小正房里看报,锯胡胡。共青团员们也常来这里开会。木瓜大叔也常来这里。他常叫保田给他念报,听完也不发表意见。有一天,保田念完报以后,对木瓜大叔说,过几天,他就要娶媳妇了。他要求木瓜大叔帮助他照料几天仓库,娶了媳妇,他仍旧搬回来。木瓜大叔想了想,这些时候,村里没有发生过偷盗的事情。再说,这是大伙儿的粮食,谁敢动一指头,只要小心在意,照料几天是可以的。于是,对保田说道:

"保田,娶媳妇吗?好事情,我代你照料几天就是了。"

保田要求木瓜大叔搬过来,住到这间小房里,木瓜大叔说,他加意照料就是了,不必搬过来。第二天,保田就搬回家去了。木瓜大叔说话算话,每天黑夜起来喂牲口的时候,先到库房门前了哨一下,添了草料,再去了哨一下,然后才去睡觉。他常想,这太平年头,哪里会有人偷东西,有几个坏人,也不敢动弹。想是这么想,他还是小心谨慎地每天夜里去照料一下仓库,这几天,他正担着干系哩!这天夜里——正是保田娶媳妇的这天夜里,他照常去给牲口添草料。刚走进那个两个院子间打通的小角门,从正房那边迎面走过来一个人,扛了一口袋粮食,前边一个扛口袋的人,已经走到大门口,一转眼,走出大门去了。木瓜大叔看着迎面走过来的这个扛口袋的人,可真把他吓坏了,他连一点办法也没有。他想跑回家去,两腿直发抖,走也走不动了。那个扛口袋的人,两腿硬邦邦地走过来,一直走到木瓜大叔的面前,打了个对照,才发现有人,一时

惊慌起来,抬头一看,原来是好人田木瓜,这才放了心。他把肩上的口袋放在地上,急急地问道:

"田木瓜,你要怎么样?"

木瓜大叔看见站在面前的不是别人,正是农业社的会计王三宝。这个王三宝,滑头滑脑是他的头一宝。论成分,是摘了帽的地主,查历史,在日本手下当过伪军,阎锡山时候,参加过"兵农合一"的三人小组。四十来岁,又黑又瘦,活像一个赖毛猴。可是,能写能算,还会转变。村里人,写写算算的人不多,他就成了农业社的会计了。社员们的血汗都由他的手指头在算盘上拨拉。说声变,一时变成要紧人物头了。木瓜大叔半夜三更站在这人面前,吓得连话也不会说了。

"田木瓜,木瓜大叔,你看怎么办吧!"从王三宝的声音里也可以听出来,他也有些害怕。

木瓜大叔战战兢兢地说:"我求求你,不要拿公家的粮食。"

"你去报告吧,我等着你。"

"我不报告。"

"这粮食是你的吗?"

"是农业社的,大伙儿的。"

"这几口袋粮食里,有你多少?"

"没有几颗。"

"好,"王三宝从裤兜里揣摸了一阵,掏出一叠工票出来,塞到木瓜大叔的怀里,笑了笑,说道:"过几天,找我算账,我给你收到账上。"

王三宝说罢,扛起口袋走了。

当木瓜大叔忽然想起怀里还有一叠工票的时候,越发害怕起来。从头到脚出了一身冷汗。他想把工票退给王三宝,可是,王三宝早已走了。这该怎么办?他也不去喂牲口,跌跌撞撞走回家去了。木瓜大婶看见他那魂不附体的样子,立即跳下炕来,拉住木瓜大叔说：

"老东西,怎么了,被牲口踢着了吗？"

木瓜大叔摇摇手。他坐在炕沿上缓了缓气,定了定神,"哎呀"一声,说道："倒了楣了。"

木瓜大婶催道："快说,什么事？"

"有鬼。我碰上鬼了。"

木瓜大婶不听说有鬼还罢了,一听说有鬼,生气地把木瓜大叔的手一甩,说：

"我把你个老东西,白活五十几,越活越昏,活的看见鬼了,连句正经话也不会说了。快上炕睡吧,老了,老了。还出洋相呢！"

"真的有鬼,我看见一个鬼,扛了一口袋粮食。"木瓜大叔上气不接下气地说,"可真把我吓死了。"

木瓜大婶一口一个老东西,绝对不相信什么鬼扛什么口袋。可是,她看见木瓜大叔那副惊慌样子,满头的冷汗,两手哆哆嗦嗦,这不是闹着玩,想必真的出了什么事情了。她骂了一阵之后,就凑到木瓜大叔身旁,问道：

"真的出了什么事吗？"

"我在库房院里,看见有人偷农业社的粮食。"木瓜大叔悄悄地说,声音仍然有些发抖,"我看见了王会计偷粮食。还有一个人,我没有看清。唉,不迟不早,偏叫我碰上,这该多败兴,我迟去一步,也就没有事了。"他摸摸怀里的工票,吞吞吐吐地说,"他还给了我……给了一包……唉！真不走运。"

"把话说清楚呀,舌头不在你嘴里了？"

木瓜大叔从怀里掏出工票,说："他给了我工票。快给咱烧了吧！"

木瓜大婶一把抢过工票,愤愤地说："人家成口袋往家扛粮食都不怕,几张工票算什么！你这种好人呀,天生的贱骨头,那么多粮食,丢几口袋谁能查出来？"

"不行,我不要这工票,快给我烧了。"
"你还要报告人家去吗!人家给你工票为了什么?"
"我不去报告,我也不要这工票,我只要落个一清二白。"
"你收了人家的工票,还要落一清二白,你是不是昏了。报告不报告由你,这工票我收下了。"
"快拿过来,我要烧掉这祸根子。"
木瓜大婶理也不理他,吹熄灯,上炕去了。
木瓜大叔躺在炕上,两眼瞅着黑洞洞的房顶,越想越害怕,越怕越要想:"千万不要被人查出来,几布袋粮食分到各户名下,也不过一升半钵的,算不了什么。要是查出来,王三宝一口咬定我收了他的工票,合伙偷粮食,那可害死人了。一辈子没有打过官司,这可要到司法科走一趟了,跳到黄河也洗不清啦。他们偷粮食,罪有应得,我田木瓜为了什么,稀罕这几张工票吗?唉!羊羔拴在狼尾巴上,吃不了,也拖死了。"
像木瓜大叔这样的好好,谁也不会怀疑他会偷东西,不要说几口袋粮食,就是几颗黑豆,他也没有胆量去偷,这是不必担心的。木瓜大叔担心的是,他收下了贼人的工票。这要在别人,很好办,报告一声,交出工票就是了。可是,这是好人田木瓜呀!
头一天,谁也没有发现农业社丢了粮食,木瓜大叔提心吊胆过了一天。又过了一天,木瓜大叔老觉得头晕,快要支不住了,木瓜大婶叫他去找生产队长张来顺请病假,他走进张来顺家的大门,听见张来顺房里有人正在说话。
"你是什么共青团员啊!"木瓜大叔听见这是张来顺的声音,"你知道不知道这是公共财物?啊!一下丢了四口袋,五六百斤,找不到偷谷贼,叫你包赔,扣你的工分,扣你的口粮!在团内还要受处分。"
"我这几天……家里有事情。"木瓜大叔听见这是保管员周保田的声音。

"娶媳妇比看仓库还重要吗?"张来顺越说越生气了,"娶媳妇也该把仓库交代给可靠的人呀!"

"我托木瓜大叔照料的。"

"木瓜大叔,木瓜大叔,"张来顺越发上了火了,"木瓜大叔是个什么人,老好好,整个仓库叫人家搬走,他也不会关心。我早就安顿你,要找个可靠的人,你偏偏找了个泥菩萨,那是个办事的人吗?那是个泥墩墩。我不管木瓜大叔,我现在找你负责,限你三天,把粮食找回来,把小偷抓住。"

木瓜大叔听不下去了,他想走开。正要走时,周保田哭着走出门来。他还穿着新女婿的衣服呢!木瓜大叔躲闪不开,也没有和保田打招呼,就走进张来顺家去了。

"来顺子,我要请个病假。"

"怎么了?木瓜大叔!"

"人老了,半夜起来喂牲口,受了凉,请上一两天假,发发汗。"

"好吧,木瓜大叔,你坐下,"张来顺看见木瓜大叔的神色不对,手也有些发抖,就起了疑心。他让他坐在炕沿上,准备好好给他谈谈。"大叔,仓库丢了粮食。"

"我听说了。"

"你半夜起来喂牲口,没有看见人吧!"

木瓜大叔的脸色立时变了颜色,急急地说:"没有。""也没有听见什么响声?"

"我听见有脚步声。"

"没有起来看看?"

"我起来看了看,什么也没有。"

张来顺本来是急性子,可是,他知道木瓜大叔的脾气,所以他压住火气继续和他谈下去。

"木瓜大叔,咱们估计估计,这粮食是谁偷的。"

"孩子,人心隔肚皮,不好猜呀!"

"木瓜大叔,我相信你,可是这丢粮食的事,和你也有点关系呢!"

木瓜大叔马上分辩道:"这是哪里话,孩子,我一辈子为人,谁不知道,怎么和我有了关系?前天黑夜,我只是看见,看见,什么也没有看见呀!"

"大叔,保田娶媳妇,托你照料仓库,你没有负到责任。现在应该帮忙追查偷谷贼。"

"这个,咱自然帮助。"

"木瓜大叔,你好好想想,前天黑夜,你看见什么了?"

木瓜大叔结结巴巴地说:"我好像……看见一个人……一个人扛了口袋。"

"谁扛口袋?"

"没有看清楚。"木瓜大叔的头上,又出了冷汗了。

"真的没有看清楚。"

"好吧,木瓜大叔,你回去好好想想,无论如何要把小偷查出来,这是咱们大伙儿的粮食,这可不得了呀!"

木瓜大叔从张来顺家走出来,一直走回家里。老伴不在家。抽了几袋烟,坐不住,就向仓库院走过来,周保田正在察看仓库的门窗。昨天是多快快乐乐呀,现在皱着眉头,真是发愁死了,他把门窗仔细看了一遍,就坐在门前的石头上想心事,越想越难过,不知不觉眼泪就流下来了。木瓜大叔走到他身边,他也没有打招呼。木瓜大叔也没有说话,就和保田坐在一块石头上。两个人,一个老汉,一个年轻后生,整整坐了一顿饭工夫,谁也没有说过一句话。最后,木瓜大叔长出了一口气,站起身来,准备回家去,大门"咕咚"一响,走进一个老汉来,这是保田爹。保田老汉紧走几步,来到木瓜大叔面前,不问情由,冲着木瓜大叔就吵吵起来。

"啊!啊!俺儿娶媳妇,也算一辈子的大事吧,托你木瓜老汉帮忙代管两天仓库,你就睡了大觉,给俺儿出了祸。早两天也好,迟两天也好，偏偏瞅准俺儿娶媳妇的时候出祸事，你安的是什么心，你是给俺帮忙，还是给俺出祸？这责任该谁担？该你担？该我儿担？俺儿托你帮忙，是相信你的啊！这五六百斤粮食扣下来，叫我们吃什么？这以后，俺还敢托你办事吗？这小偷查考出来还好说，要是查考不出来，这不是害了俺儿了。扣粮食不用说，他是在组织的，青年团开除了，这是一辈子的事啊！木瓜老汉，咱们都是上了年纪的人了，做事也得凭点信用吧！不能把俺儿推到火坑就算拉倒吧！他年轻轻的，刚娶过媳妇，查考不出小偷，把他逼得有个三长两短，你不是要俺这条老命吗？亏你还有个好名声哩！好人！好人！好坏人！"保田家爹吵了木瓜大叔，又吵保田："我把你个没出息的狗崽子，回去我要你的好看，你长眼了没有？你怎么不找个好人帮忙，啊！啊！你自作自受。给公家办事，能这样吗？"

保田家爹是个火爆性子，村里人谁都知道他好护短。现在一气说了一大串，把责任一古脑儿都推到木瓜大叔身上，连保田听了，也觉得这话不好听，可是，他越说越上劲。木瓜大叔挺着头皮受气，连一句话也不说，那滋味也够这好人受的了。保田看他爹吵个不完，紧拉慢拉，把他爹拉走了。一直走出大门外，木瓜大叔还听见保田老汉大叫：

"不敢负责任，就不要答应俺儿。俺儿娶媳妇……不该给俺添祸……"

木瓜老汉受了这么一肚子气，想了想，确实也怨自己，当初不该答应代管仓库，天塌下来，也与他无关。如今是，大祸落到头上了。啊！啊！是呀，既然代别人办事，怎么能办成这样呢！想到这里，他的老泪流下来了。

他回到家里。木瓜大婶还没有回来，他觉得浑身发冷，看来这条老命是不行了。他爬上炕去，搬开他老伴的被子，针线包子，梳头盒子，拾翻起来。

"你老东西干什么？"木瓜大婶一步走进门来。

木瓜大叔不说话,继续拾翻东西。

木瓜大婶三步两步走到桌前,拉开抽斗,拿出那叠工票,装进口袋里去了。

木瓜老汉叫道:"拿过来!"

"又要烧了吗?"

"我要交出去!"

"你报告了吗?"

"我要报告。"

木瓜大婶说:"你先慢点报告。刚才我到王三宝家去了。王三宝一眼就看出我是干什么去的,他叫你赶快把工票送到会计上去,好收在咱的账上。他说,过三两天,就要分粮食了。"

"怎么,你对人家说了吗?"

"我没有说。他对我说了。他说这事情是和你串通好的。如果你报告了,他就倒咬你一口——你收了他的工票。你要不报告,以后还要照顾咱。我对他说,你不要吓唬人,我老汉是个好人,不会报告的。他说,谁报告,他就咬谁。"

这真像一瓢冷水,从木瓜大叔头上浇来。他的身体是支持不住了,可是,他的主意拿定了。他有气无力地说:

"我知道他要来这一手的,这两天我老害怕,现在我不怕了。"停了停,又说:"听我的,要报告,要交出去。要不然,小保田就毁了。"

"吃到嘴边的东西,我不交出去。"

"你听我说,"木瓜老汉说:"咱不稀罕那几颗粮食。咱多收几十斤,大伙可要丢几百斤哩!这有罪啊!"

"我死也不交出去。"

"好吧,我要报告。你到会计上收了账,我也要报告。"

木瓜大婶听老汉的口气,一定要报告,也就不敢说什么了。她把工票照着炕头上扔去,没好气地说:"由你吧!我不管了。你跟上人家打官司去吧!"

木瓜大叔爬到炕头上,拿过工票,对他老伴说:"去叫来顺来。我走不动了,你去叫他来,就说我有话对他说。"

"我不去。"木瓜大婶看着木瓜大叔那个落魄样子,心里软了,嘴里虽然说不去,两腿已经迈出门口去了。

过了一阵,木瓜大婶引着张来顺来了。张来顺看见木瓜大叔坐在炕头,两手支着身子,看样子就要倒下去,他紧走两步,扶着木瓜大叔,问道:

"大叔,你病的厉害了?"

"来顺,你听我说,偷粮食的,是咱们社里的人,是王会计,王三宝。我亲眼看见的,还有一个,没看清。他掖给我一叠工票,在这里,拿去。把王三宝逮住。我是不行了。"

豆大的汗珠从木瓜大叔头上滴下来。他晕倒了。

这是一个多月以前的事,现在木瓜大叔的病完全好了。他仍旧当饲养员。人们说起木瓜大叔,还是这样说:

"说起好人田木瓜呀,哎呀呀,真算是个好人田木瓜。"

至于偷谷贼,该怎么办的,就怎么办了。

老 长 工

一

我这次从太原到县里来开会,想到农村住几天,所以,在县委开完会以后,我就提出了下乡的要求。县委书记问我到什么村去,我说我不了解本地情况,随便哪个村都可以。县委书记说:现在各村的情况都差不多,要去就去杨家湾红光农业生产合作社吧,那里有个驻社干部,名叫王正民,了解情况方便一些。听说那里有个驻社干部,我很高兴,吃罢早饭,拿上介绍信就出发了。

出城以后,沿湫水河一直向南走。这正是耕牛遍地走的春三月,冰消河开,河两岸的柳树杨树已经吐了嫩芽,小花小草也露头了。河里的消冰水,泛着白色的、黄色的泡沫,夹着柴草和羊牛粪,打着漩涡向前滚,向前冲。差不多每过一村,就有一道用石块和树枝垒起的水坝,拦住了河水的去路,滚滚的河水,在水坝前左冲右闯,激起一阵阵雪白的浪花,一股小小的激流就在水坝前离开了湫水河,顺着刚刚修理过的水渠流到岸上,流到地里去了。河两岸,山坡上,人来人往。有送粪的、耕地的、修地堰的,又说又笑又唱,还有柴油机抽水的声音,搅在一起,真热闹。看看这春耕中的山村景象,看看这热火朝天的和平建设景象,走起路来,格外有精神,四十里路,也没有休息,一气儿来到杨家湾。

这时候,村里的人们已经吃过午饭了。一个不大点的小女孩,领我来到王正民同志的房子里。房子里两个人,一个年轻人,三十来岁,穿干部服,戴干部帽,瘦瘦的身材,瘦瘦的脸,两条长腿,他站在桌子前面,弯着腰正在收拾东西。我想,这人大概就是王正民同志了。房里还有一个人,是个胖墩墩的老汉,五十来岁,虽是满脸圪皱,腰板可是挺结实,穿着棉袄棉裤,头上戴一顶干部帽,稀稀地几根花白胡子。这老汉坐在炕沿上,身旁放一张铁锹,我走进门来的时候,他只把眼皮翻翻,看看我,又低下头抽烟。我还听见他长出了一口气,"唉"了这么一声。

我把介绍信交给王正民同志,并把我的来意告诉他。王正民看了介绍信,叫我休息一下,等一会儿去派饭。他继续收拾桌上的文件。停了一会儿,他对那老汉说:

"你知道不知道,你犯了错误!你是老共产党员,还是生产队长,大小也算是个干部了,可是出口骂人,动手打人,这还了得!共产党员如果都像你这样,那不是要脱离群众吗!你这老党员起的是什么带头作用?要检讨!要受处分。"

"我打人,这还是头一次!"

"怎么!一次还不行?还要三番五次打人吗?"

"老生姜要好好劳动,不给我捣蛋,我连一指头也不动他。我打的是个坏人。"

"有点小毛病就要打吗?"王正民越说越有气了,"单干农民入了社,集体干活,一时还不习惯,难免有些小毛病,这要进行思想教育,进行政治工作嘛。你倒是干脆,动不动就来武的,这不是强迫命令是什么?不不不!这不能算强迫命令,这是违法乱纪,这是犯了国家的法律了。你知道不知道?犯了错误,不好好检讨,还要强辩,你这态度就成问题。"

"王工作员,"那老汉也有些激动了,他说:"我打了人,犯了错误,我承认。党叫我检讨,我检讨,党给我什么处分我都接受。老生姜可也要受处分。他要是在我面前,还是骂新社会,破坏农业社,故意给我说些风凉话,我还要整治他。我拼上不当生产队长,我也要整治他。"

"啊！你这样对待自己的错误吗？"王正民简直要跳起来了，他大喊大叫起来，"对待一个普通中农社员，不进行说服教育，却用拳头解决问题，还不认错，这不是错上加错吗？老李，"他转身对我说："一个共产党员，明知故犯，下定决心要犯错误，你还是少见吧！他是个党员干部。要处理，要加重处理。"说到这里，王正民同志已经把文件收拾停当，背起皮包，然后对我说，他和支部书记要到基点工作组讨论郭在先老汉犯错误问题，三里路，很快就回来。有什么事情，等他回来再研究。他走到门口，扭转身对那老汉说：

"郭在先伯伯，老李还没有吃饭。给老李派饭去。"

王正民走了。郭在先老汉下炕来，拿起铁锹，对我说：

"已经过了午时，人们都上地去了。走吧，到我家去吃饭吧！"

我跟上郭在先老汉走到他的家里。这是一座挺漂亮、挺干净、挺整齐的小院子。郭在先老汉把我让到炕上，就去打发人做饭。我看看这房子，这房子在杨家湾大概是数一数二的。墙上贴了一些年画，还有一面大镜框，装了一张"劳动模范"奖状。不一会儿，郭在先老汉端着饭走进门来，他把饭放在炕桌上，说：

"老李，这还是中午做的饭，吃吧！"

我端起饭碗。我想了解一下刚才的事情，我问他到底犯了什么错误，他说：

"老李，你吃饭，听我给你说。"

二

老李，我这人是个没有出息的人，天生的没有出息。多半辈子作务庄稼，土里生，土里长，没见过大世面，没办过大事业。我七岁上给地主放羊，到十七岁那年我就当了长工。土地改革的时候参加了党，你看有多快，说话间，已经十年了。说咱是个党员，实在也没有起大作用。拙口笨舌，也办不了个工作，所以，一直没有担任工作。成立高级合作社以后,我当了个技术员,这还能凑敷办点事。去年冬天,整社的时候,忽然间,社员们要选我当生产队长,这可把我难住了。要是叫我种地,不论是锄薅耕种,样样都行。当生产队长,领导几十号人干活,那可不简单,那可干不了,可是,社员们一定要选我。支部书记杨东山也找我谈话,打通我的思想,叫我锻炼锻炼。咱也想,大家选咱,是叫咱为大家办事情嘛,我这么一想,也就答应了。我想,只要咱走的正,站的稳,有事情多和支部研究,多和群众商量,那还怕什么呢?当就当吧!我对大家说,选我当队长,大家可要帮衬着些,红花还要绿叶扶,大家拾柴火焰高嘛。我说,以前务庄稼,是一家一户的干,如今是集体,全社就是一家人了。大家齐心些,不要耍私心,不要给咱第一队出漏子,出了漏子,我这当队长的不好看,大家也不光彩。

　　唉!不久就出了事情,有个名叫老生姜的人归到我们第一队里来了。这坏种在社外干了几年,忽然要入社。入社不能算坏事情。社里就批准了。一进社就编到我们队里。我不想要他。编过来编过去,终于编到我们第一队。大家都不要,能扔到茅坑里去吗?老李,你是不知道,我给他当了二十年长工,把他摸得透透的了。他什么坏心眼儿都有,什么坏事都做。我吃过他的拳头,挨过他的扁担。吃的是猪狗食,受的是牛马苦。白天劳动一天,半夜三更还要我给他家推磨。拼死拼活干一年,腊月里还扣我的工钱。土地改革的时候,农会决定要我和老生姜换房子。我自然高兴,就搬进这黑油漆大门、青砖到顶的瓦房里。你看,老李,这房子不错吧,原初是老生姜的房子呢!老生姜无可奈何,只好搬进我那破窑洞去住。那里连个院墙也没有。这可把老生姜气死了。可是,那人心毒,仇恨记在心里,脸面上还是笑嘻嘻,说些风凉话。他常在我面前说:"你那间破土窑真好啊!冬暖夏凉。以前,我住在好房好院的时候,总是睡不着,自从搬进你那破窑洞,一觉睡到大天亮。你说,这不是命里注定要住破窑洞吗?"我看都不想看他一眼!偏偏把他编到我们第一队里,真没有办法。我把他叫过来,对他说:"姜成金,"他的名字叫姜成金,外号叫老生姜。我说:"姜成金,把你编到我们第一队里来了。"

他龇龇牙,说:"好哇!咱又成了一家人了。如今,你是掌柜的,我听你的吩咐吧!"

我对他说:"姜成金,虽说给你摘了地主帽子,名分上算是个中农了,你的名声可不好。以后,可要操心些。"姜成金生就的一副好嘴,说的蛮好。他把农业社说了一大堆优越性。这些优越性里有这么一条:他参加农业社以后,赶集上店,地里的活也误不下啦!哈!这算是什么优越性呢?他说话的时候,还把脸笑笑。老李,你没有见过他那副笑脸,你要是见了,真要把你恶心死了。他不笑还好看些,一笑起来,眼睛、鼻子、嘴巴,一伙圪挤在一起,就像我这老皮拳一般,真叫人受不住。我对他说:"姜成金,你要睁开眼看看这世道,这可不是土地改革以前的世道了。以后要好好干活,成天价给我嬉皮笑脸可不行,你那股子赖皮劲,可要好好改造哩!"

他又笑笑,说:"是,是,掌柜的。"

土地改革以前,我是喊他掌柜的,不喊他掌柜的不行嘛!如今,他喊我掌柜的,真叫人生气。我问他:谁是他的掌柜的?他还强辩哩,他说:

"你是我们的掌柜的。你叫我们给你干活,你就是我们的掌柜的。以前,你给我干活的时候,不是也叫我掌柜的吗?"

啊!他把我当地主,故意气我来了。我说:"以前,你是地主,我给你当长工,自然叫你掌柜的;如今,我不是地主,我是生产队长,你不是长工,你是社员。你弄明白,你不是给我干活。以后,不准叫我掌柜的!"

"是,是。掌柜的——队长!"

又是那股赖皮劲,真叫你没有办法。

有一天,我分配他送粪,他站在村口,直挺挺地给我吵。说他没扁担,不能担粪。我给他找来一条扁担。他还是不去,说他没有箩头,不能担粪。我看出来了,他是诚心给我捣蛋哩!这要是在我给他当长工的时候,给他捣蛋,扁担早就打到头上来了。我想,我是个领导人,不要和他一般见识,忍着一肚子气,又给他找来一对箩头。他还是不去担粪。停了好大一阵儿,猛的问我一声:"给几分?"我憋住气给他说,大家讨论好了的,该给几分给几分。他把扁担往地上一扔,说:"我嫌工分太少。我不干这臭烘烘的营生,分配我干别的营生吧!"当时,老实肯干的社员都干活去了,剩下几个奸顽圪蛋,眼前摆着扁担箩头,不去送粪,围着我看热闹哩!我想,今天要是整不住老生姜,那几个人也要给我闹,以后的活儿就不好干了。我对老生姜说:"姜成金,你要老实些,"我把声音放大一些,叫旁边那几个人也能听见,我说,"姜成金,你不担粪也可以。别的活儿可不能分给你。这问题在咱队里解决不了,咱到社里解决。咱开大会,叫大家评评理。"我接着说:"姜成金,你好好坐在这里,我去找副主任杨东山。叫他来解决解决。"杨东山是支部书记,也是社里的副主任,姜成金最怕这后生。他听说我要去找杨东山,就毛了。赶紧站起来,拍拍屁股,把那老脸又笑笑,说:"是,是。掌柜的叫咱干啥咱就干啥。"他担起箩头,走到我面前说:"掌柜的,还有吩咐的没有?没有吩咐的,咱可就担粪去了。"老生姜一走,那几个人也跟上走了。

老李,我们在一个队里,成天打交道,像这样的事情,说不完啊!

有一天,支部书记杨东山找我谈话。杨东山是转业军人。等一会儿,他就回来,我领你去找他。在参军以前,这后生满有火气,不管是地主儿子、富农小子,动不动就抡皮拳。在解放军干了几年,当了班长,变成大姑娘脾气了。这后生挺用脑筋,思谋的好,计划的好。咱想不到的,他想到了。咱做不到的,他做到了。有一天他来到我家,问我,第一生产队出了问题,知道不知道。我想不出有什么问题。我说,除了姜成金捣蛋,没有问题。杨东山听了,说:"你是当队长的,又是党员,成天价只管扁担箩头,箩头扁担,出了大的问题也不管——有人串通要改选队长,说你不民主,要撵你下台,老生姜想当队长,你还睡大觉呢。"我这人糊涂是糊涂,支部书记这么一说,也就把我提醒了。我应该挨批评。我太大意了。

老李,你是不知道,我们队里虽说只有这么一个地主,富农和二流子可还有几个。他们跟上老生姜成天价叽叽咕咕,大概就是这个事。我马上去调查,果然不错。撤掉我这队长,我要谢谢老天。老生姜要当队长,那可万万不能。杨东山是个好后生啊!他告诉我的时候,甚么工作都安排好了。不等他们闹事,社里就开了会,把老生姜斗争了一顿,当队长连一点门路也没有了。自那以后,我拧得他挺紧。我要叫他明白过来,我是个老长工,可不是以前的老长工了,我现在是新社会的生产队长,是新社会的老长工。我们给他订了个公约,不好好劳动,扣工分。犯了错误,开会批评批评,还要上黑板报。老生姜没有笑脸了,言语少了,谁知道只规矩了几天,又大闹起来了。

我打他就是今天上午的事情。老李,自开春以来,我们忙得要命。水利委员会分配给我们的河水不够用。要打井。二十眼井,一冬只打好十五眼,还有五眼井要在开春打完。地里又要精耕细作,人手不够啊!社员们白天黑夜干,越干越有精神。可是,老生姜受不住了。他偏挑了这个忙时候捣乱。今天上午,我分配他过河到南山耕地。山是有山,那三亩半地可是平展展像块案板,加油干,一天也就耕完了。前半晌,我正在河里垒水坝,一个后生跑来对我说,老生姜把地耕坏了。我赶紧过河去,到地里一看,地已经快耕完了。没有人。仔细看看,牛在地头上卧着,犁在地头上插着。我扒开犁沟看,天老爷,隔一犁耕一犁不用说,只划破了地皮。俗话说:不怕犁犁远,只怕犁犁浅。像这样的耕法,比拖拉机还要快哩。看着这营生,真叫人难受。猛然间,我听见那里有人打鼾声。啊呀,老生姜在地头上睡大觉哩!四个"蹄蹄"都摊开,一只手还握着牛鞭。太阳红红的,照在山坡坡上,晒得那蹄蹄爪爪软软的,痒痒的,这一觉是睡好了。

这一回,我可要好好教训教训他。我走到他身旁,鼾声越打越响,大蚂蚁在脸上爬来爬去,他也不觉得。我夺过牛鞭,踢踢他的腿。"起来!起来!"我这么一吆喝,老生姜醒来了。他揉揉眼,看见我站在面前,一骨碌起来。叽叽咕咕说:"这几天劳累坏了,坐下来就睡着啦。"他也不给我说个长,道个短,从我手里夺过牛鞭,耕地去了。他倒轻松!我叫他停止耕地,我喊了两声,他假装没有听见,还是一股劲儿耕地。我紧跑几步,上前拦住老犍牛、拉住牛缰绳。我说:"停住!不要你耕地了!走,回村里去!"

他翻翻眼,说:"怎么啦,掌柜的?"

我说:"把地耕坏了。"

他说:"耕坏了咱重耕嘛!"

我说:"像从前,我给你当长工,要把地耕成这样子,你要送我见阎王去了。锄地留下一根小草,你还拿锄把子打我!如今,你把地耕成这样,你说该怎么办?"

他说:"掌柜的说怎么办,咱就怎么办。从前是从前,现在是现在,不要老说过去的话。"

我一听他老喊我掌柜的,我的火气就压不住了。我说:"你破坏生产,要送你法院。"

老生姜嘴硬,一句也不让我。他用鞭杆指指我说:"这年头只有你们的活路,没有我的活路了!想当年,你是个干什么的?如今吃了两天饱饭,当了队长,成了气候了!我受够了,受的够够的了!我要退社。"

我一听就明白,他说的受够了,就是要翻身。这赖皮鬼要是翻了身,那还有我们这伙人的活命!我说:"退社也可以,要解决了问题才能退社。"

我们两人面对面地吵。他握住犁把,我拦着黄牛。

他说:"我要退社,要带上我自己的大犍牛、土地、农具退社!农业社是坑人买卖!我受不住。"

我说:"我知道你要退社!你入社就是为了带一伙人退社,如今没有人跟上你退社了。好吧,你退社吧!不过,要先住法院再退社。走吧,回村去吧!"

老生姜不说话了。他举起鞭杆,照着牛屁股就这么使劲一捅,老黄牛向前一闯,就把我撞倒,犁尖子从我面前飞过去,要不是我把头一闪,那可就出了人命啦!我一时气怒,爬起来,追上去,一脚就把老生姜放倒在地,把他摇了一顿。那几拳头也够他吃喝的了。他哼哼唧唧爬起来,两手把脸抓破,狗叫似的逃回村里去了。

我知道我犯了错误。可也没有办法了。

我拉上牛,扛上犁走回村来。我知道老生姜要往哪里跑,所以,我就一直走到王工作员住的院里。果不然,老生姜爬在王正民跟前哼哼哩。他看见我走进院里,又大哭大叫起来:"快救命吧,郭在先老汉把我打死了。"

说实在的,王工作员这后生,直直爽爽,是个好后生。你在这里住几天就知道了。你刚才也看见了,他说话高声大嗓,这也没有关系。他可有个大毛病,他不了解村里的情形,又不叫别人说话。做事又不稳,一副火燎鸡毛脾气。我本该上前承认错误,可是,在老生姜面前,就是打死我,我也不低头。这么一来,王工作员的火燎鸡毛脾气就来了。他不分红的黑的,先吵了我一顿。吵来吵去一句话,我侵犯了人权——犯了法了,要受处分。咱还少着一层道理,人家是社员,还是中农社员;咱呢,是干部,又是党员干部。支部书记杨东山也在场,几次想替我说几句话,话才说了半截,就叫王工作员顶回去了。他就像问口供似的问我:

"是谁打了姜成金?"

我说:"是我,"我又说,"脸是他自己抓破的。"

他又问:"姜成金打你来没有?"

我说:"他没有打我。"我接着说,"他的犁尖可差点儿把我的脸豁开!"

"好啦,好啦,事情弄明白了,"王工作员摆摆手说,"吃了饭,我去基点工作组汇报,你听候处理吧!"

我也忘了我是个干什么的了。自己犯了错误,在上级面前还不认错,这像啥话!可是,我一看见老生姜在那里哼哼,我也就越不想认错了。对老生姜我不害怕,我就是坐了人民法院,也要和他斗,要把地主帽子重新给他扣上。王工作员在众人面前训我,就是打我这老脸一巴掌,也没有啥,都是自己人嘛。他偏要在老生姜面前训我,叫我认错,我一百个不接受。我受他半辈子气受够了。老了老了,又来了这么一股年轻人的拗脾气,你说怪不怪!

老李,我也到基点工作组走一趟。我到那里承认个错误,看看给咱一个啥处分。你在村里等一会儿,我马上就回来。

三

郭在先老汉和我刚走出房门,一个十来岁的小姑娘急急忙忙跑进门来,她扯住郭在先老汉的胳膊,说:"伯伯,快!快!老生姜要拉牛,和我爷爷打架哩!"

郭在先老汉甩开那女孩的手,飞跑出去。我跟在后面。我们一直冲进第一生产队的牲口圈,只见一个老汉躺在牛槽旁,他不住的喊叫:"快把老生姜逮住,他把牛抢走了。"

郭在先老汉马上派人把饲养员老汉抬到社里去。

"走,找老生姜去!"

姜成金家窑洞门口,已经挤满了人。我走过去一看,一个离奇古怪的干老汉,正和两个年轻后生夺牛。一眼就看得出,这干老汉就是老生姜。就凭他那骨头架子,哪里是两个年轻后生的对手,三夺两夺,就被年轻人夺过去了。姜成金看看敌不过众人,一跳三尺高,大声喊叫起来,说农业社讹他的牛,强迫他入社。郭在先老汉走过去说:

"姜成金,这牛原先是你的,你作价入了社,现在是农业社的了。你要退社,不难,要开开会,大家对你提提意见再退社。"

老生姜满有把握地说:"你是干什么的?你等工作员回来,进法院坐班房去吧!"

郭在先老汉摆摆手,叫人把牛拉到圈里去。老生姜眼明手快,顺手捡起一根磨棍,朝着牛后腿就这么一棍。还说:"这牛你们也使唤不成。"这一磨棍,就把牛腿打坏了,那黄牛立时躺在地上了。老生姜说声,"我也不活了",一头向着郭在先老汉的肚子抵过来,一下就把郭老汉顶倒。众人上前,喊了声"打这老狗",七手八脚把老生姜扯开,抢胳膊,举拳头,非要打死他不可。郭在先老汉一骨碌爬起来,喊道:

"不要打!可不要打!"

郭在先老汉紧喊慢叫,众人才没有动手。只有两个后生暗暗地踢了他几脚,算是出了出气。郭在先老汉叫老生姜爬起来。可是,他躺在地上装死装活,不肯起来。

正在这时候,王正民和支部书记杨东山回来了。郭在先老汉问王正民怎么办,王正民说:"送乡政府!"

老生姜还是不起来。几个后生大喊了几声"打",老生姜马上起来了。王正民对郭在先老汉说:"捆上送乡政府,我几乎上了这个地主的当。捆上走!"

郭在先老汉真是兴奋极了。他说:"不用捆,就凭我这老胳膊老腿,他也飞不了。"他掂起一根磨棍,对老生姜说:"走吧,乡政府!"

老生姜用一种憎恨的眼光看看王正民,那意思是说"赖小子",可是,没有敢说出口。于是,低下头,从王正民面前走过去了。当郭在先老汉走过王正民面前的时候,举起拳头,翘翘大拇指,轻轻地说:"好后生!"

杨东山、王正民和我一齐走出村来,一出村,王正民就"唉"了一声,说:"初做农村工作真要细心啊!你看这小山村安安静静吧!其实复杂得很!一不小心就要出乱子。"他抬起头,看看走在大路上的郭在先老汉,说道:"郭在先伯伯是个好样的。真像个老长工!"

我也抬起头,向前看看,郭在先老汉拉着一根磨棍,满身带劲地向前走,押着老生姜到乡政府去了。

唉,这伙年轻人

火光农业社有四十亩红胶土地,社务委员会决定要担沙,调剂土壤。大春天,营生太忙,人手太少,只好挤着干。第一队和第二队的劳动力多一些,要从这两个队抽人。农业社主任问这两队的队长,能抽多少人出来。第一队队长说:

"去年给丰产实验田突击锄谷子,我们拨了十个人,打了胜仗,今年还是拨十个人吧!"

第二队队长说:"你们拨十个,我们也拨十个顶上。"

听两个队长的口气,一开始就开火了。

第一队在村西头,他们当天黑夜就把人拨出来了。还是去年突击队的原班人马:十个人都在四十岁以上,五十岁以下,队长还是周尚元老汉。乍一看,真不起眼,弯腰驼背,胡子多头发少,满脸尽是圪皱。十个人开了个会,说了这么三言五语,就回家睡觉去了。

第二队在村东头,他们也把人抽出来了。啊!你说巧不巧,第二队抽的人,也是去年竞赛的原班人马,十个彪壮年轻后生,还是张金柱当队长。当他们听说第一队也是原班人马的时候,十个后生"哇"的吼了一声,七嘴八舌地说:

"今年把旗旗可要夺回来啦!"

"这回比赛,他们是输定了。"

"咱们是赢啦!"

第二队突击队的后生们连夜开会。先讨论要不要集体睡觉,讨论的结果是,要集体睡觉,因为,去年没有集体睡觉,一大早挨家挨户地去叫人，太费工，影响了竞赛。于是，各人回家拿铺盖，担家具。他们就在俱乐部院里的西房里睡觉。这院里没有人住，整夜吵吵也没有人管。这一切安顿好以后，才正式开会。在先，还像个开会的样子，一个一个地讲话，讲的也是正经事情，开着开着，就开成一锅粥了。越说越不像话。队长张金柱已宣布散了会，早就催大家休息，大家还在瞎吹哩！吵来吵去，还是那几句话，说今年夏锄的时候，第一队和第二队，一家成立了个突击队，给试验田锄谷子发动竞赛，第一队胜利了，第二队失败了。为了这件事情，吵了半年啦，如今才有机会，出出这口气。白驹子大声叫道：

"明天加油干啊！这回要把老汉们赛倒啦！去年锄谷子，老汉们技术比咱们好，咱们输啦，现在比担沙，全凭气力，这可就把老汉们拿住了。伙计们，明天早早起，先给他们一个不好看！"白驹子领头吵吵，一吵吵到多半夜，还不睡，张金柱板起脸说道：

"不要说话了，快睡吧！明天还要早起床哩！"

白驹子答道："不要紧，我早早起来叫你们，误了事情找我！"

这伙年轻人！白天劳动了一整天，黑夜又开了多半夜会，到鸡叫才合眼，这一合眼就不由自己了。张金柱还算是个操心人哩！当他醒来的时候，已经是满窗的阳光了，他"哎呀"叫了一声，十个后生一骨碌从炕上爬起来，吱哇乱叫，胡抓乱挠，跳下炕，担起扁担就跑出村去了。

昨天黑夜，十个人异口同声地说，要早起床，要走在第一队的前面，要给第一队个不好看。现在是，丢人败兴轮到自己头上了。一路上，都埋怨白驹子。白驹子也不说话，只是往前跑。一伙年轻人来到地里，也不敢给第一队的人打招呼，跑到河滩担沙去了。

第一队有几个爱说俏皮话的老汉。一个是队长周尚元，一个是张玉太。两个老汉看见这个迟到的突击队，竟哈哈大笑起来。尚元老汉对张玉太说：

"玉太老汉，人家突击队真会享福，睡到太阳照上屁股才起来。"

张玉太老汉说:"这一觉是睡美了!"

尚元老汉说:"我还以为人家是给咱比担沙哩,没想到是和咱比睡觉。"

张玉太说:"要比睡觉,咱们老汉家是输了。"

两个老汉一面担沙,一面说风凉话,气得那伙年轻人有话说不出口。白驹子老想和人家吵,张金柱悄悄对他说:"不要理他们。加油,赶上他们!"

说实话吧,要赶这伙老汉,可真要加把劲才行。这些老汉虽然不像那伙年轻人身强力壮,可是懂得担沙的诀窍。担沙是苦活,越担越重。所以,他们干起来,不紧不慢,该休息就休息,该干就干。青年队就不行,一来就拼命。尚元老汉对他们说:

"金柱,你们该休息一下了。"

金柱说:"我们不休息。"

尚元老汉接着说:"你们昨天休息好了,今天自然不休息。"

一伙年轻人听了这话,比挨一巴掌还难受,可也没办法。金柱咬咬牙,领一伙年轻人,整整一前晌没有休息,到后晌还是这个干法,周尚元老汉看他们这样干下去,长久不了,就告诉他们担沙怎么担,要留气力,还说这是闹生产,可不是拼命。这本是好话,第二队的人听了老觉得是刺他们。白驹子干脆说了难听的:

"你老人家把经验留下自己用吧!你有本事咱们比一比!"

尚元老汉根本不把他们放在眼里,满不在乎地说:"怎么比法?"

白驹子说:"我要和你比。"

周尚元老汉是本村头一根硬扁担,哪个不知,哪个不晓。从十岁起担炭,半夜动身,二十里路天明回村,还不误上地。现在这个毛孩孩,喝的水还没有他出的汗多,居然要和他比扁担,这不要笑破肚吗?他问队长张金柱:

"金柱,你看能比赛吗?"

金柱说:"试试吧!"

尚元老汉说:"我不和你这毛孩孩比赛。"

尚元老汉一口一个毛孩孩,可真把白驹子气坏了。他走上前抓住尚元老汉的扁担,非要比赛不可。周尚元老汉心里想:不把你整一下,真的要翻天了,去年,锄谷子的时候,白驹子就一直嚷嚷比赛,结果落后了,今年又要闹个人比赛,比就比吧!他问白驹子比赛什么?白驹子说,比赛不休息。周尚元老汉听了,哈哈一笑,说:"这算啥比赛条件,要比赛,就该看谁担得多,担得快。我还没有听说过比赛不休息的哩。"

白驹子觉得自己提的条件不大对头。他就同意了周尚元老汉的比赛条件。可是,还是要加上不休息——整整一上午不休息,看谁担得多,担得快。

这种比赛,没有啥窍门。铁锹抡得快些,两腿走得欢些就行了。可是没有力气不行。白驹子来得太猛,不留后劲,到了快歇晌的时候,就顶不下了。肩膀压破了,他在肩上垫了一块毛巾。脸是不能看,又龇牙,又咧嘴,两条腿走不稳,还栽了一个跟头。满头大汗,呼呼喘气。周尚元老汉本是和白驹子玩耍,并不是要和他比高低,他说了声"算了吧",就把扁担放下了。白驹子竟认真起来,不让周尚元老汉放扁担。

白驹子说:"尚元伯伯要下软蛋吗?"

"怎么骂人!"周尚元老汉火气上来了,抓起扁担又干起来。

白驹子这一担放的特别重,他要给周尚无老汉看看,谁担的轻,谁担的重,他以为只要把周尚元压下去,第一队就没有人了,他咬咬牙,扁担一上肩,"圪喳"一声,折了。他立即把别人的扁担抢过来,担上走了。白驹子的脸色很难看,好像要和谁打架似的。周尚元老汉觉得白驹子是在和他闹别扭,这样下去很不好,就想了个下台的办法。他对白驹子说:

"我不和你比赛了。"尚元老汉把扁担往地上一扔,说:"白驹子就算你胜利,咱们拉倒了吧。"

　　白驹子硬说尚元老汉侮辱人,坚决不让他休息。这简直有些不讲理了。他把扁担拾起来,放在周尚元老汉的肩上,拉他去担沙。尚元老汉没有料到这个年轻人这么不讲理,认了输也不行。他就干脆坐在地上,说:"打我一顿,我也不和你比赛了。我算是知道你的厉害了。这哪是比赛,这是闹别扭嘛!"

　　白驹子拉住尚元老汉不放,简直像打架的阵势。白驹子又跳又叫:"把我们的旗旗送回来没事,不送回来,还要比赛!"

　　还有几个年轻人在旁边说怪话,包围住尚元老汉,不让他走。

　　金柱上前,一把拉住白驹子说:"你说什么,要讹人家吗?"

　　这时,尚元老汉说道:"去年得了个旗旗惹了祸了。"

　　金柱拉白驹子,他怎么也不走。一直等到尚元老汉走回村去,白驹子才出了口气,说:

　　"我总算把你熬倒了。逼得你放下武器了!"

　　中午,张金柱召集突击队的人开会,说白驹子给青年突击队丢人,要他退出突击队。白驹子坐在炕角里,吓得不敢说话。等了好半天,才说了一句"我检讨",张金柱马上说道:"你不光是要检讨,还要好好检讨哩!你一来,就要出气,好像要报仇似的,这不是给咱年轻人丢人吗?""这算什么竞赛,头一天,太阳照了屁股才起床,丢了人,败了兴,这本该怨咱们自己,应该好好检讨。你却给人家第一队闹开别扭了。这是哪国的竞赛!这是为了旗旗,还是为了生产? 要好好检讨! 白驹子先检讨,大家都要检讨。我也有错误,我也检讨,咱们一齐检讨。谁不好好检讨,叫他退出突击队!"

　　白驹子先检讨。他哭丧着脸,想一句,说一句。以后一个一个来。现在检讨成了光荣事了。有的人还加油添醋,把自己说得不像话,白驹子检讨得更周全,不管合适不合适,只管给自己戴帽子:资产阶级思想,个人主义,报复主义,出风头,爱面子,别扭货,二不愣,什么帽子都有,把自己说得不像话。"

第二队又下河滩担沙去了。这以后,两个队再没搞什么竞赛,可都暗暗出劲!按照社的计划,半个月就要完成任务,到十六天头上,就来耕这块地,这是和生产队说好定了的。可是,到了第十五天收工的时候,第二队刚好完成了任务,第一队这一半差得多,就是加油干,还要明天一天才能把沙担完。耕地的人站在地头上直叫唤,说误了明天耕地,第一队要负责,说话的时候,还不干不净,挺刺人。这可把周尚元老汉难住了。谁敢负这耽误生产的责任,他只好要求耕地组的人变通变通,迟耕一天,后天来耕。耕地组的人不答应。他说,全社的地只有这块地没耕头遍了。他要求周尚元老汉想办法。周尚元老汉只好说:

"这样吧,推后一天不行,那就推后半天吧,明天我们还有别的营生哩,大家迁就一下,我们加把劲提早半天完成任务。你们上午误了的工,由我名下扣给你们2分就是了。"

生产队长"哼"了一声,说:"谁要你的工分",说罢就走了。

尚元老汉已经打好主意了。他本想要求青年队明天上午帮他们老汉队担半天沙。可是,他看看那伙年轻人,可就泄了气了。白驹子得意洋洋,就像打了胜仗似的,正和一伙后生说长道短哩:

"怎么样?出了气啦吧!咱们到底赢了吧!快快拿过旗子来!"

说着,笑着,领一伙人走了。尚元老汉看看这伙年轻人,气得他真想捶他们一顿。他对那伙老汉说:"收工吧!咱们明天加油干,干不完,咱再找别人帮忙,唉!这伙年轻人!"

这时,张金柱走到尚元老汉跟前,问道:"尚元伯,我们这一队帮你们半天怎么样?单靠你们这一伙明天上半天完成不了啊!"

尚元老汉闷声闷气地说:"不要你们帮助,我们有劲儿,能完成任务。"

"真的不要人帮助吗?"

尚元老汉说:"真的不要人帮助。"说完领一伙人提上箩头走了。

黑夜,一伙年轻人都来搬铺盖要回去睡觉。张金柱不叫他们搬,白驹子瞪起眼问道:

"任务已经完成了,为什么不叫搬铺盖?"

金柱说:"咱们那二十亩完成啦!第一队的那二十亩还没有完成哩!"

白驹子一下子想不通,问道:"金柱哥!这和咱们有啥关系?"

金柱说:"我们应该帮助他们!如果不帮助,这比赛咱可就真的是输啦!"停了一下,他又说:"谁要想回家,谁就走吧!不愿意走的可以留在这里,明天上半天,帮助第一队担沙。"

没有一个人回家。全都留下了。年轻人转变快,三说两说就说通了。看那一伙年轻人,唧唧喳喳又吵闹起来。白驹子一句话也不说,爬到炕上,钻到被窝里去了。

大家都睡了,白驹子老是睡不着。明光光的月亮,照得窗子透亮,他翻来覆去地想,既然帮助,那就不如干脆今天晚上加个夜班,最后突击一黑夜,那就谁家的工也误不了啦。他悄悄地问金柱:

"金柱哥,不能想个办法,加个夜班!叫人家帮助上,还要误人家半天工,那就更坏了。"

金柱也没有睡着,他也在想这个问题哩!白驹子这么一说,就坐起来了。

金柱说:"黑天半夜能行吗?"

白驹子说:"有月亮哩!"

那伙年轻人,听见白驹子和金柱说话都醒来了。有的人开始穿衣服哩!张金柱只好起来和大家商量。

白驹子说:"金柱哥,不用讨论啦,走吧!"

十个年轻人,拖着又酸又乏的腿,担起箩头,出村去了。

等第二天天明,尚元老汉领上人来担沙的时候,青年突击队正在担最后一担沙,眼看就要收工了。真是不敢看看他们,十个年轻人,又困又乏,浑身是土,这一黑夜,不知跌了几跤,栽了几个跟头了。

尚元老汉看看十个年轻人,又看看这铺了细沙的四十亩红胶土地,自言自语道:"唉,这伙年轻人!"

临时任务

　　天又黑了。大峪口水库工地上的大铁钟响过以后,三千多人陆陆续续走下工地,走回各队的工棚里吃饭。那一排排的工棚,顺着大坝两旁的山坡,上上下下摆列着,有军用帐篷,有泥棚,也有席棚和草棚。不大一会儿,各工棚里的灯都亮了。安静的工棚里,马上热闹起来。晚饭以后,各种活动就开始了:有的开小组会,有的开娱乐晚会,有的听广播,有的洗衣服,缝补鞋袜,修理工具,还有些年轻人在工棚外摆了战场——在月光下摔跤、打拳、扔手掷弹。

　　一百多个工棚,只有一个工棚今天晚上显得很特别,安安静静,好像没有人似的。这就是紧靠水库大坝南边山坡上的一个工棚。这是工地二十七队——前进农业社的工棚。前进农业社在山区,离大峪口水库六十里路,是个非受益社。可是,当他们听到县委的号召以后,立即派来了四十个身强力壮的青年后生,支援大峪口水库建设。这个水库是全县第一个大水库,前进农业社能够派人参加这个大水库建设,全社人都觉得非常光荣。这四十个年轻人临出发的时候,全社人敲锣打鼓送出村来,支部书记一直把他们送到工地,并且再三再四地安顿他们,要他们加油干,要干得快,干得好,有困难给社里写信,要服从工地指挥部的指挥。最后一句话:要争取模范,要提前完工,把红旗扛回社里来。四十个后生包围住支部书记大呼小叫地说:绝对不会给前进社丢脸!嘿! 这四十个后生,在队长刘金生领导下,说得到做得到,一个月的任务,干了二十五天就快完工了。再干两天,就可以提前三天完工,就可以扛上大峪口水库工地指挥部的奖旗回村去了。今天,吃晚饭的时候,队长刘金生收到支部书记一封信,问他们有没有困难?能不能按期完成任务?信上还说,社里也很忙,男女老少齐出动了。信上又说,如果他们能提前完成任务,那就太好了。刘金生看了信,笑了笑,也不说什么。吃完饭以后,把全队的人召集到工棚里,给大家念支部书记的信。念完以后,众人七嘴八舌地乱吵吵。刘金生对众人说:

"大家不要吵!现在带上工具悄悄地上大坝,咱们到大坝上去开会。"

开会为什么要上大坝?为什么要带工具?刘金生队长想了个什么问题,大家一下子就猜破了。四十号人高兴得又想叫唤,又不敢叫唤,带上工具悄悄地出了工棚。当调皮鬼张宝全要把灯吹灭的时候,刘金生马上拦住,说:

"点着吧!"

张宝全一下就明白了队长的意思——指挥部有通知:白天加油干活,黑夜好好休息,没有指挥部的通知,任何人不能黑夜加班。天刚黑,如果把灯熄了,那就露了消息,要受批评了。

第二十七队——前进社的工棚里,安安静静,没有人,只有一盏孤零零的马灯吊在柱子上,照得窗子通明透亮。

四十个人来到了水库大坝。他们对着热火朝天的工棚,心里老想笑。他们都知道到这里来干什么,用不着开会。所以,一到工地,就干起活来。刘金生一面打硪一面说:

"咱们社里忙得很,要苦干一天一夜,明天黑夜连夜回社里去!大家悄悄地干,不要惊动别人!"

这简直是干哑巴活,推土的自然不喊吵不唱歌,就连打硪也不喊号子。就像打日本的时候穿过封锁线一样只是闷头干,没有人说话。小平车把张宝全的屁股顶了一下,把裤子扯了一大片,张宝全也不哼哼一声。还有几个调皮捣蛋鬼,今天黑夜都变成哑巴了。每个人只想着一件事,明天下午动身回社去——社里的农活正等着他们哩!

他们干得真好!干得真妙!没有人发现他们黑夜加班。到第二天上午,他们就完工了。全工地的人直向他们叫好、鼓掌。检工员验收工程的时候,一直称赞他们,说他们干得又快又好。还说:全工地是他们第一个提前完工,应该得奖旗。四十个人看看他们那特别高大的土坝,心里有说不出的高兴。随后,收拾了工具,走出工地吃饭。

吃罢午饭,刘金生到指挥部办手续,准备下午动身。

在工棚的人忙乱起来了:打包行李,收拾工具和锅碗瓢勺,一人一根担杖,一切都准备好了。张宝全到事务处算账的时候,还给大家要来一根竹竿。他看看一切都已经齐备,忽然对大家说:

"伙计们,咱们的事情完了没有?"

众人说:"完了。全完了。"

张宝全说:"没有吧?这根竹竿还没有完成任务呢!"然后,他放低声音说:"我刚才听说,指挥部决定发给咱们奖旗!等一会儿,在大坝上发给咱。伙计们,等着吧!咱们队长马上就把好消息带回来了。"

众人"哇"地吼了一声,真要把这席棚顶破了。

众人正在高兴,刘金生急急忙忙走进工棚来,头一句话就是"今天走不成"。随后,才对大家说:"指挥部又分配了临时任务,把行李打开吧!"

这真是个大"败兴"!几十号人吱哇乱叫了一阵,随后,一个行李卷上坐了一个人,低着头,全不说话。张宝全手里拿着竹竿瞪着眼瞅了刘金生好半天,才"扑通"坐在他的行李卷上。

看看这摊场,使刘金生马上想起在指挥部的情形。刚才他高高兴兴走进指挥部办公室的时候,一个姓刘的秘书正在写东西,他看见刘金生走进门来,马上和他握手,再三向他贺喜。说他们第一个完成任务,指挥部已经决定马上在工地发给他们奖旗。刘秘书

讲话很亲热,很和气。这使得刘金生很难为情,他只是笑着说:
"咱社支援水库建设,是为了建设社会主义,并不是为了得奖旗!现在社里来信,说社里很忙,人手调拨不开,我们今天就要回社去呢!"

"啊!啊!"刘秘书听说他们今天就要走,吃了一惊。所以只"啊啊",说不出话来。

刘金生接着说下去:"刘秘书,你也知道,现在大跃进,工地要紧,社里也要紧。一头也不能误下。大家加班干了一夜,总算提前完成任务了。要是没有啥说的,我们就要走了。"

刘金生一面说,一面就要走。刘秘书看他要走,只好干脆把话说清楚吧:"金生同志,你先不要走。指挥部决定,分配给你们一件临时任务。完成以后才能走。"

"什么临时任务?"

"溢洪渠闸门的土方工程。"刘秘书说:"那里的工程需要提前完工,要你们到那里突击一下。"

"那不是分给丰收社的工程吗?"

"是啊!可是他们的力量不够。"

刘金生用吃惊的眼睛瞧着刘秘书:"刘秘书!你也知道吧!当初我们来到工地的时候,王县长对大家讲话,说是谁家的任务完成了,谁家先走。如今……如今……这不大好说服大家!"

"王县长说过这话,一点儿不错。"刘秘书铺开一张工程图说,"如今有了新情况。现在马上就到夏至了,雨季马上就要来到。溢洪渠上首的土方工程还没有完成,建筑工程一直不能开始,拖下去可不得了啊。指挥部有困难。有困难,只好找先进社帮忙。这是王县长吩咐的任务。"

"我们也有困难!"刘金生一想起社里的农活,一想起大家着急回社,就有些发急:"我们的困难也挺大哩,大家的思想打不通!"

刘秘书一直给他解释,说工程如何重要,如何紧急,可是刘金生老不接受这个紧急任务。到后来甚至干脆不说话了。

刘秘书费了好大工夫,也打不通刘金生的思想,只好说:"好吧!你们是先进单位!你是共产党员!你好好考虑考虑吧!奖旗已经预备好了,马上就发给你们!"

刘金生真是为难极了,不接受这个临时任务吧,那算是什么先进单位?要那个红旗也不光彩。接受了这个任务吧,社里的农活忙,先不用说它,只是这几十个人就很难说服,张宝全首先就不同意。刘金生是软性子,着了急就不说话。他坐在刘秘书的对面,好半天不知道说什么好。最后"唉"了一声,也不说长,也不道短,就走出门来。

工地上仍然是紧张、热闹。扩音机里一会儿唱歌,一会儿发通知。忽然,他听见扩音机里说道:

"各队队长注意:等一会儿休息的时候,要开发奖大会。受奖单位有前进农业社……"

刘金生听到这里,真有些发毛。这怎么好接受奖旗呢!

他一直走向他们的工棚。当他把指挥部分配的临时任务告诉大家以后,他估计的情况果然出现了:七嘴八舌乱吵。吵吵以后,就鸦雀无声了。大家都在盘算。要不要重新打开行李。张宝全思谋了一阵,忽然问刘金生:

"你接受了这个临时任务没有?"

"我接受了。"

张宝全又问:"你也没有向指挥部提出意见?"

"我我我……我没有提意见,这是个紧急任务。不应该提意见。"

张宝全说:"这是捉大头,捉先进的大头!"

"这是哪里话!咱是先进社咚!"

张宝全嘴硬,又说:"这太不合理了,太不合理了,社里的营生等着咱们哩！走吧！我主张走，反正也不能说我是自私自利！"

张宝全挺着脖子和队长吵。一口一个不合理。说当先进，当的吃了亏了。刘金生是个软性子，嘴头子也不行，他希望大家说话，只和张宝全一人吵不顶事。大家闷了一会，一个年纪大些的年轻人，名叫张全州的，站起来说：

"要接受任务，咱们就去干，要是不接受任务，咱们就走！老坐在这里干什么？"

刘金生盼了好半天才有人说话，他就接着这个后生的话说："你主张走啊还是在啊？"

张全州立即答道："我主张干。既然队长在指挥部都答应了，就要干。来的时候，大家都说不要给前进社丢脸，如今说不干，那不是丢脸吗？"

刘金生听了，说："这还像个话！"

这么一来，满工棚的人又吵开了，没有一个人说不干，都说在这里干和在社里干是一样的，不能丢下紧要工程不管。张宝全手里拿着一根老长的竹竿，一句话也不说了。他估计大家是要跟他一道去的，没想到把他一个人闪出来了，他站起来，摇晃着竹竿，愤愤地对众人说："大家愿意干，为啥不早说话！"

这一问，引得众人哈哈大笑起来。张宝全更恼火了：一手拿着那根竹竿，顺手又提了把铁锹说：

"哼，思想通了为啥不说话！哼！思想通了为啥不早说话！偏要我的好看！"

一面说着，一面走出工棚去了。

刘金生看着张宝全走出工棚，回头对大家说："把行李打开吧！"

人们又吱哇乱叫起来，唱着歌向大坝走去。

大坝上人山人海。都拥在前进社修起的那一截又高又大的土坝前。当前进社的人走进人群的时候，王县长已经走上那个高大的土台，开始讲话了。王县长把整个工程进展情况讲了一下，然后说到评比模范的问题，他说今天评比的先进单位有十七个，第一名是第二十七队，就是前进农业社，他们干得又快，又好。他说："前进农业社的支援队，今天上午就完成了任务，今天下午就要回村去了——"

刘金生早已站到台前，马上更正道："我们不走！我们要把溢洪渠渠首工程干完才走！"

王县长马上接过去说："前进社二十六天完成了三十天的任务。他们不走！他们还要和大家一齐干，马上就要到溢洪渠突击！"

霎时间，从人山人海中发出了一片欢呼：

"先进更先进！"

"要赶前进社！超过前进社！"

紧接着是发奖。刘金生从王县长手里接过那面鲜红的奖旗。二十七队全体队员，从来没有感到这样的光荣，连张宝全也很得意，无数的人向着他们欢笑，无数的手高高举起，向着他们鼓掌。刘金生兴奋地走下台来。刘秘书马上走过来和他握手。刘金生的脸"刷"地一下红了。这时，张宝全猛地走过来，伸手抢过奖旗，挑在他的竹竿上。张宝全非常得意地把那面红奖旗在人们的头上摇来摇去。刘金生走到张宝全面前，低声说：

"你不要得意！今天晚上你要检讨！"

张宝全一面摇动奖旗，一面低声对刘金生说："我检讨！我检讨！闪开路！闪开！"

发奖大会结束了。当上班的大铁钟又响起来的时候，前进农业社的奖旗已经飘扬在溢洪渠渠首工地的上空，一个突击临时任务的战斗开始了。

权力下放

他叫李永贵。在公社成立以后不久,前任保管员因为工作不负责任,霉坏了粮食被撤职以后,当了生产大队的保管员。在这以前,他一直是个普通社员,没有当过干部。自从当了保管员,情绪格外高,工作特别积极,下定决心要把这个工作搞好。过去的那种安安然然的情绪没有了,紧张起来了。从他那深陷的眼睛上可以看出来,他心里好像经常有许多紧急的事情等他去办,那么不安定,那么慌乱。走起路来,急急忙忙,回到家里也不能静下心来吃饭睡觉,老是惦念着他的库房。他的老伴很不同意他当保管员。她说这种工作太费心,太费人,把她老伴劳累坏了。她说不如清清净净当个社员在地里劳动,落个省心吃饭,安心睡觉,多活几年也是福气。她劝她老汉辞掉这个保管员,回到小队里来。闺女秀梅不同意妈妈的意见。她说,无论做什么工作都好。保管员工作很重要。自然,这工作很麻烦,可是,这个人不干,那个人不干,该叫谁干呢?还叫以前的保管员干吗?要紧的是工作要有计划,工作吃饭两不误就好了。李永贵很同意闺女的意见。抓起两个窝窝就走,还说:"咱这就是工作吃饭两不误啦!"

人的情绪一高,什么困难也能克服。半个月工夫,李永贵老汉就把十个库房都清理完了。笨重的东西,找人帮忙,轻便些的东西,自己扛,自己担,自己背。他闺女秀梅也抽空去帮他到库房"分类排队"。东西多得很,要什么有什么。有粮食,有农具,有化肥,有药剂,有煤油,有麻油,有桌椅板凳,有纸张笔墨。也有破毡烂片,废铜碎铁。别人看着没有用的东西,到李永贵手里,也要派个用项,舍不得扔掉。破鞋底破鞋帮该是没有用的东西吧,李永贵却捡起来,塞到门背后。钉镢头没有这破烂还不好办呢!

李永贵没有固定的办公地点,随便在哪里都能办公。好在他常常在村里走过来走过去,找他并不困难。找李永贵老汉,不用东找西找,坐在十字路口,只看他的大烟袋、听他的钥匙响吧。他有一根长杆烟袋,经常插在背后的衣领里,蒜头大的烟锅子高出他的头顶。一串大钥匙挂在腰间,走路响叮当。一看那烟袋,一听这响声,不用看眉眼,你放心冒叫一声吧,十有十回是李永贵回答你。

"是永贵大叔吗?"

"是啊!"

"永贵叔,你到哪里去了?"

"我捡了几个小铁钉,送到库房里去了。"

若是看见他从库房院走出来,这样问他:"永贵叔,你又在库房里收拾东西吗?"

"是啊!我在库房里修补了几个破筐子,还捻了几根麻绳。"

到他的库房里领东西,不管有没有出库单,他要审查一番。看过出库单,该发的东西,不用说话,如数发给。比如种子、化肥、药剂等。如果库房里没有,立即想办法,决不推三推四。可是,在他看过出库单,觉得不应该发给你这件东西的时候,还是快快走了好,反正你说多少好话,也不顶用。他还立了个规矩:领东西的人不准自己动手。对个别喜欢动手动脚的人,干脆不叫进库房,只能站在门外等候。这些规矩立起来以后,有些人很赞成,说怎么怎么好。有些人却很反对,说李永贵不民主。有一次,为了这些规矩,第一小队的饲养员张二货就和李永贵美美地干了一场。

这是几天以前的事情。张二货来领水桶,正要进库房门,李永贵赶紧迎到门口,拦住张二货说:

"你不要进库房,把出库单给我。"他看了出库单,问张二货:"你那水桶才修补了两个月,怎么又坏了?"

张二货不高兴地说:"坏了,漏水了。"
"你不会修补修补?"
"窟窿太大,补不住了。"
"拿来我看看!"
刚才不叫进库房,现在又不痛痛快快发给水桶,张二货的气已经憋不住了。大声叫道:
"你睁开眼看看,这是大队部的出库单!大队部批准了!"
"不行。要拿来看看。"
张二货一想,跟这种人吵半天也没用。只好憋着一肚子气,回去提水桶。过了一会儿,张二货把水桶提来了。另外还带来几根烂缰绳,要李永贵一并发给新的。李永贵先接过水桶,看了看,问道:
"这水桶怎么裂了这么大的缝?"
张二货说:"怎么裂了缝了?碰得裂了缝了。我担水饮牲口,他妈的一块石头绊了我一跤。"
李永贵把水桶放在一旁,又接过缰绳。问道:
"这缰绳也是新领去的,怎么也烂了?"
"这缰绳烂了,也怨我吗?你就不看那些鬼牲口,没一个安生的。走一步一摇头,走一步一摇头。拴到槽上,不好好吃草,只磨脖子,这么细的缰绳,能吃住它们瞎磨蹭吗?"
李永贵想了想,对张二货说:
"好吧。留下吧。明天来拿吧!"
张二货是这样一个人:他从小靠赶牲口卖炭过生活。不会种地,只会摆弄牲口。在农业社当饲养员,转公社以后,还是当饲养员。今年三十五岁了,还没有找到个对象。爱摆阔气,他自己爱阔气,他喂的牲口也阔气。平常上地送粪,他那些骡子、马、毛驴打扮得像个花媳妇,红缨子绿穗子。要是赶集上店,还要挂串铃。李永贵很看不惯他这种作风。像刚才送来的那烂缰绳,你就是贴给他两毛钱，他也不会再用了。他还有个老毛病，犯了错误，就推三推四，不好好检讨，群众说他"好强调客观"。你听听刚才他的话，不是把事情都推到"客观"上去了吗？他脾气挺暴躁。可也好听些顺耳的话，刚才李永贵要是不说个"明天来拿吧"，早就吵起来了。

第二天，张二货吃罢早饭，高高兴兴来领新水桶、新缰绳。一进大门，就看见李永贵正在库房门口结缰绳，昨天送来的两只水桶放在身旁，库房门上落着锁。李永贵见张二货走来，赶紧结完缰绳的最后一个圪垯，站起来说：

"二货，拿走吧。水桶，我补好了，我刚才担来一担水，你看一点也不漏。缰绳，没有新的。我找了几根旧缰绳，结了结。有几个圪垯不妨事，对付着还能用几个月。"

张二货一听，气得直发抖。难听的话一张口就冲出来了：

"李永贵，这库房是你个人的？还是众人的？"

"是大家的。"

"是大家的，你怎么抠的这么紧？我是要你家的水桶吗？啊！啊！"

李永贵和张二货不一样。张二货开小组会不会说话，吵起架来，一句跟一句，一声高一声。李永贵正好相反，要是和和平平讲道理，还能对付说几句，要是吵架，那可就为难了。顶大的本事，是听人家吵他，骂他。张二货这些话，太难听了。他不得不说几句：

"二货，二货，你说的不对。大家伙儿的东西，应该节约。要是我个人的东西，你要什么，我给你什么。二货，咱商量着办，我家才买了一对新水桶，你拿去用吧！"

李永贵这话本来是想给张二货息怒的，谁知道张二货的火气更大了。他直着嗓门吵起来：

"哎呀呀！哎呀呀！我领公伙的东西，比在你身上割一条子肉还疼，要是拿你个人的东西，你不是要上吊吗？你是谁家的保管员！我这工作还能干吗？领水桶，不给；领缰绳，不给；马灯罩碰碎了,不给;领个扫帚,不给;扁担钩子丢了,不给。领这这不给,领那那不给,领盒洋火也不给,只给我一把火镰。干草饲料你不敢不给,可又规定三天领一次。我问问你,我领块土坷垃,你给不给?大权小权都在你手里握着。我们还能干吗?我们每逢领点东西,你就会说个节约!节约!你节约为什么还吃饭?我把你个死心眼!我把你个守财奴!你还是个党员,叫支部开除了吧!你干不了这个保管。快把钥匙交出来!"

李永贵老汉气得连话也快要说不出来了。他从来没有受过这种气,现在碰到这号不讲理的人,只好忍受。可是,要他交钥匙那可办不到。

"众人叫我交钥匙,我交。你叫我交钥匙,我不交。我是为大家办事情,我没有存私心。"

"你说什么?你是为大家办事情,我也不是为我个人办事情!我们第一小队的三十多个牲口,要都是我个人的,我张二货用不着到你这里来领水桶,受你这气。"

张二货是越吵越起劲,看那来势,要一直吵到天黑。可是,劝架的人赶来了。众人批评张二货,张二货还和众人吵吵。当他看见大队长李有恒走进门来的时候,一句话也不说了。李有恒问明情况,提起水桶看看,问张二货:

"这水桶补得好好的,又不漏水,你为什么不要?"

张二货蹴到墙根,不说话。

李有恒问张二货:"为什么在这里大吵大闹?为什么不爱护公共财物?为什么出口伤人?为什么不说话?"

张二货就是不说话。闷了一阵,走过来,拿起缰绳,担起水桶就走。有恒拉住扁担不叫他走。张二货靠了众人的帮助,连拖带拉,说了声"我检讨",就逃走了。

在当天晚上,第一小队开会批评了张二货。张二货作了检讨。可是,在检讨他自己的错误的时候,也给李永贵派了许多不是。

李永贵情绪很不好,心里很乱。自从当保管员以来,和各小队扯皮的事情确实不少,可是没料到会有人这么大闹一场。这才是个开头,以后怎么办?秀梅妈坚决主张辞掉保管员,回小队下地劳动。秀梅不同意妈妈的意见。她说,碰到一点儿困难就后退,是不对的,应该与那些落后的人斗争。她还给李永贵鼓劲。她说:"要是我当这保管员,碰到这种事情,干的劲头更大了,就是张二货打上门来,也不能后退。要和这种人斗争!"

李永贵找各小队队长、副队长征求意见。大家都说他工作认真负责,细心耐心,工作做得好,可就是有时候卡得太紧,管得事情太多。以后应该放宽一些。就连张二货也这么说:

"永贵老汉,凭良心说,你是个好人,是个好当家的,可就是太不灵活了,不近人情了。管那么多的库房,管那么多的东西,你不嫌麻烦?"

李永贵去找大队长李有恒。李有恒大大鼓励了他一番,说他做得对,不要灰心丧气,好好干下去。

李永贵说:"我不灰心,也不丧气。就是张二货把我气得饱饱的了。我想把我这工作改进改进。我打算把保管权力分一些,下放到小队去。"

"永贵叔,又要把你的权力往下放吗?我看还是算了吧!你下放了几次,也没有放下去。大队部也讨论过,除了经常用的农具,保管权一概归大队。麻烦嘛是麻烦一些,可是对生产好。"

"有恒,我不嫌麻烦。当保管员不能嫌麻烦。每天没有一些麻烦事,我还怪难受哩!我想出这个办法,是我走投无路了。各小队的人,把我看成老财东,把我这工作看成一块肉,眼馋的不行,你抢我夺。要是单单张二货一人跟我闹别扭,那也不当紧,各小队都有人跟我闹。说我权力太大,管的太宽,心眼太死。许多人在背后骂我。在家里,老伴给我提意见。在村里,众人给我提意见。我受了苦还再受上气!干净利落,权力下放!"

有恒听了,笑笑说:"永贵叔,听你这么说,你是受了点气了。我看你对于这保管工作,思想上还没有想通呢!"

"想通了!坚决下放。先给各小队饲养处下放,省得再跟我闹!"

看永贵老汉那劲头,这一回是真的要下放权力了。有恒问:"坚决要下放吗?"

"坚决下放,不放也不行了。"

有恒想了想,几乎笑出来:谁要是能逼着李永贵下放权力,那算他有本事。于是笑笑说:

"好吧,你先给各小队的饲养处做出个样子出来看看。以后一步步下放。"

保管工作权力下放的消息传开以后,众人吃了一惊。首先给各小队饲养处下放权力,更使得饲养员们又惊又喜。张二货开始还不大相信。在大队部门口的老槐树下,看了李永贵的下放大字报以后,才真的相信了。他把各小队饲养员叫来交换意见,猜猜李永贵要下放多大的权力。有人说,不要高兴得太早,多者也不过下放一些笼嘴缰绳、鞭杆鞭梢、套缨子、旧棉花、麻袋破布、废铜烂铁、杂八古董,真正要紧东西,干草和饲料决不会下放。张二货说,不一定。他说,李永贵这一回吃了圪塔,知道疼了,也许一古脑儿都放下来。从今以后,就不用像个讨吃鬼似的,向李永贵求告了。他说到高兴处从腰里掏出一盒纸烟,每人分了一根。霎时间,十来根纸烟都点着,烟熏火燎,张二货的小房里快坐不住人了。

人还没到,已经听见那串钥匙响,李永贵来了。他通知各小队饲养员,带上手章跟他去领东西。十几个人跳下炕来,跟在李永贵后边,来到第十号库房,就是张二货向李永贵发脾气的那个库房。李永贵从腰里解下钥匙,开开库房门。十几个人,一拥而进。房里的东西好多啊!张二货先从门背后提起一对新水桶。有些年轻人也动手抓东西,吓得李永贵喊叫起来:

"这是日本人进村——抢啦！都把东西放下,放下!到门外等着。你们不要乱抓乱抢,该给你们的,自然给你们,不该给你们的,拿走也要送回来。大家都出去,听我分配。"

拿东西的都把东西放下了,可是都不出去,各人都瞅各人需要的东西。李永贵害怕乱了阵,叫大家都坐下,大家都坐下了,李永贵开始分配东西。他打开一个笔记本,对大家说:

"先说草料。草,如数分给各小队。各队把牲口分类,把数字报来,下午领你们到场里取干草。料,不下放,还是由大队保管。"

张二货瞪起眼问道:"要下放都下放,为什么只下放草,不下放料?"

李永贵不回答张二货,继续说:"三天领一次料改为五天领一次料。"

张二货又追问一句:"为什么不下放饲料?"

"我怕你们保管不好,受了损失。"

张二货又快要说难听的了:"你是怕我们偷吃饲料吗？还是怕你没事情做？三天一领料,改为五天一领料,这也算是下放？"

众人笑了,有人说:"三天改五天,下放了两天!"

李永贵不听他们说风凉话。继续说:"毛口袋,一个小队两条。"说罢,从架子上取下十二条新口袋。他看了一遍又一遍,越看越舍不得放手。于是放回六条。每个小队给了一条。说:"一队两条改为一队一条。"他又念:"三十个笼嘴,六个队,一队五个:"他把笼嘴取来,放在众人面前。账上记的是笼嘴,实际上只不过是一堆烂绳子罢了。三十个笼嘴,连一个半新的也没有,张二货不要这些破烂。其他队的人要下了,说是牲口不能用,还能剎麻稔呢! 李永贵又念:"鞍子十二个,一家两个,自己修理。"他先搬过十二个旧鞍子。又念:"嘴嚼子十二副,一家两副。"刚念到这里,又改了口了:"种地牲口,不必戴嘴嚼子,不分配。"那十几个人早就不耐烦了。李永贵还在念:"套绳一队两副、套股子一队两副、小铁钉一小包——四两,铜铃,小队没用,大队保管。大黄统一用,由大队保管。新扫帚一队不够一个,不分配了。记账的小黑板,一队一个。大串铃一对,由大队保管。"

他念完一宗,就把东西取出来。单听他念,十几个人早就有了气了,再看那些东西,更叫人生气。大家看着油水不大,除了张二货,其他的人都溜走了。张二货见李永贵还在念,就站起来无可奈何地说:"永贵老汉,快把你这摊子收拾起来吧!不要下放了,我们也不稀罕这些破东烂西,弄了半天,落个权力下放的名,有用的东西,还是在你手里。算了算了!永贵老汉,你要不嫌麻烦,我们还是找你领东西好了。我是看透你这个死心眼儿了。这一辈子也不能灵活一下。"

永贵老汉说:"我从来就没有嫌麻烦。我要怕麻烦,就不敢揽这买卖。你要是不嫌麻烦,还是找我领东西好了。我侍候着你!"

"你根本就没有打算下放,你是成心捉弄我们,叫我们空欢喜一场。"

"你这话说错了。我下放,你们不接收嘛!这能怨我?"

"不怨你,怨我张二货,怨我张二货没有长眼,把白脸看成红脸了。"张二货又把门背后一副新水桶提出来,放到李永贵面前,说:"永贵老汉,你下放的东西,我一概不要。我要这副水桶——我用的那副水桶又漏水了。"

李永贵毫不犹豫,立即答应了张二货的要求,说:"拿走吧!这水桶下放给你们吧!不用开出库单,只把破水桶送来就行了,那副水桶真的不能用了。"

听了这么几句好听的话,把张二货满肚的火气压下去了。他从来没有顺顺当当在李永贵手里领过东西。一句好话,一副水桶,张二货就满意得不得了。像这样办事情,下放还不如不下放好。李永贵并不是个不能转变的死心眼儿。张二货立即从腰里掏出纸烟,递给李永贵一根,提上水桶走了。

李永贵来到大队部,大队长有恒问他:

"下放工作办得怎么样了?"

李永贵说:"我下放,他们不接收,我有啥办法!"有恒说:"刚才张二货提一副新水桶给我看,说是从库房领的。"

"是的,不错。"

"那不是你家的新水桶吗?"

"是呀!下放给张二货了。"

两人哈哈一笑。

张二货领走新水桶以后,在背后对人说:"李永贵有了转变了。以前向他领东西,心疼得像抽他筋扒他的皮。自从我美美整顿了他一顿,马上下放给我一副新水桶!从今以后,权力下放不下放没有多大关系了。"

直到现在,张二货还不知道,他用的那副水桶,不是公伙的东西,而是李永贵个人的东西。

张二货得了点便宜,第二天下午又去库房换新马灯。李永贵看了看旧马灯,不但不给换新的,连旧马灯也收回去了。他说:

"今天夜里,打麦场上开始加夜班,连夜打麦子,正找不到马灯呢!你来的正好,先借咱用几天吧!"

张二货大叫道:"没个灯火,夜里怎么喂牲口呀!"

李永贵顺手拿过一个用旧小瓶做好的小灯,递给张二货,说:"二货,现在有困难,凑合着用吧!买了新马灯先给你一个。我李永贵一定对得起你!"

张二货不得已地接过那盏小灯走出门来说:"唉!唉!永贵老汉,我现在才算看透了你了。你这死心眼儿永远也不能转变了。"

李永贵说:"有下放,也有上调哩!一盏马灯换了两只水桶,你也够本了。"说着,添了煤油,走出门来,落了锁。提上马灯,急急忙忙到打麦场去了。

拐先生李步高

李步高是黄土坪管理区保健站主任。三十九岁,中等身材,圆脸,浓眉,又圆又大的眼睛,爱逗笑,笑起来,像个小孩,常常笑得岔气。他在人民解放军当过十几年医生,立过大功,受过重伤,走路架一根拐杖。李步高的作风是人人知道的,不论白天黑夜,也不论刮风下雨,只要听见有人喊"拐先生",放下饭碗就走,跳下炕头就起身。无论走到哪里,群众都是亲热地叫他"拐先生"。拐先生常常失眠,很晚才能睡着。每天早晨却又必须早早起床。他受不住瞪着两眼等待天明的熬煎。

现在,天才麻麻亮,他又醒来了。他伸出两只胳膊,给自己下命令:

"起,起,起来!"

这也是李步高的习惯。如果身体不太疲乏,这么一加油,就能起来。可是,今天怎么也起不来了。他又喊了一次,又加了一把劲,上身只是向上挺了一挺,又跌在炕上。昨天一天在水库工地太疲乏了。这些时日来,差不多天天都要到工地去。天天跑,来回走十里路,耽误不少事情。他早就想搬到工地去,干脆在工地建立个临时医疗站。前天忽然听支部书记说,最近,又要增加几百人,还要加夜班。他就找支部书记商量在工地建立医疗站的事情,支部书记答应了。李步高考虑了一下,保健站还有一个工作人员,名叫王占山,解放前,在国民党军队当一名少尉军医官,思想没有经过改造,他在保健站工作,当和尚不撞钟,只不过是熬日月罢了,要是派这种人到工地去,群众自然不欢迎,还要误大事哩!李步高想来想去,只好自己到工地去,昨天他在工地旁山坡上找到一间小野窑。他一直干到天黑,还没有收拾好。今天无论如何要修好,明天一定要搬到工地去。可是,今天怎么也下不了炕了。

他推推睡在身旁的大孩子李小宝,李小宝醒来了。这个十三岁的小鬼和他爸爸一样,只要睁开眼,头脑就很清醒,决不迷糊一下。这个小鬼就像个不爱多说话的小姑娘,手勤腿快。看见爸爸上台阶,他就跑过去,用手一推,或者用肩一扛,爸爸趁劲一下就跳上台阶。看见爸爸下台阶,立即跑过去,当个活拐杖。现在,天还不明,爸爸就推醒他,不用问就知道自己该干什么。他爬到爸爸的枕头后边,跪在那里,两手托着爸爸的两肩。李步高喊口令:

"一、二、三!"

李小宝在后边用力一推,李步高上身一挺,坐起来了。李小宝把棉衣披在爸爸身上,点着窗前炕桌上的煤油灯,又钻进被窝去了。

李步高把身子挪到窗前,用一张报纸遮住灯光,免得照醒他的老婆和孩子们。然后翻开一本书,开始学习。

这正是三月天。夜还很长,已经麻麻亮的窗子,因为房里点了灯,又变得黑洞洞了,好像黑夜又延长一阵儿似的。李步高的思想完全钻进书本里去了。没有任何声音打扰他。村里村外什么声音也没有。突然,一只斑鸠在窗外的槐树上叫了几声,李步高立即合上书本,把灯吹熄。耳朵靠近窗纸,静听斑鸠叫。

"咕咕!"

斑鸠又叫了一声,真把李步高乐坏了。一会把右耳朵贴近窗纸,一会把左耳朵贴近窗纸,希望斑鸠再叫几声。过了一小会儿,嗤楞一声,斑鸠飞走了。李步高马上收起笑脸,一阵不满足的情绪,在两个嘴角上表现出来了。

李步高和斑鸠的这种感情是有这么一段来历的。

他在一九三七年参加八路军,最初当卫生员。一九四二年以后,就锻炼成一个挺能干的医生。自那以后,每次战斗,他都要参加前线手术队。在他负重伤以前的几次战斗中,已经是个出色的前线手术队队长了。十几年的部队医务工作生活,把他锻炼成一个模范的解放军军医,忠诚、勇敢、坚强、镇静、果断。一听见枪炮声,精神就格外振奋。在枪林弹雨下动手术,心不发慌,手不发抖。他曾多次负伤,但都是轻伤,不妨碍工作。可是,一九四八年的一次负伤,使他再也不能到前线手术队工作了。一粒子弹打进脊椎骨的骨缝里,另一粒子弹打进左脚踝的骨头中。长期的病房生活,使他苦恼,他希望再上前线。可是,子弹取不出来。在那漫长的夜里,常常不能入睡,又起不来。那清醒的头脑一次又一次地回想过去的生活:儿童时代跟随妈妈的乞讨生活;放羊时荒山中的冷风急雨;参军时妈妈的眼泪;战斗时的激动;第一次抢救伤员时的胆怯;同志的友谊;首长的教导;入党仪式上的宣誓;最后的一次负伤……万万没有料到他竟长期躺在病床上,以致终生残废,他苦恼极了。他一会儿看看房顶,一会儿看看窗户,天还不亮。最后点着灯,打开一本书轻声地念起来。慢慢地,在模糊中又睡着了。不多一会儿又醒了。活动活动两只胳膊,又看书。看了几页,又睡着了。这样的苦日子过了好久。当他的战友给他送来一根拐杖的时候,他高兴得真要跳起来。他自己完全明白,身体中的两粒子弹和几个碎弹片,是不容易取出来了,迫切需要一根拐杖来代替左腿。后来,盼望多久的拐杖给送来了。自从有了这根拐杖,每逢夜里醒来,再也不能入睡的时候,就架起拐杖,到村外练习走路。越走越快,又跑又跳,自然也免不了栽跟斗。直到满头大汗,浑身疲乏,然后抱住一株大树,就像天真的儿童,仰起头,笑眯眯,静听黎明时的斑鸠叫。那时候,也是春三月。自从离开部队的这十来年间,每逢听到"咕咕"声,一阵甜滋滋的感情来到心头,甚至连书也顾不得看。

他又点着灯继续看书。

天明了。

今天是星期日,李步高要李小宝帮他去修理那个小野窑。李小宝非常高兴,早早吃了饭,爸爸背上药包,儿子挑了个红十字旗走出门来。

走到村口,正碰上王占山。王占山拉住李步高的胳膊说:"步高同志,在工地建立医疗站的事,我很赞成。我要求批准我到工地去服务。你说我可以提这个意见吗?"王占山讲话,总是客客气气的。

李步高看见新鲜事了:王占山要到工地去!脑子一转,想道,这也不敢拿老眼光看新鲜事,王占山也是可以教育过来的。所以,他顺口说道:"当然可以,当然可以。不过,现在还是不要去,等我弄出个头绪以后,你再去吧!"

王占山关心地说:"你身体不好,还是病人……"

"占山同志,没关系。我这病人不算病人,我有个怪毛病,一看见病人,我自己就没有病了。你们守家吧,照顾附近几个村的病人。我在工地忙不过来的时候,打电话叫你。"

王占山振了振精神,说:"好吧!我听你的指示。我要向你学习,什么时候叫,什么时候到。你完全放心好了。"

现在叫李步高完全放心还不是时候。不过,王占山总算有了进步,这也就了不起啦。所以,李步高兴奋得不得了。

父子二人走出村来,向着工地奔去。

离工地老远,他们就听见水库大坝上打硪的歌声了。一阵快步就来到大坝跟前。李步高左胳膊架拐杖,右手拉住李小宝的胳膊,一口气爬上大坝。大坝上的人们吼叫起来:

"拐先生来了!"

"快加油吧,拐先生过来啦!"

李步高站稳脚步,摘下帽子,用他的拐杖高高挑起,对众人喊道:"好好干!好好干!有拐先生给你们看病,多加油吧!"

打硪的人们唱起来:
"拐先生的脑门上直冒气呵!
打硪的伙计再加一把劲呵!"
另一伙打硪的接着唱:
"拐先生的医术真能行呵!
打针保险你们不觉疼呵!"
李小宝听了直想笑。李步高一面走一面和众人打招呼。翻过大坝,一直走到那个小野窑门口。李步高叫李小宝把红十字旗插在窑顶上,父子二人就开始工作。工作分三部分,一是把窑洞扩大一些,二是把土弄到窑门外,三是从沟里弄些石头,架上门板,当桌子,好放他的瓶瓶罐罐。父子俩干到中午,吃了些干粮,喝了些水,再干,一直干到半后晌才算完工。再弄些干草垫个铺,明天就可以搬到这里来住了。

父子俩刚刚坐下,柳树沟张玉明老汉,拉着个毛驴急急忙忙走过来,哭淋淋地说道:

"步高,你怎么跑到这里来了!快走吧,我三小子放羊,把胳膊跌折了。快,快上驴!"

李步高说:"你老人家怎么迷了窍了!二里路去保健站请王医生不是更快?"

"哎呀呀!我的好步高哩!我这不是从保健站来的吗?请不动王先生呀!人家说,今天是星期天,休息哩,不出门。"

"谁规定星期天不出诊?"

"你们的规矩,我怎么能知道!"张玉明老汉把毛驴拉到李步高跟前,"走吧,人在家里受罪哩!"

李步高把药包递给李小宝,说:"小宝,跟我走,咱从柳树沟一直回家走。"

一气来到柳树沟。先看病人:胳膊没有跌折,是跌脱了。受点罪捏上就行了。看完病,十六的明月已经出了东山。父

子二人说走就走,刚走到大门口,一个老太太在门外拦住李步高说:

"李先生,你认得我这老婆子吗?"

李步高仔细看看,想了想,说:"你是……你是张拉弟老大娘吧!"

那老太太上前一把拉住李步高说:"认得我就跟我走吧。我今天请请你。没有你接产,我怎能抱这个小孙孙哩!"

李步高坚决不去。那老太太听说坚决不走,快要哭出来了:"你这人这么不通理!今天是做满月!凉凉地从我们门前过去,我这老脸该往那里放、那里搁呀!"

李步高赔上笑脸说:"老大娘,你要强迫我,我可要说难听的了。"

张玉明老汉看看李步高坚决不走,他就说话了:"拐先生,步高,这就是你的不是!你要不吃她这顿饭,她不是寻死也要上吊,轻些也要骂你三个月。走吧,她是我本家嫂嫂哩,我陪你走。吃完饭,我拉上毛驴送你去。"

李步高问道:"鸡蛋炒好了没有?"

"炒好了。"

"烧酒温好了没有?"

"温好了。"

李步高说:"好吧!一切停当了,咱就去吃。"

他来到张拉弟老太太家里。刚刚拿起筷子,柳树沟生产大队的会计慌慌张张地喊着跑进来:"拐先生!拐先生!电话!大队部!管理区来了电话。"

李步高放下筷子,急忙来到大队部。拿起耳机说:"我是李步高。"

"我是黄土坪管理区老陈。工地来人报告,工地出了事故!穿山洞里塌土,压伤了人!重伤!快快去!越快越好!"

李步高对着耳机说："快去叫王医生王占山,他有自行车,走的快,叫他先走,我马上动身。"

耳机里的声音："王医生说,他有点感冒,正在吃药,不能去。"

"我马上动身!"李步高放下耳机,从大队部出来,气得直发抖。来到张拉弟老大娘家,提起药包,对张玉明老汉说："工地有重伤号!快!赶快把毛驴拉过来,马上到工地去,有重伤员,小宝,走!"

毛驴就在隔壁院里,说话之间,已经拉到门口。

真要把张拉弟老太太疯了："我家做了什么坏事啦!拿上鸡蛋烧酒找不到庙门!这不是给我们脸上抹灰吗?天下病人多得很,你一个先生都能看过来吗?保健站好几个先生,你不会打发一个去吗?拐先生,你真不给我这老脸留面子吗?"这老大娘述说到这里,忽然想起了什么事情,赶紧跑回家去,拿了十个熟鸡蛋,咚咚跑出来,拐先生已经走到村口了。她一气撵到村口,拉着毛驴说不拿鸡蛋不叫走。

李步高在毛驴上喊道："小宝,拿上鸡蛋,快走!"李小宝接过鸡蛋,紧紧地跟在后边,霎时出了村口,上了大路上。李步高老嫌走得慢。走了一里多路,就颠得他受不住了。腰酸又疼,快要变成两截了。脚甩得麻木了,眼看就要从毛驴上栽下来。他叫毛驴停下来,换了个姿势:他爬在毛驴上,手抱住驴鞍子,一手抓住驴鬃,说声"走",毛驴又走开了。这比骑上好一些,稳一些。可是只走了不到二里路,毛驴颠得他又受不住了,腰里就像刀截一样,满头大汗。他又拉住毛驴,叫张玉明老汉把他扶下来。上身爬在鞍子上歇了一下,然后叫李小宝帮他点一根纸烟。又走。

这一回,他不骑毛驴了,他架上拐杖走。又走了一阵,他看见小宝拉在后边,好像走不动了。他问道:

"小宝,累了吗?加油!一加油就不累了。"

小宝紧走几步,说："我饥了,吃鸡蛋哩。"

李步高说:"好小子,知道吃,就饿不死了。把鸡蛋分给我们两个。"

李小宝剥了鸡蛋,送到爸爸嘴里。张玉明老汉也吃了两个。吃了两个鸡蛋就有了力气。李步高撵上毛驴直跑。跑了一阵,扑通一声,李步高栽倒在地上。李小宝和张玉明急忙去拉。李步高趴在地上两个胳膊抱住头,一动不动,低声说:"叫我缓缓气,不要拉我。"

刚说了一声"缓缓气",立即又起来,又走,只走了二十步,就不能走了。他对张玉明老汉说:

"玉明老汉,不要毛驴了。把它拴在那株树上。你和小宝架上我走。"

张玉明老汉说:"歇一歇吧!歇一歇再走。"

"不能歇,不是时候,赶快把毛驴拴在树上。"

张玉明老汉去拴毛驴,他心里难过极了。他是头一次请拐先生看病,只这么一次,他才真的看见拐先生了。他听说过拐先生怎么怎么好,他可没有看见过拐先生这样的苦!他是个病人,是立过功劳的残废军人,他为了救别人的命,忘了自己的命。这个硬心肠的张玉明老汉,看看躺在地上的李步高,眼泪快掉下来了。他把毛驴拴好,走过来,拉住李步高的胳膊说:"步高,起来!我老骨头还有点力气,我背上你走。"

"那还像话,玉明老汉,我四十的人叫你这六十几的老汉背,那不是笑死人!我是身体残废了,思想可没有残废。"

李步高叫张玉明和李小宝架上走,这比骑在毛驴上好得多。离工地越近,李步高越是忍耐不住这种一步一步的行走。那里有重伤号等待他啊!要快些!再快些。他要张玉明老汉和李小宝走快些。他说道:

"听我的口令:跑步!"

他们跑起来厂,李步高喊口令:

"一,二！一,二……"

当李步高看到工地的灯光的时候,恨不得一下就跳到受伤人的跟前。他对张玉明老汉说：

"再快些！能不能再快些！"

张玉明老汉没有回答他。这个六十多岁的老英雄,一转身,就把李步高背起来。穿过大坝,一直背到穿山洞旁边的工棚里。把他放在伤号的跟前。

李步高几乎坐不住了。不只是腰腿疼,浑身上下,骨架子散了似的,黄豆大的汗珠子从头上滴下来。看见眼前躺着伤员,就像在前线手术队的时候听见炮响一样,精神立即振作起来。他咬咬牙,擦擦汗。腰疼腿疼都忘记了。他叫李小宝打开药箱,开始抢救。

受伤的人到现在还是昏迷不醒。

李小宝是个好帮手。一刻不闲地帮助他爸爸工作。一个钟头以后,才听见重伤号哼哼起来。先是哼哼,后是叫疼,人是醒过来了。工地总指挥,管理区总支书记赵兴邦走过来,握住李步高的手,问伤势怎么样,李步高说：

"性命没有问题,左腿,折了。要去公社医院,赶快捆担架立即动身。"又说："老赵,千万要注意安全！没有搞好黑夜的安全措施,不准他们私自加夜班。"

赵兴邦心里难过得很。他对坐在工棚里的几个后生说："你们听见步高的话没有？我说过不知多少次了,安全！安全！成天提着你们的耳朵说也不中用,耳旁风嘛！"他又对步高说："到现在我才知道,他们几个二不楞已经加了三个夜班了。神通真广大,他们跟上众人下班了。不知在哪里藏了一下,一转眼又溜回来,钻到洞里去了。里里外外就这么两盏小马灯,不出事故那才是有了鬼哩！"

那几个青年人只管捆担架,没有一个人敢说话。担架很快捆好了,他们把伤员挪到担架上。赵兴邦本想给李步高留个人帮他走路,人手不够,只好留盏马灯。他提了另一盏马灯抬上担架走了。

把伤员抬走了。只剩下他父子俩了。那盏小马灯照得这间小工棚昏糊糊的,还不如门前的月光明亮哩!李步高叫醒正在打瞌睡的李小宝,走出工棚来。李小宝背了药包,提了马灯,扶着爸爸,慢慢往家走。五里路,好长的路!走了才一半路程,李步高的两腿再也站不住了。他坐在地上休息。对李小宝说:"小宝子,唱个歌提提精神。唱唱'少先队',唱,一、二!"

李小宝唱起来了。唱完第一段,正要唱第二段的时候,王占山摇摇晃晃迎面走来。他用手电筒照了照李步高和李小宝,紧走几步,来到李步高面前说:

"哎呀呀!是步高吗?没事了吗?我还以为出了什么不得了的事呢?要不是碰上你,这一趟白跑了。怎么啦?走不动了?没有人送送你?你还没有吃饭吧?"

一股子刺鼻的烧酒气扑到李步高的脸上。王占山拉住他的胳膊发酒疯:"他们就这样对待我们医务工作干部吗?这样干下去,不是要贴老本吗?老伙计,站起来,我扶上你走,咱们才是志同道合的老朋友哩!赶快起来,天不早了。"

"滚开!滚开!"

王占山拦住路,摇摇摆摆地说:"我也是和你一样,都是为人民服务……回去我请你喝酒……"

"让开路!滚得远远的。不滚开我要拿拐杖打了。"李步高从李小宝手里夺过拐杖,高高举起,大声喊叫:"滚!"

王占山被李步高的拐杖和喊叫吓坏了。眼看李步高的拐杖打过来,一跳就跳到路旁。这时候,他才看见有两个人抬着一副担架来到李步高面前。他以为这担架是到工地抬伤号的。他认得那是本村的张二狗和刘小平,他亲热地、大声地问道:"那不是二狗子和小平吗?是管理区派你们到工地抬伤号吗?"不料想,那两人并不回答他,却放下担架,把李步高抬起来就走。谁也没有对他说一句话。到这时候,他才明白过来,那是专来接李步高的担架。心里这么一惊,立即出了一身冷汗。他跟在担架的后边,东倒西歪地走。他听见李步高和抬担架的人又说又笑,可是听不清他们说什么。

多年的愿望

一

红火热闹的春节刚刚过去,前进人民公社的三十里的大水渠工程就要动工了。这是多少年来人们盼望的水利工程。这个工程完工以后,可以把前进人民公社的两万多亩旱地变为水浇地。各个管理区都可以受益,所以各个管理区都自动派人参加这项工程的劳动。南坪管理区是离渠首工地石坡村最远的地方,要沿漳沱河往上走三十里路。最初,公社党委会决定他们只参加渠身工程,渠首工程要就近的几个村子去干。不行!他们的情绪很高,管理区的支部书记和管理区主任坚持要参加渠首工程,因为那里的工程最困难,靠近渠首几里的渠道尽是鹅卵石,也很吃力。他们要派人参加。这是一番好意,一番热情,公社党委会减少了他们的渠道任务以后,同意他们管理区派五十个人参加最困难的渠首工程。

五十个人真不算什么!单是第一生产队在开会的时候,就报了一百多人!不管体力强的、体力弱的,几乎全体都报了名,并且一致要求批准他们上工地。在到会的人当中,没有报名的,只有一个人了。这个人就是多半辈子热爱水利的白三海老汉。

整整一晚上的会议,白三海老汉只坐在灯光照不到的炕角里抽旱烟,没有说一句话。队长张永禄在开会以前曾经注意过他,以为他会报名参加修水利的;等到开起会来,七吵八吵,一下子就有这么多人报名,并且抢着上工地,也就把他忘记了。一直到宣布散会,在灯光下,人影忽闪的时候,他才发现白三海老汉,并且看见他用袖子擦着眼泪从炕上走下来。这可把队长张永禄打到闷葫芦里去了。他虽然是个二十大几岁的年轻人,也很经验过一些事情:种过地,参加过抗美援朝战争,当了几年干部,办过不少工作。可是,他实在弄不明白,白三海老汉为什么不报名参加公社的兴修水利劳动?在平时,他是兴修水利的积极分子!后沟里的几眼井就是他带头钻出来的。要说为人,在这个管理区是有名的少说话多做事的人物。他是个普通的社员,一天劳动完了,就到饲养班去看看。饲养员担水,他就赶紧洗瓮;饲养员煮料豆,他就帮忙添火,然后就着煤油小灯抽几袋旱烟,回家休息。他最热心的是兴修水利。"栓娃子",白三海老汉不叫队长,也不叫大名张永禄,而是叫小名栓娃子,"栓娃子,我看见后沟那块大石头底下往出渗水,草也比别处长得旺,准保那里有股水!"队长张永禄说:"好哇,三伯伯,咱派人去挖一挖。""不用专派人去挖,派两个年轻后生帮忙把那块大石头挪开就行了。"过了几天,他又来了,浑身又是泥又是水,抓住张永禄的胳膊说:"栓娃子,有门路了,派人吧,我刨了个大坑,那里有水!"不到一个月,一眼水井已经挖好,水车辘辘辘辘转起来了。在这一时期,他就成了不挂名的水利委员。以后,他又到地里劳动,又去找水,又去提意见,没明没黑地挖井。这样一个人,对于引漳沱河水,浇两万亩土地的大水利,为什么不说话?为什么不参加呢?真奇怪。

  队长张永禄还不明白,白三海老汉为什么流眼泪?不去就不去,一人两人没多大关系,在村里劳动也很好。实在说,也不能把全队人马都调去修一个月的水利。他年岁大了,平常也听他说腰疼腿疼,这是大家都知道的,不会有人强迫他参加这个比较困难的劳动,他要是真报了名,十有九成不批准他上工地。可是为什么要流泪?为什么?张永禄想把三海老汉留下,和他说说,看他有什么为难的事情,开导开导他。可是,三海老汉已经随着众人走出大门去了。

众人都走了，办公室里只剩下张永禄一个人。

忽然，"吱呀"一声，房门开了，白三海老汉走进门来。"孩子，我知道你没有睡，我想找你说几句话。"

"三海伯伯，你坐下。我也正想找你说几句话哩！"

三海老汉取出旱烟袋，点着一锅烟。说："栓娃子，你一定怪我不报名吧！真的，我应该报个名。孩子，我不能报名，我这一辈子也不想走进石坡村一步，我恨得不行。说到修这条大干渠，我赞成。不管什么时候，一提这条干渠，我这老骨头就高兴得发抖。我从心眼里高兴哩！我多半辈子没有办成的事情，如今眼看就要成功，我能不高兴吗？我高兴。我可不能参加这个水利事业了。"

三海老汉那瘦瘦的面孔，在那盏煤油小灯下，显得格外紧张、格外兴奋，拿烟袋的手也有些发抖。他向张永禄讲他不去石坡村的原因。

二

在民国二十六年开春，南坪村的富户们开会，要联合这十几村的人开渠：从石坡村引漳沱河水浇这一带的土地。在旧社会，这种事情，总是先由富户们发起，他们的地多。出头露面的人也总是些敢说敢干的贫穷户。富户在背后撑腰，穷人在人前面跑腿。一商议，各村的人都同意修这条大干渠。那时候，白三海三十来岁，年轻力壮，能说能道。只是有一件：穷。他是上无片瓦，下无寸土，全仗租田借地过日月。有个老婆，无儿无女。他偏又热心公益事情。虽说无地无土，一说挖井打坝这些事，他就往前走。众人中也有富的、也有穷的，一商议，南坪村就推他为代表，他也乐意办这个公益事。各村代表开会的时候，因为他多说了几句话，出了几个主意，众代表以为他还算个人物，就推他为头头。说来真叫人寒心，他一无土二无地，热心这种事业那不是白跑腿吗！可也怪，他心甘情愿。他的腿快，一会儿这村，一会儿那村，成天跑。股份集起来了，他就到石坡村去办交涉。

　　他连跑几次,说得他舌焦唇干,没有结果。他还要去,要一直跑到把事情办成才放手。石坡村坚决反对修这条大干渠。道理也很明白,他们村获益少,受害大。不论怎样丈量,怎样划线,要毁石坡村百十亩顶好的刮金板。这种事情,就是在南坪村,也是说不通的。现在是成立了人民公社,这种问题也就不算个问题了,在那时候,这是要拼性命的。石坡村选出的代表名叫刘步云,那人也是三十来岁,大高个,也是个没儿没女的贫农。他只有一亩地,这条大水渠正好从他那一亩地里通过。他和白三海接头,一无水二无烟,三言两语就谈到正题上了。他说:"不行,说什么也不行,除非把我们石坡村的人都打死。毁我们的地不行,莫说毁五十亩,毁一亩毁一分也不行。"白三海听说这种话,不是一遍两遍了,这次来,早有了准备。他说:"不能白白毁你们的地,我们买你们的地。毁一亩买一亩,毁一分买一分。"看样子,我这话打动了他的心了。于是又说下去:"你共有一亩地,要毁多半亩,不要紧,我们给你一亩地的价钱。"他想了好大一阵,猛然问:"你们给我钱,我到哪里去买地?"白三海说:"只要钱多价高,还怕买不下地吗?我们高价买你们的那一百多亩地。"这个大汉被白三海说软了。他说:"我们要商议商议。"

　　听老人们说,早年也有人要修这条渠,就因为土地问题散了伙,想必是地价给的太低。这一次他们按当地最高的地价买石坡村的地,这问题也就好解决了。在旧社会,钱能通神,有了钱啥事都好办,白三海想这就算是说通了。第二天,就带了两个人去看地势,准备动工。说实在的,那工程除了要花劳力,技术上的事情实在简单。从高处往低处引水,开个口,挖个渠就是了。只是渠首要作一点工程,也不过垒些石头,弄个进水闸。在河里垒个几丈长的拦水坝,拦河水,没有什么了不得的工程。虽说简单,可总要察看察看。他们三人没有进村,一直就到了打算动工的渠首工地。木橛子和小旗旗也带来了,步出个路数以后,他们就栽橛、插旗。他们刚把木橛栽好、旗旗插好,从石坡村出来一伙人。那伙人里边有拿磨棍的,也有拿扁担的,一边骂一边向他们冲过来。"那个姓白的没头鬼又来了!""这个害人贼,几时枪毙了他才好哪!""把那灰鬼白三海的腿打折,他就不来石坡害人了!""打!打!打!"石头瓦块一齐打过来。他们就跑,没命地跑。那两个年轻人跑上山去了,白三海顺着大路往回跑。那时候,他年轻身壮,两腿跑起来风欢,谅他们也撵不上。跑了一阵,来到一棵大树旁,刚放慢了脚步,后边的人拦腰给了他一棍,把他打倒,爬不起来了。他抬起头来看看,打他的不是别人,正是那个大汉刘步云。他端起棍来又要打,看看白三海已经半死半活,这第二棍就没有打下来。他气势汹汹地问:"你来石坡干什么?"那时候,白三海几乎喘不上气来了,可不得不说话,他说:"你是石坡的代表,咱俩是谈好了条件的。"刘步云说:"我只是答应商议商议,谁和你谈好了条件。今天我可怜你,只给你一磨棍,这算见面礼。你那狗腿再踏进石坡村一步,就把你的蹄子打下来。你回去给你们的掌柜们说明白,有钱往滹沱河里扔好了,可不能买我们石坡村的命根子,你听见了没有?"他拿磨棍顶顶白三海的脑袋就走了。

　　这一闷棍正打在他的腰上,怎么也爬不起来了。他多么盼望有个过路人,给南坪村捎个口信,派人来抬他。半天没有过路人。又过了一会儿,那个刘步云又回来了。看见他拉着磨棍回来,白三海更害怕了,刘步云一定是要打死他才回来的。他知道,在河西,为了争水,差不多年年打死人。死个人真是好比死了个小鸡小鸭,算不了什么。旧官司接上新官司,一年四季干,人们就像疯了一样。白三海想:他也走到这个地步了。他又想:他不是为了他个人。穷人也罢,富人也罢,他是为这几十村的众人,死了算了。把心一横,他也就不那么害怕了。说话间,刘步云已经来到眼前,白三海说:"你打死我好了。就这样半死半活,我更受罪。我知道你刘步云,你也是个穷人,只有一亩地。可我还不如你,我无房无地,我是全凭两只手过日月。我修渠不是为了我自己,我是为了几十村的众人。你打死我,我也不后悔!你们石坡村的人都是狗,只为了你们自己,不为别人。你要是人生的,就把我打死吧!我恨你,我恨你们石坡村的人!"白三海再也忍不住,骂起来了。刘步云低下头,哼哼唧唧地说:"白三海,你也是明白人,我也是为了众人。这年头,只想着为别人,我只好饿死了。我不打你了。"他把磨棍扔在路旁,说:"来,我送你回去。"白三海是个硬骨头,一听这话,真是要给气疯了。刘步云把他打了个半死,又要送他回去,他不干。他说他宁死在野地里,喂厂狼,也不让刘步云背他。他扎挣了一阵,斗不过刘步云,终于被刘步云背起来。白三海狠狠在刘步云肩头咬了几口,那人头也不回,气也不吭,真是好汉子,一气把白三海送到南坪村口。天已经麻麻黑了,刘步云说:"我不进你们村,你喊你村人把你抬回去吧!"他把白三海放在村口干草垛旁,转身就走了。

　　那时候,白三海老婆大着个肚子,看见他男人半死半活地爬回来,气得喊天叫地。从此以后,白三海那日月更苦了。那是旧社会,大事业办不成了,他为别人顶上命干,也到头了。有钱人,没一个上门来看他。只有几家穷街坊,这家给他送半升米,那家帮他几斤面,这日子怎么也过不下去。自然没钱请先生看伤,只是躺在炕上硬挺。过于几个月,他刚能下炕走动几步,他老婆就生产了,那正是五月端午节,生了个小子。两口子该是多么高兴啊!可是,大人没有饭,孩子没有奶。这娃子一天到晚嚎,嚎得他两口心疼肉疼。白三海想把孩子给了人家,老婆舍不得。那时候是重男轻女,要是个女娃娃,还好办,给人算了。这是个男的,老婆抱着娃娃直哭。白三海对老婆说,饿死也是饿死,不如给了人家,也许能活个命,这主意还没拿定,就有人到白三海家抱娃娃,还背来了二斗米。三海老婆哭着说:"要是把娃娃卖米吃,那不是吃娃娃吗?不能啊！我们不能把娃娃换米吃。"白三海的主意拿定了,拿孩子换米吃,不如白白给了人。送到外村外地去,留在本村,将来也打麻烦,这么一狠心,他就从老婆怀里夺娃娃。那瘦娃娃身上只有一件绣了四个云角的红色兜兜,除了这什么也没有。白三海解开上衣,把孩子揣到怀里,扶了根棍子,走出门来。他老婆在房里大声哭嚎,他也不能管她了。

送到县城养生堂去。白三海一边走一边想,养生堂这地方,不是好地方。那里可有一个好处,隐姓埋名。除了娃娃的生辰,什么都不对人说。送到养生堂的多半是女娃娃,送男娃娃的很少很少。养生堂的看见白三海把一个男娃娃送来,非常吃惊。白三海告诉养生堂的人,他不盼望别的,只盼望他们把这男娃娃送给一家老实庄户人,不要留在县城。他们说:"送给庄户人受苦受罪哩！你既是这么要求,我们照你的意思送给一家庄户人就是了。"白三海把娃娃留下,就走回家来,老婆在家已经哭得不省人事了。二十二个年头过去了,这娃娃流落哪村哪庄,三海两口一点儿也不知道。他两口察访过多少次,仍然是无音无信。

自那以后,白三海从没有去过石坡村。就是路过那村,也是绕路走。他常常想,在那村被人打伤,水利没修成,把孩子也丢了。他一想起这事情,心里就难过。如今听说,又要修这条大渠,他心里是又高兴、又难过,不知道该怎样才好。

三

南坪管理区挑出来多么整齐的五十个人！除了两三个做饭的妇女,一色是二十岁以上、四十岁以下的青壮年。领队的是管理区支部委员、第一生产队队长张永禄。他们带着锅碗瓢勺,粮食铺盖;他们带着铁锹、镢头、草袋、麻袋、大抬筐。人担车拉,浩浩荡荡。他们唱着"社会主义好"的歌子,扛着红旗,走出村来,背后欢送的锣鼓声还在村口响。

队长张永禄担着两袋小米,走在队伍的最后面。这两袋小米很有些分量,走了十来里路,他头上的汗珠就滴下来了。他正要换肩,背后忽然伸出两只手,要夺他的扁担。这可把他吓了一跳,回头看看,原来是白三海老汉。

"哎呀呀!三海伯,是你!"

白三海老汉一面说"是我",一面夺扁担。

张永禄哪能把这么重的扁担让给那五十多岁的老汉呢?所以他抓得扁担更紧了,走得更欢了。

"三海伯,你上了年岁了,腰也疼,还是回去吧!"

三海老汉仍然抓住扁担不放,紧跟着走了几步,松开手,说:"栓娃子,不要说这话。我本心实在也不想去。石坡村这么大的事业,引得我在家待不住。我思谋了一夜,我还是应该去。还是你说得对,旧社会是旧社会,新社会是新社会,那是两码事。去那里看看也就歇了心了。我今天去,今天回来。"

大路上的人马车辆越来越多了。一队又一队,都是到石坡工地去的。人们浑身上下都是劲。这正月新春,滹沱河还是白花花满河冰凌,几十个村的人就来到紧靠河边的石坡工地,只是一个上午的工夫,这平平静静的小村村就集中了大几百人,霎时间,就热闹起来。

南坪管理区的这五十个人一直来到工地指挥部。张永禄去报到,领任务。白三海老汉本意是来参观的,哪里都要看看,他也跟张永禄来到指挥部。总指挥部是公社副主任,他到工地去了,接待他们的是一个挺漂亮的年轻后生,大眉大眼、瘦瘦的脸、高高的鼻梁,挺机灵、挺活泛。不过,白三海老汉一眼也可以看得出,这是个种地出身的后生,三海老汉老觉得这后生挺面熟,可怎么也想不起在哪里见过面。那后生马上自我介绍道:

"我是石坡村生产队副队长,名叫刘有堂,在工地指挥部临时工作,我是管招待的,算是总务股吧,做饭住房找我。"他掏出一个小本本,看了看说:"南坪管理区的人住在村南头,紧挨着两个院,我用粉笔在大门上写了字,一看就明白。这位老大爷是副队长吗?你领上你们的人跟我去看房子,安顿锅灶。张永禄同志,你先在这里等一下,我马上回来,领你到工地。"

"我也去看看房子吧!回来咱们一齐到工地去。"

刘有堂领上他们的队伍来到村南头,刘有堂一再解释,来的人多,村里房少,挤一挤也就住下了。好在都是一家人,没关系,有意见尽管提,不要客气。房子确实不够,一共有六小间房,炕上住不下,要搭地铺。刘有堂看见实在挤得紧,连铺盖卷也放不下了。就对张永禄和白三海老汉说:"真对不起,你们两位同志到我们家去住吧,我家就在隔壁,离这里只有三五步远,去吧!"

白三海老汉说:"不用了。我是来参观的,不是副队长。今天下午还要回去,不用麻烦你家了。只队长一人,怎么也能挤下,走吧,咱先到工地看看。"

几十个人跟着刘有堂向工地走。他们把工具也带来了。刘有堂一面走,一面向大家介绍工程情况。他说,在早年间老人们计划在这里修渠引水。要说工程,真是简单得很,只要有人力修个引水闸,挖个大干渠就成了。可就是因为受害啦、受益啦争执不停,一直没有动工。

有几个年轻后生急忙问道:"为什么不能动工?"

"这还不明白吗?"刘有堂认真地向人们解释:"修这渠,外村获益,我们石坡村受害。我们村的人不同意,谁也修不成。硬要修渠,那就动武力打架,你死我活。几十年、几百年办不成的事情,公社一成立,马上就办成了,咱公社开了个会,决定调剂土地!要我们村的人开会酝酿。这还用着开会吗?全村都说,调剂土地要开这渠,不调剂土地也要开这渠,这渠是开定了。不能因为我们一村一庄霸住,不叫公社的人喝这口清水。不管受害受益,咱村也要出人力物力。你们今天才来,打炮眼的工程,我村早就干了半个月了,过年也没有停工。要争取一个月把这工程拿下来。"

这个小后生,把白三海老汉引得挺高兴。他不禁叫道:"好啊!好样的。够个模范村了。"

这小后生说了句俏皮话:"老大爷,要在旧社会想当模范村也没法当哩!"

"还是新一辈的人好。"三海老汉心里越想越发喜欢这个小后生了。

说话间,已经来到工地,工地离村有二里路。几百人抢着铁锹、镢头已经开始干起来了。多么好啊!白三海老汉已经忘记是在石坡村,他夺过张永禄手里的大镢头,就要动手。一个拿喇叭筒的人站在大石头上叫唤起来。他通知人们,要爆炸了,人们要闪开,半里路以内不准有人。那人三番五次喊叫。人们都停了工,开始走开。白三海老汉看那个拿喇叭筒的人好像刘步云,再走几步,确实看清楚了,正是那个在二十多年以前,曾经拦腰给他一棍的刘步云。他赶紧退回来,和大伙儿一齐离开工地,钻进山根的一个小土窑里,等候爆炸。

"为什么还要放炮?"三海老汉问身旁的刘有堂。

刘有堂说:"炸石头。听说从前人们计划是在那里,你看见吗?就是那个长两棵小杨树的地方作进水口。那只是为了省工,地势低,尽是黄土,离村太近。现在的这个进水口,往上移了半里多路,从石山的拐角地方进水,那就是天然的石头进水口,比洋灰坝还好。修个闸,万无一失。地势也高出了好几尺,这样渠道可以绕山根走,不走平地了。这就能把我村的一半土地变为水浇地,渠道走半山根,我村的地毁得也有限了。进水的地方有些石方,工程难一些,没关系,公社力量大,三下五除二,放上几十炮就成功了。"

三海老汉静等炮响,再没有说话。

想想以前的计划,且不说眼光小、力量小,可从来也没有人想过从那石拐角上进水,没有想过从半山根修渠道,这么大的工程把老辈的人吓住了,从来也没有想到这个好办法。还是现在的人!心愿眼看就要实现了。他为这条大干渠花的心血,挨打,挨骂,挨饿,受苦,总算有了结果了。

"轰隆隆隆!"一声炮响,一柱黑烟,直向云霄冲去。这顶天立地的烟柱,一下把冰封的滹沱河划成两截。三海老汉还没有眨眨眼,只听众人一齐呐喊,藏在半山的人们向着爆破的地方冲去。三海老汉看看左右,人们都跑了。他定了定神,也跟上众人跑下山来。

这是指挥部计划的正式开工礼炮。

三海老汉随着众人一直冲到爆破地点,就像疯了一样抡开镢头,刨石头!刨石头!刨石头!众人在旁边又说又笑,他没有听见;一个受伤的人从他身旁抬过去,他也没有看见。一直干到吃午饭,他也没有休息。

吃午饭了。三海伯刚放下饭碗,张永禄走过来说:"三海伯,你该走了。你拼命干了一上午,身体也不大好,还有三十里路呢,要走该起身了。你回去告诉支部书记,给我们送一些开石头的工具来,咱们的工程分在进水闸那里了,要马上送来。告他说,还要转来一份报,我们要看报呢!"

三海老汉笑笑说:"叫我回去可办不到了,孩子。你看你三海伯脾气多么赖!叫来不来,来到一看,就不想走了。我可不是诚心和你这队长闹别扭,实在不想走了。上午那一声炮响,我身上那股劲儿一下子就起来了,从心里高兴!我觉得年轻了二十岁。现在要逼我离开这事业,那就比拿刀割我还难受。有紧要事情,打发个什么人回去办办吧!我要一直干到底。不亲自看见放水我不走。"

张永禄觉得三海老汉的心劲儿从来不像今天这样大。在社里劳动是好样的,那只是闷头干,心里总是不那么舒畅。今天有些异

样。他当然不能给他浇冷水,所以,他说:

"三海伯,你真好。你愿意在这里劳动,我也不愿意放你回家。留在这里吧!叫谁回去,也不能叫你回去。你放心好了。"

"孩子,我听你的指挥。叫我挖土,我挖土;叫我抬石头,我抬石头;叫我和妇女们在一起烧火做饭,我就烧火做饭。我听你的吩咐。"

张永禄说:"好吧,听我的吩咐吧。我们马上去工地,你的工作是:代表咱管理区看望那个受伤的组长。过一会儿到工地来。"

"我听从你的吩咐。"三海老汉紧接着问:"叫我看望谁?是什么组长受了伤?他在哪里?你也该吩咐明白,你这队长把我弄得糊里糊涂了。"

"是这样,三海伯。"张永禄说:"上午石方工程放炮的时候,爆炸组的组长给炸伤了,一块飞石打破了他的头,流了不少血。现在在保健室,公社的王医生也来过了。"

"你认识这人吗?"

"听指挥部的人说,是本村的刘步云老汉。我不认识他。"

"明白了,"这个被炸伤的人,正是二十多年前打他一磨棍的人。白三海老汉闷了一会儿,又问张永禄:"你没有记错人吧?"

"不错,是刘步云老汉。"

三海老汉再没说话,三步两步抢到门口,才回过头来说:"我就去!"

转眼之间,他就跑出门去了。

四

白三海老汉来到保健室门口,那里挂了块大牌子,上边写着一行字:前进人民公社峪里管理区第三生产队保健室。门口站着一个年轻人,从背影看,那是刘有堂。三海老汉走过去说:"我来看望刘步云老汉。"

刘有堂说:"他睡着了。医生吩咐过,今天不叫和人说话。"

"他伤势怎样了?"

"伤势不太要紧,就是流血多,医生说要休养些时候。"

"他睡着了吗?"

"睡着了。"

"我不打搅他睡觉,我进去看看就出来。"白三海老汉说着就要推门。

"老大爷,不要进去,你明天再来吧。"

三海老汉已经把门轻轻推开,走进房里去了。

刘步云老汉躺在炕上,闭着眼,睡着了。雪白的绷带缠着头,一直缠到眉毛。二海老汉凑着炕沿坐下,直直地看着刘步云,他从来没有这么仔细地看过人家的脸。黑黑的胡子高高地翘起。这老汉,快六十岁了,一根白胡子也没有。满脸皱纹,又粗又深。不要说包了头,就是不包头,平时在大路上见了面,也认不出这就是二十年前的刘步云,老了。可是,看那嘴脸,看那眼,分明还是和二十年前一样,那么有力量。两只手摊在两旁,粗大的手,手上的老白茧,秃秃的指甲。这个大汉,两只脚紧紧蹬着墙了。

"啊……啊……"

刘步云醒来了。他睁开眼,看见炕上坐了一人。他一下看不清是谁,他说:

"枕头太高。"

三海老汉帮他把枕头放低了一些,刘步云老汉这才看清楚白三海老汉。"你,你也来了?"

"我来看看你。"三海老汉看他躺在那里,心里很难过。

"三海老汉,我们对不起你呀!"

三海老汉的眼泪扑簌簌落下来,落在刘步云的手背上。"过去的过去了,不提它了。看看如今吧!看咱这公社,看咱这生产,看咱这大水渠。过去的事情,没一样能和现在比。步云老汉,我是来修渠的。我要在这里住个把月哩!啊!你怎么不小心,就叫石头打伤呢!"

"一块飞石,掉下来,正好打在头上。真不走运,开工第一炮,就把我打着了。"

"现在疼吗?"

"疼。不像上午那么疼了。"

"什么话也不要说了,养伤要紧。门口有人把门,不叫进来,我该上工地去了。明天再来看你。"

刘步云紧紧抓住白三海老汉的手,说:"你再坐一会儿。"

风门开了,刘有堂走进门来,后边又进来一个姑娘。这姑娘大约有二十岁,短短的两根小辫,就像两个小毛刷子,细高身材,红红的脸,这两个青年人来到炕前。

刘步云对三海说:"三海老汉,你看看我这两个孩子。这小子叫有堂,闺女叫秀梅。"然后对两个青年人说:"这是南坪的白三海伯伯。"

两个年轻人喊了声"伯伯",就退到一旁。秀梅拿起热水瓶问:"爹,要喝水吗?"

"不喝水。这里没事情了,我和你伯伯说说话,你们都到工地上去吧。我在这里住不惯,我觉得这伤也不要紧。收工回来,你们俩把我抬回家去,你妈也好照顾我。队长要派人专门照顾我,这不好,人手很紧啊!"

两个青年人走了。

"步云老汉,"三海老汉说,"还是你的命比我好啊!你有这么两个宝贝疙瘩。我无儿无女。"

刘步云老汉说:"有了公社,就什么都有了。也有儿了,也有女了。咱们这辈人活到这地步,还要怎么样好法?一步登天啦!三海老汉,我这儿子还是拾来的呢!赶四十岁啊,没儿没女,老了谁来养老?我到养生堂就抱来个娃娃,是男是女抱一个就行。命好,抱来个男的。过了二年,老伴又给生了个闺女。"刘步云暗暗一笑,"老了老了,又给结了秋瓜圪蛋子,这才有了儿有了女。"

"那小子是养生堂抱来的吗?"

"是啊!全村人都知道我从养生堂抱来个宝贝蛋。才抱来还没出满月呢!"

"哪一年抱来的?"

"日本鬼来的那年。你算算:从日本鬼来的那年算起,该是有二十二年了。我这小子正好是二十二岁。"

"这小子原来没名没姓吗?"

"你怎样老糊涂了!养生堂的娃娃是没名没姓的。人家只告诉个生日,他是五月端午的生日。咱也不能昧良心,有朝一日也应认认他的亲爹亲妈。"

"明白了,明白了。"三海老汉再也坐不住了。他下炕来,说:"步云,你好好养伤。我也要上工地了,明天来看你。"

三海老汉没有上工地。他一直走到伙房,对做饭的妇女说,他要回家拿铺盖,明天赶来吃早饭,叫她们代他向张永禄请假,一阵紧走,就上了大路。

他要把这个消息告诉他老伴,他们的儿子好像有指望找到了。

第二天,正是开早饭的时候,白三海老汉回来了。他带来一卷铺盖。他对张永禄说,给支部书记捎的话他也捎到了,明天就把开石头的工具送来。这老汉的心劲儿多么高!三十里路赶来吃早饭,放下饭碗就上了工地。

他简直就像个年轻后生一样,不迟到一步,不早退一步。中午休息的时候,就跑到刘步云那儿说话。他看见刘有堂在跟前,心里就高兴。他老觉得刘有堂就是他的儿子。他的儿子也是日本鬼来的那年五月端午生的,也是不满月就送到县城养生堂的啊!他真像迷了窍一样。只有一件事没法证明。昨天晚上,他老伴对他说他的儿子刚生下的时候,他老伴迷信什么长命百岁,就咬掉了左脚的一个小趾。他多么希望刘有堂少一个脚趾啊！可他不能硬要那后生脱下鞋袜来检查人家。他只在心里做事,总是会有机会看看他的脚板子的。

他每天都到刘步云家里去。

工程进展得很快,正月初六动工,二月初二就完工了。

这是多热闹的一天。这天上午,上千的人站在进水闸的两旁,敲锣打鼓的。刘步云也来到了水闸旁,刘有堂拿着大铁锹站在他旁边。白三海紧紧跟着他父子俩。一声炮响,水闸搬开了,滹沱河的水,从冰凌底钻出来流到大渠道里来了。水过来了。站在渠道旁的人,又鼓掌,又呐喊。忽然,渠旁的一堆碎石塌进水渠,把水堵住了。刘步云老汉对刘有堂喊:"孩子！快！脱鞋下水！"

刘有堂立即脱下鞋袜脱掉棉裤,一伙年轻人也跟上脱鞋袜。白三海老汉连眼也不眨一下,直直地看刘有堂的左脚。一点儿也不错,左脚少了一个小脚趾。他大叫了一声:"有堂,我的亲儿子！"一下就昏倒了。

他坐在刘步云家里的炕上,从头到尾述说二十多年前的事情,刘有堂紧紧挨着他坐在炕沿流眼泪。刘步云心里真难过:从此,有堂认了他的亲生父母,他又没有儿子了。刘步云的老伴,一个快六十岁的老婆婆,哭着走进门来。手里拿着一件像个手帕大的小兜兜。鲜红色的小兜兜,四个角上还绣了白色云角。这是从养生堂抱回有堂时的一件东西,就只有这么一件。老婆婆是个有心人,把它保存下来了。她连一句话也不说,就把这件红色的小兜兜,送到白三海老汉手里。三海老汉抖着两手接过来,亲了一遍又一遍,他的眼泪把个小兜兜也滴湿了。

刘步云的伤还没有完全好,他顶不住这种打击,躺在炕上了。

白三海说:"步云老汉,这是咱两家的孩子,小子是你的我的,闺女也是你的我的。我只把有堂带回去认认他妈,我再把他送回来。你不用害怕。"

房里房外挤满了人。房外有人说道:"步云老汉老早就有意成全一对小夫妻,现在两个老汉成了亲家,不就解决了问题吗?这不是一刀切个萝贝,两面光吗?在一家是儿子,在一家是女婿;在一家是闺女,在一家是媳妇。要图方便,把南坪家老汉搬到咱石坡村来。"

南坪的人在房外也喊道:"把石坡步云老汉搬到我们南坪去吧!我们优待他!"

众人这么一吵吵,两个老汉都笑了。

刘步云老汉今天请客。把张永禄也请了来。张永禄问两个老汉,两家结亲同意不同意?白三海老汉说:"这要看那两个青年人!咱不能包办。"

刘步云赶紧说:"刚才我老伴问过有堂和秀梅。两个人同意了。"

张永禄又问步云老汉:"你搬到我们村,还是他搬到你们村?"

"这,这,这,搬不搬一样。都在一个公社里,都浇一个渠里的水。这事以后再商量吧!"

吃罢饭,就动身。步云家老伴早已准备好了一竹篮礼物。那是刚从供销社买来的。上边罩一块新的花毛巾,里边放了些什么礼物也看不见。她把竹篮递给有堂:"过几天,我去接你妈来这里住住。问你妈好。"老婆婆一直把有堂和三海老汉送到村外。

南坪管理区的挖渠队和三海老汉父子俩,一齐上了大路。他们沿着新开的大干渠渠堰向南走。流水打着小小的漩涡向前冲,每逢遇到渠道不流畅,三海老汉就和有堂一齐下渠里用铁锹拨弄几下。把树枝拨开,把石头块拨开,渠水又流畅了。

左边走着他的又高又大的儿子,右边大水渠里流着滹沱河的水,三海老汉心里这么一高兴,不由地笑出声来了。

于得水的饭碗

一九五八年八月底,五星人民公社成立以后不久,正是秋高气爽、五谷登场的时候。南庄管理区的小北峪生产队,也和其他生产队一样,在预算了全队的收支以后,决定办公共食堂,并且实行伙食供给制。干部们和群众们真是忙坏了,连夜改装柴油机动力磨,修厨房,备炊具,腾房子作饭厅,借锅碗瓢勺,买油盐柴炭,磨米米面面,编组的编组,定制度的定制度,写标语的写标语,几天工夫,一切都准备妥当了。大队部发了通知:九月五日中午开灶。

多么红火热闹的一天啊!开饭以前,敲锣打鼓,鸣放鞭炮,食堂门口贴了鲜艳的大红对联,院墙上贴的是红红绿绿的标语。众人们笑盈盈地走进了食堂大门。这是公共食堂第一餐,准备的饭菜特别好。四菜、一汤、大蒸馍。八人一桌,就在院里吃饭。众人到齐了,入座了,笑脸对着笑脸,口口声声说好:毛主席好,共产党好,人民公社好。他们说,过大年也没有坐过席,咱庄户人家活的也像个样了。饭场里一片欢笑声。

就要开饭了!这时候,于得水满面笑容地走进门来。于得水是第一小队的社员。四十来岁,高高的、瘦瘦的身材,稍微有点驼背。走动起来,两眼瞅着脚尖,大步大步向前走。两只粗大的手,青筋暴露,满是老白茧。腰里经常系一条宽皮带。头发开始脱顶了,眼角有深深的皱纹,眼球网满了血丝。于得水为人再好不过,和和气气,勤劳忠厚,和普通社员没有多大分别。如果说,他和一般社员还有点分别的话,那就是,在北峪村几十户人家当中,没有比他再穷的了。这个名义上早已是个中农,实际上还是个贫农的于得水,人多劳力少,生活有困难。土地改革的时候,分了土地和农具,也分了房屋和牲口,参加了互助组和农业社。生活老是不称心如意。他的生活是这样:听队长的分配,到地里劳动,决不偷懒。到社里领救济粮,给多少领多少,不嫌多和少。到信用社贷款,在贷款单上压手印。信用社(成立公社以后改为信贷部了)的干部知道他生活很困难,从不催账,只是偶尔说这么一句:"于得水,你贷的款可不少了。""是啊!不少了。"于得水抱歉地说。可是他从来不敢说一句"以后不再贷款"的话。剩下的时间,他就想心事:一万个对不起毛主席、共产党和人民政府,只怨自己不争气。生啊,养啊,老婆一连生了一大堆孩子。一家八口,睁开眼要吃要喝,可是只有他一人劳动。越想越没办法,最后咬咬牙,自言自语道:再过十年看!想到这里,脑筋里清清静静,像一汪平静的湖水,一切困难都没有了。该睡觉就睡觉,该去劳动,拿起䦆头就走。

这几年,于得水就是这样生活的。这种生活在他的眼睛里表现出来了。看他那眼神,在平时,既显得坚定,又显得疑惑不决;既显得高高兴兴,又显得不满足。有时候谈到生活,"啊呀呀",于得水说话常常先"啊呀呀"一声,然后才说下去,"啊呀呀,比起旧社会,如今的生活,算是上了天堂了,人心没尽啊!有人说三道四,觉得如今的生活还不大如意,还不大称心,说咱们现在不如过去好。那是不知好歹的人说的昧良心话。要不,叫他回到旧社会活上两天试试看。他不叫苦连天才怪呢!人心没尽蛇吞象啊!"于得水说这些话的时候,别人不大注意他的表情,开始笑嘻嘻,就像个小孩似的,说到后来,就有了点世故的表现,在那满足的笑脸背后,有了点什么东西了。仔细听听他的话,仔细看看他的眼,就会发现,那就是他自己批评的那种"不大如意"、"不大称心"的情绪。与其说他是在批评别人,不如说他是在批评自己了。他说的话都是实在的,这从他那眼神上看得出来,从他那笑声里也听得出来。

可是,这一天完全不同了。今天的于得水,真是从心里高兴,可以说是心花怒放。眼神是坚定而快乐,没有丝毫疑惑不决的影子;胖胖的笑脸,没有一丁点不满足的情绪,甚至可以说是意外的高兴。全村人没有看见他这么快乐过。真的,他快快乐乐地走进食堂大门来了。紧接着,在他的背后,走进七个人来。一个女孩,十四岁,于得水的大女儿,正在学校里读书。跟在那女孩背后的是三个男孩,大的十来岁,其余两个一个比一个小。最后是一个年约四十,大着肚子的妇女,那是于得水的老婆,她手里还拉着一个刚会跑路的小男孩呢!于得水领着他一家大小,拖拖拉拉来到食堂。众人看看于得水的这支队伍,高兴得不得了。好多人向他打招呼:

"于得水,到这里坐吧,这里还少一个人呢!"

"于得水,到这里来,咱们喝两盅!"

"于得水……"

"于得水……"

于得水向大家笑,可说不出话来。支部书记迎上前来,好像待客一样,问于得水:"全家都来了吗?"

于得水说:"我妈还没有来呢!她老人家说,她也要到食堂吃饭。我说,你年岁大了,又看不见,我给你把饭打回来吧!"他回头看看他一家人,对支部书记说:"你看,我这一家都是吃手。真真是十岁的小子吃死老子,如今,哈哈哈……我一跤跌到福圪洞里来了。"

"得水,过些时候,咱们成立个敬老院,你妈妈可以住到敬老院去,就不用你每天打饭了。"

"我妈脑筋太落后,她说她不到敬老院去。她说到了敬老院半夜里想起孙孙怎么办,瞎着眼,也走不回家来。你听听,这思想多落后。"

说话间,于得水的妈妈扶了个棍子,摸索着走来了。她双目失明,有好几年不到村里走动了。头发已经白了一多半,牙也掉了好几个。她在家里坐不住,要亲自到食堂来吃饭。她看不见,到这里能听一听也好。所以,不等于得水打回饭去,就找了根棍走来。于得水的闺女马上跑过去,领奶奶走到一张桌子跟前。这样,于得水一家八口,正好一桌。于得水把他的最小的孩子抱起来,腾出一个座位,拉着支部书记,和他们在一起吃饭。支部书记坐下以后,说:

"咱们这一桌九个人,多出一个来了!"说完,想一想又说:"不对,不是多了一个,是多了两个,成了十个人了。"说着,瞅了瞅得水老婆,又向于得水努努嘴,于得水嘿嘿笑了。

这是于得水一家大小有生以来吃头一顿舒心饭。

于得水的劳动劲头该是多大啊!浑身是力量。同样是割谷子,他一人比两人割得还多还好。就像他自己说的,不单是劳动的多,这样的劳动才真痛快呢!

可是,这样舒心如意的日子只过了一个来月,他就看见有些不对劲了。每逢去吃饭,伙食管理员刘七就拿着两只牛眼瞪他,还故意敲锅摔盆。动不动就说:

"好大的肚!不花钱的饭,小心撑破肚啦!饭是大伙儿的,命可是你自己的!"

有一回,于得水端上盆去添饭,刘七竟敲着盆说:

"好家伙,你们的人比猪吃的还多呢!两只手八个肚,便宜都叫你于得水逮去了。哈!还是社会主义好吧!"

刘七并不是地主也不是富农。土地改革的时候虽然主动献出了一些土地,后来还是退给他了。两口子成天求神拜佛,还是少儿缺女。要说吃穿,一点儿也不发愁,可就是想望儿女。平时对人说话笑嘻嘻的,就是骂人还带上笑脸,皮笑肉不笑。如果人家给他翻了脸,他把牙一龇,说:"我跟你闹玩呢!"

于得水听得明白,刘七可不是和他闹玩,他是在说怪话。可是,他一想,又不是吃他家的饭,犯不着和他怄气,不理他也就算了。谁知道刘七这人欺人太甚,有一次居然不给于得水打饭了。

那一天,小队长派他去后沟翻地,那是很小一块地,多说也只不过五分,正好是一天的活。他吃罢早饭,向食堂领了几个窝窝,就到了后沟,站在那块地头上打量了一下,决定要深翻它一次。他知道深翻地能多打粮。加把油,一天就能翻完。说起来容易,干起来难啊! 一直干到中午,还没有开过三分之一。吃了窝窝也不休息,继续翻地,直到日落西山,天已经黑糊糊了,才算把地翻完。他扛上大镢头走回村来,因为肚子早就饿了,也不回家,一直来到食堂。炊事员都走了,只剩刘七正在算账。刘七见于得水扛着大馒头来吃饭,就尖着嗓子问道:

"你怎么才来吃饭?没有听见打钟?没有饭了。"

"我是到后沟翻地,回来得迟了,有剩饭也行啊!"刘七揭开大盆盖给他盛了一小碗剩饭。那碗是太小呢,还是于得水肚子太饿呢,三口两口就吃完了。像这样一个小碗,怎么也能吃个三碗五碗。要是叫刘七一碗一碗盛饭,也太不好看——自己一碗一碗吃,刘七一碗一碗盛,确实不好看啦!于是,他走到那个大盆跟前,揭开盖看看,还有多半盆饭哩。他刚拿起勺子,刘七抢上前来,伸手夺过于得水的饭碗,尖声细嗓地说:

"怎么,一碗还没有填饱。你家是成心要把食堂吃塌吗?节约点,明天再吃。"

"我没有吃饱呀!"

"这里是食堂,不是饭铺,我们下办公了。"

刘七把饭碗往案板上一扔,那碗打了好几个旋转,终于没有跌在地下,端端正正停住了。刘七又从于得水手里夺过盆盖,呼塌一声,把盆盖住,说:"走吧!"

于得水不用说吃饭,气也气饱了,扛起镢头就走。他本想到大队部去报告,可是,到了大队部门口"唉"了一声,扭转身,走回家去了。

"刘七不让我吃饭,把我的碗夺走了!"于得水回到家里,本想把这句话和他老婆说说,消消这肚子气,又一想:"不给她说好,给她说了,她也没有脸面到食堂去吃饭啦!"

他老婆问他:"怎么才回来,快去食堂吃饭吧!"

"我吃过了。"

这一夜,于得水通夜没有合眼。他在想,想,想,越想越远,一直想到早年去了。

于得水听他妈说:自从他会吃饭,就和苦命的妈妈伙用一个饭碗。那是一个讨吃用的饭碗,又脏又破,而且很大。每逢妈妈要来一碗饭,给他吃的时候,他还端不动碗呢!妈妈用手端着,他的两只小手紧紧捧着,生怕这个大碗被别人抢走。贪馋地吃啊,喝啊!就是洗锅水,他也吃得很香。如果这大碗里,有几块南瓜山药蛋什么的,还要伸出小手去抓。他什么也不懂,两只大眼只瞅着那个大碗,盼望那大碗里忽然生出什么好吃的东西。妈妈一直等他吃完喝完,把那大碗往篮子里一扣,又走了。他母子俩,要在人们吃饭的时候,紧走一阵,多赶几个门口,多要几碗饭,拿回去给于得水的父亲吃。于得水的父亲害病有三个多月不能下炕了。那时候,妈妈一手拉着他,一手拿着竹篮,竹篮里放着大碗,迎着冷风雪片,往前走,为了活命往前走啊!不久,这个破竹篮里又有了个拳头大的小碗。这小碗是从五道庙里捡来的,又黑又亮,原是个小麻油灯碗,他端起来不大不小,正好用。从此,他就用这个小黑碗单独吃饭,不再和妈妈伙用一个大碗。妈妈用大碗要来饭,倒在他的小黑碗里。算起来,三岁的于得水自己已经有了饭碗了。

他记得,到了八九岁,已经当了小羊倌了。多么可怜的小羊倌啊,手拿放羊铲,身背毛口袋,口袋里装几个糠窝窝,不管是刮多么大的风,下多么大的雨,都要陪伴着羊儿在山坡上,在山洞里。渴了,到山沟里喝泉水,饿了,啃干窝窝。这时候,吃饭连碗也没有了。一直到天黑羊儿回圈,一切该做的事情都做完,才能回到长工们住的工房,和其他长工一起吃饭。他拿起一个碗,多么大的碗啊!那个大黑瓷碗比他的脑袋还要大呢!就是猪狗食,也要吃两大碗。真真是饿坏了。有一次,放羊回来,刚刚端起一个碗,地主拉着磨棍来到工房,伸手抢去饭碗(于得水想:这和刘七抢去饭碗差不多),举起棍子就打。"掌柜的,你怎么打我呀!""小羊羔没有吃饱,你跑到哪里耍去了?我打你个贱骨头。""大冬天,地里没草呀!"不听他的分辩,棍子乒乒打下来,把他打得直叫唤。地主掌柜的向管账的吩咐道:"不准他吃饭,把饭倒给羊羔吃。"说罢,把碗往炕席上一扔,那饭碗滴溜溜转了几转,歪到炕角去了。(于得水想:这和刘七扔碗差不多哩!)在那以后,不是当长工,就打短工。一概是端的人家的碗。端人家的碗,看人家的脸,受人家的管啊!于得水现在端的是刘七的碗吗?

  自从土地改革以后,有了自己的碗,才不再端人家的碗了。不只是有了自己的碗,一个碗两个碗也不够用了,三个、四个,一直弄到现在的七八十来个碗。有了碗,饭又不够了。要不是政府帮助,那碗恐怕早已卖了好几个——只好卖儿女了。可不是吗?真的几乎要卖儿女哩!大前年他害病,干的劳动日少,再加上庄禾受了冻灾,分的粮食很少。前年春天就没有饭吃了,政府救济了一些,信用社贷了一点款。人多,饭还是不够。他和他老婆商量,添粮不如减口,把那个顶小的孩子送给人家吧,老婆哭了一场,这念头才算打消了,可是没有脸面再去请求救济,于是就想出了偷盗的主意。那一天,他拿了个口袋,悄悄从家里走出来,小小心心地向农业社山药窖走去。他左看右看,看清楚了,没有人。于是往窖里一跳。紧跟着听见有人喊了一声:"谁?"这是李东来的声音。过了好大一阵,什么声音也听不见了,他才去装山药蛋。窖里空空的,什么也没有。那股子败兴劲儿,真是不能说了。把口袋往肩上一搭,就爬出窖来。霎时间,手电一闪,一只手已经紧紧揪住了他的胳膊,他看看逃不脱,就跪在那人面前了。手电又一闪,他看见捉他的不是别人,正是支部书记李东来。

  "东来兄弟,饶了我吧!"

"是你,你,得水哥?"

"我头一次……"

"你怎么做这事情?"

"家里七大八小,没吃的。"

"没吃的找我嘛!怎么能偷公伙的东西。再一说,这里的山药今天已经起干净了。起来,起来,快快走,快快回家去。"

"你不要对人说……要说了,我就就就……"

"我不说。绝对不说。你放心好了。我起誓,不说。你不要害怕。快快走吧!"

他爬起来,也不捡起口袋,一气跑回家里。冷啊,从心里往外冷,冷得他浑身发抖,整整一夜没有睡觉。第二天,天刚麻麻亮,李东来送山药来了。满满一口袋。过了一会儿,又送来一口袋粮食。他对于得水说,这山药、粮食是他自己的,不必还他。那年春天,全靠了李东来送来的山药和粮食,才渡过了最困难的难关。再以后,他从来没听李东来提过他偷山药的事情。在他眼里,李东来是大恩人。

好容易熬到成立人民公社,办起食堂,偏偏又碰到刘七,把他的饭碗夺去了。这该怎么办?想着想着,叫鸣鸡报五更,天明了。

第二天,他没有到食堂去吃饭。他说他肚痛,叫他老婆在家做了些饭,胡乱吃了吃,就下地去了。第三天、第四天,还没有去食堂吃饭,他正发愁以后怎么办,到第五天,忽然听说,公共食堂放假了,说是公社叫放假,实在是垮了台啦。紧接着大队部宣布:今年仍然按劳分配,多劳多得,少劳少得,不劳不得;伙食自然也不供给了。这消息,对于得水,简直是个晴天霹雳。不过,这也救了他,他不再受刘七的气了。

不赞成办食堂的不单是刘七一人,说风言风语的人还有一伙伙哩!

"这也好,"于得水想,对他老婆说:"我们不再挂逮便宜的名了。"

从此,在于得水的眼睛上,又有了那种又坦然又不安的神情。

日子过的真快,转眼就是一年。秋风一起,九月又到了。

有一天,又听人们在村口说起公共食堂和伙食供给制问题。真是无风不起浪,过了几天,大队部召开社员大会,决定恢复食堂和伙食供给制。于得水真是高兴极了。在表决时,他也是举了手的。可是,刚刚放下手,一阵愁云又涌上心头。回到家里,左思右想,连饭也吃不下去,真是为难极了。

"这真是逼人上吊呢!"

他老婆正在洗锅,听说又要办食堂,非常高兴,可仍然不慌不忙地说:

"你这人怎么三心二意,人家怎么办咱也怎么办。反正咱也不吃亏。"

于得水忽然站起来,直冲着他老婆嚷道:"不吃亏,不吃亏。不吃亏,可受气哩!"

"受谁的气?"

"受刘七他们的气。我受够了。"

第二天中午,于得水把他的大闺女秀兰叫过来,劝她退学,参加劳动。于秀兰刚刚背起书包,忽然听说要她退学,大吃一惊,好大一阵说不出话来。她是个听话的姑娘,她爹她妈说什么就是什么,从来不说一句反抗的话。这一次真是受不住了。可是仍然不敢说个"不"字。她只是说:

"大队部决定伙食供给,恢复食堂。学生的伙食队里也供给,以后我吃饭也不用家里负担了。"

"好孩子,你说对了。咱可背了个不好的名声哩!你今年十五岁,如今也能念信也能看报,尽够用了。你看看,咱一家大小九口人,就我一人劳动。我带你们一伙去食堂,不要说别人有意见,连我自己也觉得理短。你要是参加劳动,那咱家就算尽了力了。

你的两个上学的弟弟,我也要他们退学,参加劳动。全家大小都劳动,人家对咱们就没有意见了。"

妈妈赞成孩子们上学,于是说:"还是再念几年好啊!"

秀兰趁机说:"老师也不会叫退学。"

于得水坚决说:"退学,一概退学。叫大队部开证明退学。"

于秀兰再没有说甚么,背上书包走了。她一直走到大队部。走到支部书记李东来的面前,喊了声"叔叔"。

"秀兰,找我有事吗?"

"我爹叫我退学,叫我弟弟也退学。"于秀兰流泪了。"为什么要退学?"李东来的话刚一出口,就觉得这句话问得多余。"为什么?"那不是明明白白的事情吗?"秀兰,你去上学吧,我找你爹说说,还是叫你上学。你弟弟还小,更不能退学。你放心好了,有事情来找我。"

晚上,李东来去找于得水。劝他不要强迫孩子退学。

"不退学,有人反映我逮便宜哩!"

"你是说刘七吧,你怎么能听他的反映呢!他当伙食管理员的时候,不给你饭吃,是他的不对,不是你的不对。"

这真是奇怪了,刘七不给他饭吃,除了他和刘七之外,谁也不在场,而他自己没有对任何人说过这件事,李东来怎样知道的呢?他正纳闷,李东来说:

"刘七已经检讨了。他思想不对头。他说对不起你。干部们给他狠狠提了意见。他还哭了一鼻子呢!"

"这一回,成立起来,是不是还要解散?"

"哪里的话!"李东来说,"上一回是刮了一阵西风,再加上干部们没有经验,所以垮了。上一回连你都不上灶吃饭了呢!这一回,垮不垮,全看你了。"

"我上灶。全家上灶。"

"也不要念书的孩子们退学。小些的该送幼儿园的送幼儿园,该送托儿组的送托儿组,老大娘搬到敬老院去,秀兰他妈到灶上帮厨,你下地劳动。怎么样?"

"你的意见我全接受。我听你的吩咐。"

李东来拍拍于得水的肩膀说:"得水哥,你真是通情理的人。我还以为你的思想挺难打通,不料想一说就通了。"

说是说通了。可是到了开灶的那一天,却又行不通了。

从早晨直到天黑,到了吃晚饭的时候了,他还不回村吃饭。有人主张给他送饭,他老婆不同意!说:

"今天送,明天送,一年四季送吗?看他这股子拗劲,饿他一天吧!他饿了非到食堂来不可。"

有人说:"他晚上可以回家吃么!"

"他吃什么?刚才我把吃的用的全都藏起来了。看他自己做西北风吃吧!"

这时候,于得水还在割谷,肚子确实饿了。他回到家里,东找找,西找找,一点儿吃的东西也找不到。老婆也不在家,只有秀兰和几个孩子在家复习功课。又渴又饿心慌意乱,一气之下,就跑到食堂找到他老婆。他老婆正在奶娃娃,见他气愤愤走进厨房,就赶紧放下娃娃,忙着给他盛饭。好几个炊事员忙着给他盛菜盛汤。他不吃,他要老婆回家做饭。老婆说,要是饿了就在这里吃吧,家里什么现成吃的也没有。

于得水说:

"我不吃食堂的饭。"

这时,刘七也在厨房里,去年他是伙食管理员,今年什么工作也不担任了,他到厨房来,也是吃饭的,他见于得水生气不吃食堂的饭,就把自己刚盛起的一碗饭,送到于得水面前,笑盈盈地说:

"得水老弟,不要见怪,吃我这一碗。来来来,吃了再说。"

于得水把手猛地一翻,把刘七手里端的那碗饭几乎撒在地上,朝着刘七喊道:"谁吃你的饭,我自己的饭还吃不完呢!你看看这!"他在那煤油吊灯下,伸出那两只粗大有力的手,在刘七面前晃晃,继续说,"你不要只看我的嘴能吃,你也看看我的手能干活。你看见了没有?"

"看见了,看见了,快吃饭。"他又把他那碗饭送过来了。

于得水不再理他。自己动手从碗橱里取来一个大海碗,走到锅旁,满满盛了一碗和子饭,又从笼箅上取了个米窝窝,对刘七说:

"我自己劳动来的东西,谁敢不叫我吃。谁再敢夺我的这个铁饭碗,我和谁拼老命。"

刘七本想趁机会向他说几句好话,检讨检讨去年的错误。可是,看见于得水气头子老下不去,什么话也不说,悄悄溜出厨房去了。

从此于得水就到食堂吃饭,直到现在。

大　事　业

　　春天的第一场小雨下过以后,石西岭管理区支部书记李增光早早吃罢早饭,穿起他那身蓝布制服,手里提一个篮篮,到下西坪管理区支部书记吴开元家里作客来了。附近村的人们都知道,李增光在平时不穿制服,穿起制服出门,那一定是有紧要事情了。那瘦瘦的脸,那高高的身材,穿起那身干干净净的制服,戴上那顶端端正正的帽子,远远看去,怎么也看不出他是个五十多岁的老汉。他有好几年没有到吴开元家里来了。去年秋天成立人民公社的时候,来过下西坪一次,那是来开会,没有到吴开元家里。这一次来下西坪,不去办公地方,一直走进吴开元家大门。这时,吴开元正要去担水,看见李增光穿戴得整整齐齐走进门来,好像看见了什么新鲜事一样,吃了一惊。等到走进房里坐下以后,吴开元两口才想通了李增光来的原因。他想到他们两家的儿女身上去了。吴开元想:李增光的儿子李长林长大了,自己的闺女吴玉兰也成人了。背后的风言风语,也吹到自己耳朵里一些,说李长林和吴玉兰常来往,怎么怎么长,怎么怎么短。今天李增光体体面面地上门来,那一定是为了这件婚姻大事了。哈!好个糊涂老汉,他还是按老规矩办事呢!人家两个年轻人聪聪明明,何须咱们这死老汉管这事。吴开元比李增光小几岁,是个胖墩墩的老汉,不抽烟不喝酒,一年四季不戴帽。可是,心里一有点什么事,眉头上就出汗。现在正想这个突然而来的问题,眉头上又出汗了。吴开元正想心事,李增光说道:

　　"开元,我找你有件紧要事情。我想移栽那一万株小梨树。

你知道,我们那个小小管理区,人手少,又没有技术,有困难啊。你要帮助我们啦!"

想了半天问题白想了。不是什么婚姻大事,而是栽树问题。吴开元笑笑,说道:

"增光哥,你这硬骨头也碰到困难了。你为什么不早来找我呢?"

"现在来也不迟啊!我说实话吧,但有一条路,我不来找你。眼前正是栽树时候,你们也很忙。我是一点儿办法也没有了。"

吴开元拍拍李增光的肩膀说:"老伙计,没问题。我们帮你们建立了苗圃,自然帮助你们栽树。可是,你要接受一个条件。"

"什么条件,你说吧,只要帮助我们把这一万株梨树栽活,我什么条件都接受。"

吴开元不紧不慢地说:"还是去年那句话:咱们两个管理区合并。我们村大,有作务梨树的经验,就是工作落后些;你们村子太小,太小了也难成大事业,可是有干劲,有五龙山,还有你这个老英雄。这村到那村,只有一里多路。增光哥,还是合并了好啊!"

李增光什么条件都能接受,惟有这个条件不能接受。他摇摇头,摆摆手,连声说:

"不合并!我们宁可不叫你们帮忙,也不和你们合并。还是照着我的老主意,自力更生吧!没有人帮助我们,也能干。今春栽一些,秋后栽一些,明春再栽一些。拼上我这老命,亲手去栽树,不再低声下气地求人了!"

李增光说罢就要走,吴开元拉住他说:"你坐下,听我说。你还是当年那骨头,可是,那不是把三天五日的工作拖两年了吗?这算是什么大跃进呢!你坐好,不要动,听我说。咱俩在一个地主家当长工二十多年,在一个炕上滚了二十多年,在一个锅里搅勺子二十多年,在一个梨园里劳动了二十多年。谁也摸透谁的脾气了。你是个牛脾气,硬骨头。这几年不在一起,你变了,变得成了根别扭骨头怪脾气了。现在不迟,马上合并吧,合并了对两村生产都有好处。公社党委书记见了面就说这个问题,我受了批评了。你好好想想吧!"

李增光早已想过多少遍了。道理也明白,可是去年秋天成立人民公社的时候,那些难听的话,他就受不住。那时候,他和吴开元老汉已经谈妥,两村并为一个管理区。在两村干部会开的第一次接头会上,下西坪高级社副主任张大嘴跳出来大叫一阵。居然当面提出不和穷西岭合并,还说这个村是"死猫扶不上树",他指手画脚地说,穷西岭跑到富西坪揩油来了。他主张各鸡刨各食,各村单独成立管理区,等到穷西岭的收益赶上富西坪的时候,再合并。这话明明是错误,连下西坪的干部听了也生气。李增光却是顶不住了。他脸上火辣辣的,豆粒大的汗珠子直往下流。他要走。当时,吴开元好话说了千千万,李增光只说了这么一句话:"张大嘴,你看着我这死猫上树吧!看着吧!"头也不回,领上他们的干部走了。自那以后,李增光根本不想这问题。现在是旧话重提,要求两村合并,他李增光还是不答应,他说,他现在是来求帮助的。合并管理区问题,过十年再商量。他要求吴开元立即答复他们的要求。吴开元说:

"帮助栽树自然要帮助,那不算个问题。我还是要问问你,为什么不同我们合并管理区。你对我有意见吗?对我们村群众有意见吗?千多户的村子,能没有落后分子吗?你怎么只顾闹别扭,不考虑大问题呢?你们和我们合并一个管理区,这也丢了你们的脸面吗?你越老越糊涂了。你怎么不说话?"李增光老汉就是不说话。吴开元继续说:"我不给我们村打掩护,下西坪虽然有钱,可是个落后村。不只有落后分子,还有反动分子呢!有人说过石西岭的坏话。以后也不能保证没有落后分子说坏话,可就是要弄明白,说落后话的人是多数?是少数?你发火,不合作,是闹革命呢,还是闹别扭?你怎么老不说话?"

李增光说:"我今天来找你是求你帮忙栽树,不是挨批评的,你说什么时候派人去吧!"

吴开元派人帮助栽树并不困难,说实在的吧,他还害怕李增光不叫帮助呢!既然李增光不谈管理区合并问题,只好谈栽树问题。事情很简单,三言五语就定了日期。后天派一百人去石西岭栽树,一言为定。说罢,李增光提起竹篮就走。刚走到院里,吴玉兰从大门口走进来了。她亲热地叫了声"伯伯",这老汉慌张起来了。他把送给玉兰的笔记本水笔和馍馍还忘在竹篮里呢!他大笑了一声,说:

"我一进门,你爹就批评我,把我批评糊涂了。"他把本本、水笔交给玉兰,把馍馍交给玉兰妈,就走回石西岭挖树坑去了。

二

这个小小的石西岭村,一天之内要在村后五龙山挖一万个树坑,那要大大跃进一番呢!他们一直干到中午,才挖了两千树坑。李增光着急了。他和管理区主任石光明商量,要动员全村男女老少,一齐上山,恶战半天。如果还挖不完,强劳力再加个夜班,一定要挖出一万个树坑出来。石光明是个二十几岁的年轻人,说干就干。马上开会动员,说话间,李增光、石光明,各队队长带头,除了实在不能动的,男女老少都上了五龙山。铁锹、䦆头一齐干,人们又说又唱,到天黑的时候,一万个树坑就挖好了。李增光多高兴啊!从明天起,五龙山就要大变样了。他布置完明天的工作,又给下西坪打了电话,正要上炕睡觉的时候,忽然想起还有一件什么事情没有办完。一袋旱烟没有抽完,就想起来了,他今天还没有到苗圃去看看呢!于是,他披了个棉袄走出村来。

自从前年作务起这个梨树苗圃以后,李增光每天至少要来一次。有时整天在苗圃工作。苗圃快要成了他的家了。想想看,一亩地栽五株梨树,这一万多株梨树苗,就要占五龙山的二千多亩荒山坡。以后还要年年栽树。十年二十年后,想想看,那荒山荒坡要变成什么样子啊!这怎能叫老汉不高兴呢!

李增光走出村来,这三月的夜晚,还有点冷呢。这明月高照的夜晚,连个小虫叫的声音也听不到。他继续向苗圃走。忽然,他仿佛听见一种乱糟糟的声音。这是一种很熟悉的声音。他有些惊慌了。他紧走几步,在月光下,他看见一大群山羊正在苗圃里咬他的小梨树。他大叫一声,奔将过去,就像疯了一般,扑打那些山羊。那些山羊,在这山间小花小草刚露头的时候,是很难吃得饱的。那些快要发芽的小梨树,正合它们的口味,它们不走。从这边跑到那边,拼命地咬那些小树。可怜的李增光,当村里来了人的时候,他已经累得上气不接下气,快要站不住了。山羊被赶出苗圃。可是那些小梨树有的被咬断,有的被踏倒,少枝没梢,整个糟蹋的不像个样子,二年的辛苦喂了山羊,白天挖的一万个树坑也白费了力气。人人唉声叹气,不知道怎样才好。

这时候,那管羊的牧工组长——李增光的儿子李长林正在下西坪的村口,和吴玉兰谈话。李长林是个高小毕业生,放羊三年了,现在是团支部宣传委员。他的羊群,在这以前,还没咬坏过一株小树和庄稼,他从不让组里的人在苗圃附近放羊,就是从地垄上走过,他们那些羊也有训练,听到鞭子一响,一听吆喝,踏踏踏踏,一个跟一个走过去,一穗庄稼也损坏不了。全村人都说,他是个有出息的好后生。现在他们知道时间已经不早了,两个恋恋不舍。当他离开村口的时候,吴玉兰还约他后天再来,李长林满口应承,后天一定再来。今天,是他头一次到下西坪帮助吴玉兰小组学习,却不知道他那群正在卧地的山羊,突破了圈,闯下滔天大祸了!他紧走走,慢走走,还得意地唱两句山歌。当他发现山坡上有人乱吵吵的时候,才加快了步子,一直来到他的卧铺,明白发生了什么事情,神经立时紧张起来。他飞跑到苗圃旁,正要去赶走那些山羊,李增光走过来两手揪住他,问道:

"你到哪里去了?"

"到……下西坪。"

"到那里干什么?"

"帮他们学习。"

"为什么丢下羊不管?"

不再等他回答,李增光的老拳已经打过来了。他本想再打他几拳,可是怎么也抬不起手来,他从来没有打过人。他扑通坐在苗圃地堰上。现在是打也不顶事,骂也不顶事了。他还得打起精神来安排工作。他把众人打发走,把长林叫过来,说道:"我这一拳是打你没志气。你知道不知道:石西岭有个坏名声,人家都叫咱'穷西岭'。在过去,人家说,穷西岭的山羊没有富西坪的秀才多,穷西岭的毛驴没有富西坪的举人多,这话一点儿不假。解放了,土地改革以后翻了身,日子慢慢好起来。现在喊穷西岭的人不多了。要和下西坪比较,那还差得多哩!就是因为差得多,我不知听了多少怪话。现在什么都不用说了,咱村在五龙山押的这一宝,现在输了,输了就输了,明天起来再干。今年再作务一万株树苗。孩子,马上给你开元叔打电话,就说明天不要派人来了,叫他预备三亩地的梨树籽,明天派人去拿。"

人们都走了,李增光一人在拾掇苗圃。一直到鸡叫三遍,他才回到管理区办公室去。

三

李增光的雄心大志,受到突然打击,心里十分难过。但是当他躺在管理区办公室炕上的时候,他的心却完全冷静下来了。几年的事,都在他心里翻腾了一遍,他平心静气地想了许多,他真的感到前几年犯了大错误——只看眼前,不看将来,只看下西坪的水地和平地,却不看看村后的五龙山,那里有几千亩荒坡地呢!要是早十年注意这个问题有多好。早十年办不到,早五年也好哇。动手的时候已经迟了几大步,如今又要迟一步了。李增光老汉想到这里,悔恨交加,头疼脑胀。看看天气,满窗阳光。他老伴给他送来早饭,吃了几口,下炕来,觉得浑身不得劲。他找了一根棍子扶着走出门来。他已经盼咐石光明,立即在旧苗圃旁再开一个新苗圃,早饭后就要开犁,他要去看看。

满街满巷都是人。男女老少全到街上来了。这个小小的石西岭,平时老觉得人少,村小,今天怎么这么多人?有的吃饭,有的唉声叹气,有的说长道短,有的大喊大叫。李增光从街上走过的时候,心里该是什么滋味啊!要不是扶了这根棍子,真要跌倒在地,再也爬不起来。刚出村口,吴玉兰提了个竹篮篮迎面走来。这闺女,看见李增光一夜工夫竟变成这个样子,连声"伯伯"还没有喊出口,就流下泪来。在她心里,李增光老汉比她爹比她妈还要亲。她还记得,李增光在他们村当长工的时候,只要有空,就领她玩耍。有好东西一定留给她吃。常常听妈妈说,她小的时候没奶吃,李增光每天在地主家挤一瓶羊奶,偷偷送来。她还听妈妈说,在她爹害大病的那年,他除了负担自己一家人的生活费用,还要照顾他们一家的生活,那办法除了借贷还是借贷。他们一家人总算没有挨饿受冻,度过了那最困难的年头。土地改革以后,李增光回到石西岭。路过下西坪总要去看这小闺女。这几年工作忙,顾不得去看她。现在,看着站在面前的吴玉兰,几乎把他的苗圃也忘记了。他拉住玉兰的手说:

"孩子,吃饭了吗?你怎么有空来?"

玉兰擦擦眼睛,高兴了,说:"伯伯,我爹叫我来看看你。"

"不用提了!孩子,坏了大事了。长林放的那群羊,把苗圃全给糟蹋了。我狠狠打了他一顿,还要处分他呢!"

不出玉兰所料,果然是长林出了问题,她觉得这么大的乱子,她也有责任,不该叫长林丢下羊群到下西坪去。她也应该分担一部分责任,可是又不敢说,她怕增光伯伯生气,还怕他看出她和长林的问题。心里想的不说不说,可是嘴里讲出来了。她说,是她叫长林哥到下西坪的,长林对她说,他走的时候,把羊群交代给周小秃了。这责任不能完全归长林哥。增光老汉听了,摇摇头说:

"长林这贼儿子真好眼,全石西岭就这么一个不负责的人,被他挑中了。唉! 二年辛苦全完啦。"

"伯伯,我爹说,他们马上就来。说是要来几百人呢!"

"孩子,就是开上千军万马来也没用,没有树苗了。"

"我爹说,他们带梨树苗来。天刚明,众人就到苗圃起树去了。我爹叫我先告诉你一声。"

这消息来得这么突然,李增光大吃一惊。他正缺少树苗,老伙计吴开元支援他来了。现在只要有一万株梨树,就是木材树也好,不管是从哪里来的,他都接受。不要说是吴开元送来,就是张大嘴大骂着送来也接受。这时他抬头一看,来了,来了。几百号人,扛着镢头铁锹,二十几辆小平车拉着树苗,有梨树果树,也有木材树。吴开元老汉走在最前头。说话间,已经来到面前。吴开元正要说话,李增光扔掉棍子,两手捉住吴开元的胳膊说:"老伙计,你来的真好! 走,先到管理区喝水。"

吴开元说:"先上山。你叫人把水送到山上吧! 增光哥,我们走了,回头再说话。"

下西坪来了好几百人,一齐上了山,玉兰把竹篮篮递给增光伯伯,也追上山去。石西岭的人,刚才还是那么灰心丧气,现在热热闹闹,不等干部们喊叫,扛上工具自动上了五龙山。李增光比昨天情绪还高,拉着棍子一直走上五龙山来。这么多人! 多么好! 挖树坑的,栽树的,送开水的,拉树苗的,上上下下,把个五龙山闹得热火朝天。中午,下西坪食堂和石西岭食堂都把饭送到山上。吃罢饭就干,也不休息。树苗源源不断地从下西坪运来。到太阳落山收工的时候,吴开元老汉用喇叭筒对众人宣布"苦战一天,栽树两万。"人们高兴得直跳。李增光看着那些小树,那就不用说怎样地高兴了。吴开元把下西坪的人打发走以后,和李增光、石光明一齐到了石西岭管理区办公室。吴开元前院后院察看了一番,回来坐在炕上喝了一碗水,李增光不等石光明开口,就先说:

"开元,这两万株树作多少价?"

"作价?"吴开元一惊,心里想道:"这个顽固老汉又要耍滑头了。好,我给你个颜色看看。"他正正经经地说:"各种树不论大小,一律按二角钱算吧,两万株四千元。白贴人工,不算工钱。树已经栽上,现在你拿出四千元来。"

"那太贵了,用不了四千元。"

"贵了吗?减一半去,现在给我拿两千元来,如果你还嫌贵,再减一半,拿一千元来。"

"我去银行贷款,你不要逼我。"

"怎么,贷了款,就不还人民银行了吗?算了吧,增光哥,你也算是退到最后一步了。两个管理区马上合并,我不要你还工,也不要你还款。我什么也不要。我只要合并领导,要五龙山,要统一生产计划,统一分配。你知道吗?老滑头,我们连种树的地方都没有了,你霸住五龙山几千亩荒山不放,你叫我卖树苗吗?你把我当成什么人了?叫你吃点亏,不干;叫你逮点便宜,不干!你们石西岭到底要怎么样?"

李增光一概不分辩,不回答,只是气呼呼地坐在那里装烟。烟口袋里早就没有旱烟了,他还拿烟锅子在里边挖,挖,挖!快把烟口袋挖个大窟窿了。石光明坐在李增光身旁,也不说话。他在这两人面前,算是个小娃娃,只好悄悄地听话。

吴开元见他们不说话,继续说,"增光哥,依我看,既然今天已经搅成一锅粥,分不开了,那就搅下去吧。你要是还不答应合并,你就不如我们的张大嘴了。他胡说乱道,受了处分,作了检讨,现在表现很好。今天他也来栽树,欢天喜地,你也看见了。咱们两村群众都是一条心,早就要求合并。我调查过无数次了,如果去年还有些困难,现在什么困难也没有。你要不合并,那就是你要彻彻底底整我吴开元。你是不是这样想:咱们以前同样当长工,现在我当了富村的领导人,就瞧不起你这穷村了! 是不是这样? 我要是有这种思想,你拿刀割我,我不叫屈。你要是有这种思想,你应该改正。你们两人说说吧!"

李增光不说话,石光明也不说话。

碰到这种情况,再有本事的人也没办法。吴开元早就想和李增光搅在一起,一直没有机会。今天的机会来到了,连夜开干部会,抓住机会不放,来了个全村总动员,大闹五龙山,终于和石西岭搅在一起了。可是李增光还是不表示态度。吴开元跳下炕来,摆出要走的样子,气愤地说:

"增光哥,你也把我折磨够了,咱们在旧社会还合作了二十年,新社会更应该合作下去。你不要再折磨我了。我给你磕个响头,好不好? 增光哥是好是歹,回答我一句话,我回去好向干部交代。"

李增光还是不说。石光明可真憋不住了。他用手直顶李增光老汉的腿。那意思很明白,接受吴开元的意见,两个管理区合并。这一下可把李增光惹火了。他气急地说:

"这是怎么啦? 一个在前边指手画脚的批评,一个在背后鼓鼓捣捣。合并就合并,何必这么逼人?"

吴开元一看情况有了转变,大大提了提精神,说:"增光哥,你同意合并了。"

"这要看群众的意见嘛!"

石光明这才说了一句话:"各队队长们说,群众已经同意了。"

"这上上下下都同意了,把我逼在里边,还能不同意?"

吴开元大笑一阵,拍拍李增光的肩头说:"终于把你逼上梁山了。"他来到电话机旁,拿起耳机。李增光问他给谁打电话,他说:"给公社报告,就说你同意了合并管理区,大事业办成了。我这顶愁帽摘掉啦。"

吴开元打完电话,又到李增光家里闲谈了一阵。正要动身回下西坪,李增光拉住他问道:"开元,咱们还有一桩大事,什么时候办办?他们都成了大人了。"

开元明白了,笑笑说:"你这人真有办法,一件事也丢不下。你是抓住我不放了。他们既是成了大人,那就由他们决定,咱们当参谋吧!哈哈哈……"

李增光一直把他送出大门。这时候,早已月出东山,天又不早了。

清风习习

  在炕头旁的小锅台上,那个将军帽小铁锅里的水一直在沸腾,蒸汽从锅盖的缝隙间不断地冒出来,水快要熬干了。黄玉环把手里的活计放进针线筐里,揭开锅盖,锅里的那点滚水在嗤嗤作响。她下炕拿起铜瓢,从水瓮里舀两瓢冷水倒进锅里,把锅盖盖好,抬头看看墙上那张放大的着色不大高明的彩色照片——她和她丈夫的结婚照片,摆弄一下窗台的一碗小米,然后上炕去继续纳鞋底。她在等待她的丈夫刘金山从地里回来吃饭。她用这个经常沸腾着的小铁锅等待她的丈夫,已经十来年了。她的丈夫至今没有回来,但她坚持以一锅熬煎着的清水在等待,不管寒来暑往,月月如此,年年如此。她等待着,期望着,有一天他会来的。到了那一天,她的丈夫突然从地里扛着锄头回来,锅里的水还不开,那怎么下米,怎么做面呢!他是生产大队的大队长,是个忙人,耽误了吃饭,那不是既耽误工作,又耽误劳动吗?还有,也耽误休息,把身体累坏了,那也不行啊!所以,必须把锅准备好,叫它经常开锅。不论什么时候,一听到刘金山进门的脚步声,就把米倒进锅里,接着调豆面,等刘金山洗了脸,喝杯水,小米捞饭豆面汤已经摆到炕桌上。这时候,两口子的话匣就打开啦,东家长,西家短;在锄地的时候,谁干得好,谁调皮捣蛋,锄草时来个猫盖屎;还有评工啦,记分啦,估产啦,预支款啦,又有谁家要基地盖房啦,要求调整自留地啦,谁家媳妇盼儿子又生了闺女啦;两口子又说又笑,没完没了。还有念小学的儿子长林,上幼儿园的女儿小梅,他们回来那就更热闹。可她偏偏忘记了她的丈夫已经被人打死,永远不会回来了。

黄玉环的眼睛表现出迟钝、淡漠,除了她的小铁锅,对于什么事情都不关心。她也串门,但不说话。对于儿女也只是要他们办事的时候,才向他们打招呼:

"小梅,搬炭。"

"长林,担水。"

两个孩子很孝顺,很少等妈妈吩咐才担水、搬炭。至于到大队领粮食,磨面,做饭,洗衣服,黄玉环从来是不管不问,全部由兄妹俩操办。在平常,老支书刘振邦和乡亲们过来指点指点。两个孩子也知道妈妈心里有个疙瘩,解不开,所以也不大和妈妈说话。有时候,想和妈妈说说话,散散心,可是,无论说什么,妈妈总是"嗯,嗯,嗯"。说高兴的事,不笑;说气人的事,不恼怒。邻居们、老支书来和她说说话,她也没有反应,她只用那双被乌云笼罩着的眼睛看看你,使人心里难受。老支书曾苦思冥想出一种办法,想驱散她心中的烦闷。

"玉环呀,不要做鞋了,上地劳动吧。"

没有反应。她又舀两瓢冷水倒进锅里,看看墙上的照片,继续纳鞋底。

她做的一手好活计。她做起活来,聚精会神,有人进了房门也感觉不到。她做活十分认真,非常讲究,每纳一行,总要左看看,右瞧瞧。鞋底纳得好极了,又密又紧,那针脚横看竖看斜看都是成排成行,有一针不合适,也要抽线返工。纳完以后还要用斧头捣平。然后做鞋帮。鞋帮是用黑色细帆布做的,上好以后,还要喷水上鞋楦。那鞋楦是根据刘金山的脚的尺寸买来的。她已经忘记了,为了做这鞋还和刘金山生过气。开始,她给刘金山做的是实纳帮山鞋。她妈妈曾经告诉她,庄户人穿这种鞋耐磨蹭。但是,刘金山总以为自己念了两年中学,有点文化,穿这种山鞋不好看,不合身份,就到供销社买了一双白塑料底条绒面懒汉鞋。这种鞋,城里人穿上,走平展展的马路,那就挺美气。庄户人穿上,十天八天就见高低,不是磨破,就是底折,而且还要花三四元人民币。黄玉环一句话也没说,她只是朝那双塑料底鞋瞥了一眼,撅了撅嘴,就动手做鞋。一个星期以后,她把一双用黑细帆布做的千层底懒汉鞋扔到刘金山的面前。

"你看怎么样?"

刘金山把鞋拾起来,左看右看,和脚上那双鞋比一比,不仅结实,而且更好看,试了试,挺合适。他笑嘻嘻地说:

"你真不简单。"

从那以后,她就给刘金山做这种细帆布千层底鞋,直到现在,可是没有人穿了。现在,大扣箱里积存了很多这样的鞋,快要放不下了。不知从哪一天起,不管是大人、小孩到她家去,她就从大扣箱中取出一双鞋来交给人家。有时,她还把鞋送到邻居家,不接受就坐在炕上不走。乡亲们心里明白:这双鞋是托他们送到后山小煤窑,交给她丈夫的。

"这鞋和过去的一样,做得真好啊!我一定送去,亲手交给他。"

这好意的实际效果,是愚弄了她。黄玉环听了乡亲们的回答,那白皙的面庞上似乎有了一点笑的意思,只是在这时候,在乡亲们接受了她的委托的时候,她本来的那种妩媚和亲切才显现出来,使得乡亲们的心为之一动,一线的希望又那么一转,但是一闪而过,大家看到了,一阵愁云又笼罩了黄玉环的眼睛和嘴唇。乡亲们拿着那双结实而又漂亮的帆布鞋,又想起了那个年轻的大队长刘金山,心里又是一阵难受。过上一天两天,他们就把小梅或者长林找来,于是那双鞋又悄悄回到大扣箱里。

在村里,公开的议论,是说黄玉环疯了,魔了,傻了,呆了,总之,她是精神失常,病了。这么多年,老是这样痴痴呆呆的,恐怕是好不了了。大家都很失望。可是,有一个细心人发现了黄玉环的一个明显的特别的行动,使他很怀疑大家的说法。这个人就是老支部书记刘振邦。他发现:黄玉环如果真的"神经"了,为什么谁家她都去串门,委托人给她丈夫送鞋,偏偏不去韩腊八家去串门呢?人们甚至发现,她路过韩腊八家门口时,还要扭着头紧走几步。谁都知道,是韩腊八参加了公社造反团,当了头头以后,亲自带人把刘金山抓走的。刘金山死在后山小煤窑,韩腊八是她的仇人,黄玉环也是清楚的。由此证明,黄玉环的特别的行动,是在一种清醒的理智指导下发生的。她有气,没有病。

韩腊八,是刘家山有名的二流子,小偷,赌博鬼。在三年困难时期,有一次,他勾引丁家山大队的丁二货,去抢供销社的会计室,他们打不开保险柜,就把保险柜抬到玉茭地里砸柜子,被大队长刘金山发现,把他捉住,送到县公安局,住了看守所。为了这件事,就和刘金山记了仇。"文化大革命"一开始,韩腊八就跑到公社参加了公社造反团。不久,他就领上人把刘金山抓走,关在后山的小煤窑里,刘金山是活活被打死的。韩腊八当了个小头头,到处参加武斗。后来在县城粮食局参加武斗,挂了花,立了功,说话之间,就在县里当了干部,又入党,又做官,前几年,居然被调到平川,当了大官,高官厚禄,算是发了大财了。不到三年,五间楼房拔地而起,那座高高的楼房把黄玉环家小院的阳光也遮去一半。原来的小角门改为大车门,大车门旁的墙上镶嵌着五色玻璃,吉普、卡车直进直出,一月两月总有大车小车往家送东西,箱子、柜子、沙发、软床,大包大米、小袋白面、烧酒、罐头,要甚有甚不缺甚。从大车门院里飘出的肉香在四邻院里久久不散,猜拳行令之声,直到半夜不绝于耳。韩腊八的猴头上也有了肉,肚也挺起来了。

自从韩腊八盖楼房的那天起,刘振邦经常到黄玉环家去,一方面是去看看黄玉环,另一方面想了解一下韩腊八家的动静。实际上,他只能听见隔壁院里,叮叮当当,大呼小叫,看不到那边的情景。但是,他却在无意间发现,黄玉环对隔壁兴建楼房有所反应。她经常站在房门,凝神注视那座已经高出墙头的五间楼房,看着看着,她就咬牙切齿,把家里的那个小铁锅也忘记了。有一次,她看着那座小楼,还向刘振邦撅撅嘴巴。又有一次,她又对着刘振邦指指那座修建中的楼房,紧紧咬着嘴唇,看那样子,好像要放一把火,把那座楼房烧掉。看到黄玉环的表情,刘振邦老汉的注意力就完全转移到黄玉环的身上。刘振邦说:"不是偷的,就是抢的。"

黄玉环点点头。

刘振邦:"总有一天,会出事的。"

黄玉环点点头。

刘振邦:"善有善报,恶有恶报。"

黄玉环点点头。

刘振邦老汉的信心增强了,黄玉环有气,没有病。但是,除了对韩腊八,对韩腊八家的楼房有所反应以外,对于其他事物,她仍然痴痴呆呆,没反应,而且,还继续熬那锅清水。天天如此,月月如此。

刘振邦老汉的观察没有错,这一天终于来了。

这是一个晴朗的初秋的中午,太阳高照,清风习习。人们在树荫下背阴的墙根吃饭,一家饭时都饭时么,每人端一个大海碗来到饭场,吃着说着。卖瓜果的,卖荞面碗坨的也来到饭场。这时,黄玉环家也在吃饭。长林和小梅为了不影响妈妈熬那锅清水,早就在窗外盖了小小的厨房。小梅把饭做好,端进房里,和妈妈在一起吃饭。刘长林已经成人,高高大大,像他爸爸一样,是个强壮劳动力,饭场上热闹,他端着大碗到街上的饭场吃饭去了。

黄玉环吃着饭也不忘记那个小铁锅。小铁锅里的水又在嗞嗞响,水不多了。她下炕去揭起锅盖,准备添水。她听见大门外又有汽车响。噢,隔壁大车门院的汽车又来了,送东西来了,那么多的好东西,从哪里弄来的? 黄玉环常常这样想,有时想个通宵,还是想不通。她舀起一瓢冷水,正要倒进锅里,猛然间,听见刘长林一声接一声地高喊着"妈妈,妈妈"冲进门来,两手拽着黄玉环的胳

膊,那么紧张,那么惊异,上气不接下气地说:
"公安局,公安局,抓韩腊八!"
一瓢冷水泼在锅台上,一团蒸汽腾空而起。黄玉环首先冲出房门,奔出大门。小梅和长林紧紧跟在妈妈的左右,怕她跌倒。这时的黄玉环才真正像一个疯人,她不顾一切地从人群中挤到韩腊八家的门楼前,她看见了,那里有一辆吉普车,一辆卡车。人们不断地从大街小巷跑来,吵吵嚷嚷,韩腊八家门前挤了个水泄不通。
"出来了,出来了。"
有人高声喊叫。人们都踮起脚跟,韩腊八家门前,顿时鸦雀无声。出来了,四个公安人员抬着一张双人大弹簧床出来了。那张床有多么漂亮啊!那是用织着大朵红花和大片绿叶的沙发布包装起来的,里边钉着几十个弹簧,睡在上边软乎乎,多美气啊!一觉睡上二十四个小时也醒不来呢。这么重!几个小伙子自动跳上去帮忙,那张软床放到卡车上了,几个小伙子站在车上不下来,不住地向人们扮鬼脸。沙发装到车上了,大立柜、小平柜、高低柜装到车上了,大圆桌、折叠椅装到车上了,印着县招待所字样的被子、褥子、茶壶、茶杯、暖水瓶装到车上了,一块大地毯装到车上了,一台电视机、一个大收音机装到车上了,一张写字台、几个铁皮文件柜装到车上了,杂七杂八的一些东西也装上车。还有一个死沉死沉的保险柜,几个小伙子骂骂咧咧地也装到车上,有的说里边装的是银元,有的说装的是金条,还有人说是供销社的人民币。里边藏的到底是什么,谁也说不准,胡猜一气罢了。
黄玉环一动不动地站在车旁,两眼直勾勾地盯住韩腊八家的大车门。这一时、这一刻终于来到了。两个身材高大的公安人员,挎着手枪,押着那个戴了手铐的韩腊八走出大门。那手铐在阳光照射下闪闪发光。韩腊八低着头,看着自己的那两只黑爪子,站在吉普车旁,浑身打颤。黄玉环冲过去,一手拉住他的衣领:
"韩腊八,你也有今天!"

黄玉环有满肚子苦水,可是说不出来。她举起手来要打韩腊八,那从来没有打过人的手还没有落下去,就昏倒在地。愤怒的群众挥动着拳头,高喊着"打死韩腊八",潮水般涌过来。公安人员怕出问题,迅速把韩腊八推上吉普车,一溜烟出了村。人们围住黄玉环不散,有人主张赶快送公社医院,老支书坐在地上,一只手握住黄玉环的手腕,脉搏跳得那么快,那么有力量,好极了。他用另一只手翻开黄玉环的眼皮,仔细瞧了瞧,然后对大家说:"等等看。"

　　过了一会儿——那是多么令人心焦的一会儿啊,黄玉环在小梅的怀抱里打了个冷颤,带着一串又一串的屈疙瘩,"哇"地一声痛哭起来,这是自从她丈夫死后的第一声痛哭。如果在十来年前,当她去后山小煤窑为她丈夫收尸的时候,软弱一些,不那么坚强,痛心地、高声地大哭一场,把苦水都倒出来,也不至于落到这种地步。如今,噩梦终于过去了。黄玉环拉住老支书的手,哭着问道:"爷爷,我可怎么办呀?"

　　老支书斩钉截铁地回答:"现在,有咱们共产党给你做主。孩子,起来!站起来!"

　　黄玉环在她儿女的搀扶下站起来,两腿直发抖,站不稳。乡亲们劝她回家休息。可是,她扶着小梅和长林,艰难地走到自家门口时,却不进门,坚持向前走,小梅和长林要强迫她回家,老支书明白黄玉环的心情,他摆摆手:"出村,到村边的水库去。"

　　他们一伙人,包括和黄玉环要好的几个妇女,来到水库边的草地上。这个山沟小水库是在大跃进年代修建的,水库四周的杨树和柳树就是当年的团支部书记黄玉环率领全村女青年栽种的。那些树木被韩腊八一伙人砍倒,卖钱吃肉喝酒,早就不存在了。现在水库四周的小树全是前年新栽种的,一排一排的小青杨树长得非常旺盛,非常整齐,在清风中,那树叶翻过来,翻过去,一闪一闪还有亮光,还哗哗响。水库的水满了,清清的水面上,轻轻的秋风掠过,吹起一层层波纹和浪花,一波推一波,一浪推一浪永不休止。水库四周的山坡上,谷子、玉米、豆子、高粱,早已吐穗结荚,快要成熟了。今年是丰收年。如果霜冻迟来半个月,那就是大丰收。黄玉环坐在草地上,抬头看看山坡上的庄禾。看看水库四周的小杨树,禁不住想哭。

老支书刘振邦装上一袋旱烟,对黄玉环说:"孩子,有什么话对爷爷说。"

老支书的话刚刚落音,黄玉环就放声大哭起来。她一边哭一边说。她从她的儿童时代说起,一直说到她丈夫刘金山被人打死。她的每一句话,每一段生活,都是伴着眼泪哭诉出来的。老支书半闭着眼睛认真听。听着听着,一个中等身材,扎着两个小辫的姑娘走进村来,走到他的面前。那不是老贫农黄永祥的独生女儿小环环吗?放暑假,从县城中学回来了。蓝底白花的裙子,手拿一把小花伞,黄永祥老汉背着铺盖卷,手提一个大书包,跟在后边。小环环走过村街的时候,所有的眼睛都盯住她。这个年轻的姑娘,走过街道,走过饭场的时候,总是慢慢地、大大方方地走路。应该叫爷爷奶奶的叫爷爷、奶奶,应该叫大爷大娘的叫大爷、大娘,叔叔、婶子,都是彬彬有礼地问候。见了刘振邦则是鞠躬问候,绝不躲躲闪闪,仓猝而过。据干部们说,她在学校也是品学兼优,数一数二的拔尖学生。然而,她不幸,刚刚考上高中,就得了一场大病,中断了学业。只好在本村的学校里当民办教师,教小学一年级。她做甚像甚,连续两年,被评为优秀教师。再后来,她担任了大队团支部书记,刘家坪大队团支部又被评为先进团支部。大跃进后期,她和大队保管员刘金山结婚,建立了自己的小家庭。要照管孩子,要喂猪、养羊、洗衣做饭,房里院里,有条不紊,还要背上孩子劳动,她心灵手巧,还要帮乡亲们裁衣服。无论谁家有困难,缺油短盐、少葱没蒜,只要她知道了,只要自己家里有东西,就立即送上门去。至于团支部工作,先进的名誉一直保持到"文化大革命"。好景不长啊,自从公社成立了造反团,韩腊八当了小头头,她丈夫被抓走,被打死,这个稳重、热情而又坚强的黄玉环就变了样,一颗火热的心凝成个冰疙瘩,大家都说她"神经"了。

在刘振邦老汉的耳旁,那沙哑的哭声渐渐低下来。她睁开眼,太阳已经落山,西天的晚霞,照得水面红彤彤的。黄玉环从中午哭到黄昏,整整哭了一个下午,再要哭也没有力气了。

"孩子,走吧,回家。"

黄玉环慢慢地站起来,她感到很疲乏,口干舌焦。她抬起头来,一阵清风吹得她头脑非常清爽,胸脯也不那么憋闷了。她不要小梅搀扶,慢悠悠地跟随老支书到了村口。黄玉环停了脚步,对刘振邦喊了声"爷爷"。

刘振邦听了喜上眉梢,笑了笑,说道:"孩子,回家休息吧。爷爷明天去看你。"

她深深地向老支书鞠了一躬,就像她念中学时,见了老支书鞠躬一样。

她觉得饿了,多少年来没有感到饿了是啥滋味,今天确实觉得饿了。她紧走几步进了家门。这时候,她的儿子刘长林已经做好饭,用湿布子把那个炕桌擦了一遍又一遍,单等妈妈回来吃饭哩。